“猴王”是怎样炼成的

集邮文化丛书之三

◎汪 嵩 著

人民邮电出版社
北 京

图书在版编目（CIP）数据

“猴王”是怎样炼成的 / 汪嵩著. -- 北京 : 人民邮电出版社, 2016.8
（集邮文化丛书 ; 三）
ISBN 978-7-115-43080-9

Ⅰ. ①猴… Ⅱ. ①汪… Ⅲ. ①长篇小说－中国－当代
Ⅳ. ①I247.5

中国版本图书馆CIP数据核字(2016)第164744号

内 容 提 要

本书是一位业余作者创作的带有“邮味”的纪实文学小说，讲述了一位小人物收藏猴票的曲折经历，描述了他从普通邮人成长为“猴王”的艰辛历程，是作者对生肖猴票价值的独特感受与体悟。既有收藏情怀，又有欣赏雅兴，更有对集邮的挚爱与执着。写人记事，带出性情；说邮谈票，满怀深情；品事聊物，俱见风情。文字风趣灵动，情节一波三折。

◆ 著　　　　汪　嵩
责任编辑　苏　萌
责任印制　周昇亮
◆ 人民邮电出版社出版发行　　北京市丰台区成寿寺路 11 号
邮编　100164　　电子邮件　315@ptpress.com.cn
网址　http://www.ptpress.com.cn
三河市海波印务有限公司印刷
◆ 开本：720×960　1/16
印张：18　　　　2016 年 8 月第 1 版
字数：209 千字　　　　2016 年 8 月河北第 1 次印刷

定价：38.00 元

读者服务热线：(010)81055339　印装质量热线：(010)81055316
反盗版热线：(010)81055315
广告经营许可证：京东工商广字第 8052 号

献给，来不及收藏猴票的收藏者；

以及，等不及投资猴票的投资人！

目 录
Contents

1 …… 引子
3 …… 第一章 以申冬奥的名义
13 …… 第二章 季成，你就继承吧
24 …… 第三章 激动的心，颤抖的手
33 …… 第四章 任性的“奇葩”，集邮的“神票”
42 …… 第五章 红红的脸暖心窝
53 …… 第六章 先登陆，后淘宝
64 …… 第七章 猴票收多了，就成了“猴王”
72 …… 第八章 坑爹的熊孩子
80 …… 第九章 猴子称大王
90 …… 第十章 分分钟搞不定
96 …… 第十一章 换位思考
106 …… 第十二章 狼狈组合
115 …… 第十三章 太没节操的许愿
123 …… 第十四章 第一次“反围剿”

目 录

Contents

134 ………… 第十五章 有一种无耻叫“捐献”

144 ………… 第十六章 香港卖“猴”

155 ………… 第十七章 阳光总在风雨后

168 ………… 第十八章 “猴王”还是那个“猴王”

178 ………… 第十九章 中国红，大写的优雅

190 ………… 第二十章 奠基人“大老宋”

200 ………… 第二十一章 红与粉

214 ………… 第二十二章 倩侣探父

222 ………… 第二十三章 外甥找舅泪花流

230 ………… 第二十四章 吾家有女初长成

238 ………… 第二十五章 你就和猴票勾肩搭背吧

247 ………… 第二十六章 一念“审时”，一念“度势”

255 ………… 第二十七章 人生需要观望

264 ………… 第二十八章 在惊奇中成长

277 ………… 后记

引子

2015 年 8 月 2 日，很热的天气。

下午三时，首都机场老候机楼，北京申冬奥代表团从马来西亚吉隆坡载誉归来！

当代表团成员带着愉快美好的心情走出机舱时，只见机场停机坪内彩旗招展，锣鼓喧天，“欢迎、欢迎，热烈欢迎！”的呼喊声此起彼伏……

奈何怕什么总是来什么，几位瘦小的申冬奥官员被人高高抛起，那状态就像被筛的豆子一样，一起一伏的。有位眼镜哥被抛得眼镜都掉了，就是传说的“大跌眼镜”吧！人们欢快地唱着：“goal goal goal 哦雷欧雷欧雷，goal goal goal 哦雷欧雷欧雷。”更多的人是争先恐后地同冬奥申委的同志握手、拥抱，一起加入欢乐的海洋。

随后，全场上千人一起高唱《歌唱祖国》，再次把欢迎仪式推向高潮：“五星红旗迎风飘扬，胜利歌声多么响亮；歌唱我们亲爱的祖国，从今走向繁荣富强……越过高山……”

那歌声响彻云霄，机场之外几里地都能听到。

武马是最后一个走出机舱的，看到眼前的场景，原本白净的脸上泛着红润，他猛然意识到——回到祖国北京了！

过去的三天，在吉隆坡的每一个画面还那么真实地浮现在眼前——北京在吉隆坡申冬奥成功！而他代表中国邮政成为了现场的见证人之一。

更令人意想不到的是，武马在远隔万里的吉隆坡邂逅了富有传奇色彩的“猴王”，从而揭开了这位“猴王”神秘的面纱！

第一章 以申冬奥的名义

“猴王”非古典名著《西游记》中的“美猴王”，而是收藏猴票最多的神人，收藏的是1980年版那套猴票——黑猴、红底色的！

这“猴王”的面纱暂不揭开，接下来的故事是关于武马的。

有人问，武马何许人也？

他早年毕业于北京印刷学院，毕业后分配到邮票印刷部门，在这里一干就是二十几年。武马生得眉目灵动，大眼睛忽闪忽闪的，个子高高瘦瘦的，长得斯斯文文的，脸上总是挂着几分淡笑。他说起邮票的选题、印刷头头是道，开口就是“说句实话……”

2015年6月下旬，中国邮政接到北京冬奥申委派下来的任务：选派一名干部带着尚未发行的申冬奥邮票到吉隆坡配合申冬奥的宣传。

如此艰巨而又光荣的任务派谁呢？申冬奥邮票还没有发行，路途又那么遥远，安不安全啊？接连好几天，邮票发行部的领导都在思考。

领导乙的大脑里闪过武马，领导甲听后有些担心：“这个人业务很熟，可是不懂英语，行吗？”

领导乙：“该同志业务能力强，经验丰富。到吉隆坡主要是同冬奥申委的同志接触，英语会不会不打紧。综合多种素质，我断定，武马去比较有把握！”

领导甲只好点头：“你要说没问题，咱们就把他叫来谈谈。”

他们将武马叫到办公室里……然后领导乙亲切地对他说：“这次去吉隆坡的任务可谓光荣又特殊。说‘光荣’就是在申办成功后，所带去的邮票、邮品将作为代表团在当地举办庆祝活动的宣传品；说到任务的特殊，就是万一申办未果，这些东西必须如数带回，不能遗失和外泄……”

武马：“这么重要的任务领导为什么不亲自去？”

领导甲：“我们留在家里还有很多事要办。”

武马：“是这样呀。”

领导乙亲热地拉住武马的手：“武马啊，这个任务有点小艰巨……完成任务有信心吗？”

“领导，放心！保证完成任务。”武马郑重地点了点头。

领导甲道：“再过些日子，北京申冬奥代表团有专机去吉隆坡，一共有好几十人，你就和他们一起走吧！”

武马想了想，急忙摆手：“说句实话，我不想和他们乘一架飞机！”

此话一出，两位领导不解地盯着武马，眼里写着“为什么”。

武马不紧不慢地说：“人太多了，不够安全。”

领导们似在叹息：“咳……那依你怎么过去？”

武马随口答道：“依我，换马航，乘客少，还是直飞，说句实话，安全多了！”

领导们眼睛一亮：“这个可以！还有，就是要带一些纪念封和明信片，加盖吉隆坡的日戳！”

武马：“你是说，加盖 7 月 31 日的日戳？”

领导乙：“我们集邮网厅要用！”

武马：“说句实话，这个我试试看，不一定能搞定！”

领导甲的脸霎时就变了，含义是：“必须搞定！”

武马一见领导不高兴，立马变了态度，顺着领导的意思道：“领导，一定搞定！”

既然领导有要求，当然要搞定！

领导们顿时喜笑颜开，领导甲握住武马的手说道：“我们等待你胜利回来的消息！”

领导乙连连赞道：“哎，这就对了！还有，注意劳逸结合呀！”

武马擦了擦惊出的汗，明白过关了！

这次出差，安全是第一位的。为此，他刻意选择了7月30日凌晨起飞的马来西亚航空公司从北京直飞吉隆坡的航班，可以最大程度地避免因转机而可能出现的行李遗失等意外情况。

武马抵达申冬奥代表团驻地后，先期到达的冬奥申委官员已经派人在旅馆大厅接他了，这多少让武马有些意外！

就在武马准备抽支烟解解乏的功夫，已经有人上前一步微笑着打招呼：“你是中国邮政的武马吧？我是当地的华人志愿者，北京冬奥申委派来的向导，叫我万大姐吧！”

万大姐年纪四十多岁，有着一副丰腴的身材，胖乎乎的圆脸，显得极为慈祥。

武马：“向导？太好了，那我们出行可就方便多了！”武马一听心里甭提多高兴了，这吉隆坡人生地不熟的，出去办事没个向导准抓瞎！

万大姐：“别客气，大家都有中国根，我们都在为祖国办事！你在这里的活动怎么安排？吃过午饭，如果你没事情可做，到附近的地标建筑‘双塔’看看吧，它是马来西亚最高的建筑，这是国内的游客到了吉隆坡必去的景点。”

武马：“万大姐，说句实话，我还有公务！要到当地邮局办点事情。”武马暂时还没有观光的兴致。

万大姐：“我可以陪你去。别客气，这是我的工作。”

武马：“也好，我对吉隆坡两眼一抹黑。”

武马就在万大姐的陪同下出发了，从国内带来了一批纪念封和明信片要加盖这里的邮政日戳。

一路上，两人谈申冬奥、谈集邮、谈北京的雾霾、谈吉隆坡的天气，越谈越近乎。他俩果断掏出手机，互留QQ、微信……说句实话，关系一下子拉近了不少！

一辆辆汽车飞快地从武马身边掠过，武马反应奇快，赶忙靠近便道内侧行走。他笑着对万大姐道：“我这方便包里可有还没发行的邮票！”

听这口气，方便包里可全是宝贝了。瞧，这武马就是多嘴，保密意识不强。也许他没把万大姐当外人！

万大姐淡淡一笑，对他说道：“武马，不用担心，吉隆坡的社会治安非常好！”

武马转头看了她一眼，微笑道：“万大姐，要说我一点儿都不担心那是假的，出了问题我担当不起呀！”

万大姐一指武马的方便包，低声道：“武马，你说的还没有发行的邮票是不是和北京申办冬奥有关呀？”

武马脸上闪过一丝诧异的表情：“万大姐，可不敢这样联想！”

万大姐微微皱眉：“这不明摆着吗！你们随北京申冬奥代表团一起过来，如果不是为了发行邮票，难道还有别的什么任务？”

武马："万大姐，方便包里装的什么你就不要胡思乱想了，目前保密，不过明天晚上你就会知道啦！"

在万大姐的引导下，穿过几个街口，一拐弯儿就看到了一个不大不小的邮局。

万大姐："这就是邮局，刚到吉隆坡就要给国内寄东西吗？"万大姐对他一到吉隆坡就找邮局有些不解。

武马："我不寄东西，是要盖邮戳。"

这是一个很普通的邮局，在宽阔的柜台后面，有几位邮政员工正忙碌着处理手头的信件、包裹。

武马看到邮局大厅里有一位值班模样的人站在那里，于是走上前去询问："请问先生贵姓？是这里的局长吗？"

"我姓吴，我叫吴明。局长出去了，现在这里是我值班。"

"先生，我们是来自中国邮政的工作人员，有件事情想请您帮忙。"

值班局长接过武马的话，道："先生，请讲。"

武马道："哦，是这样，我们带来一些纪念封、明信片，想购买一些贵国发行的邮票加盖 7 月 31 日的日戳。"

值班局长："这个没问题，邮票那边就有，贴在信封上扔到信筒里就可以了。估计不用一周就可以寄到中国了。"

武马："先生，我们不要实寄，是想盖好邮戳带走。"武马刻意强调"带走"二字。

值班局长还是第一次听说寄信还要带走的，于是不解地问："为什么要带走？"

武马："是这样的，我们这些封、片都有着特殊的纪念意义，说句实话，我是担心在邮寄的过程中有损坏或者丢失。"

值班局长一听，一脸的不高兴，道，"您是担心我们的投递质量吧？

坦率地说，先生，您的这种担心在我们这里几乎不会发生！马来西亚邮政投递质量是一流的！”话中能感觉到人家的自豪感和自信心。

武马：“先生，您的意思是不许加盖日戳后直接带走？”

值班局长：“对的，这是我们邮政总局的规定！”

武马：“那……我们是集邮的，集邮讲究品相、讲究邮戳清楚，你们有没有为集邮爱好者盖戳的特殊服务？”

值班局长：“恐怕……先生，您需要的这种服务我们这个小邮局不能办理，要不你去问一下我们的邮政总局吧！”

万大姐：“元芳，此事你怎么看？”

武马：“大姐，此事背后必有隐情。”

万大姐：“武马，看来马来西亚邮政确实不提供盖戳服务，要不就把这些信封和明信片扔到信筒里吧？”

武马摇摇头：“说句实话，有些信封我们还要在吉隆坡用。要请北京冬奥申委的官员签字。”

万大姐柔声启发：“武马，你不能回北京后再找他们签字吗？”

武马：“那可不好找！万大姐，您不知道，这些官员有的来自北京市政府，有的来自体育总局，都不是一个单位的，回到北京后去哪里找他们呀？”

万大姐：“这样呀！看来还真的不能寄了。只能找马来西亚邮政总局了。”

武马只好同万大姐一起遗憾地走出邮局。

第二天一大早，他们就去了马来西亚邮政总局。向传达室的老头儿说明了来意，老头儿马上拿起电话帮忙联系了一番，然后做了一个“跟我走”的示意，就走在前面带路，一起走进邮政总局的大楼里。

在一个写着“集邮处”的房间门口，老头停了下来。透过敞开的房门，一位中等个子的中年男子在一名年轻人的陪同下快步走上前来。

当这位中年男子见到武马的时候，似乎有什么事情萦绕在他的心头。他外表虽然还微笑着表现出平静，可是内心却七上八下，一时竟不知道该说些什么。最后还是万大姐看出他略微有点儿失神，笑吟吟地先开了口："先生，这位是中国邮政的武马，你们是同行。"

中年男子从自己的心思里挣脱了出来，朝武马礼貌地笑了笑："哦，欢迎，欢迎。我是马来西亚邮政集邮处的处长陈季成。"然后，他又淡淡地笑了一下，抬手指了指对面的一张沙发："两位请坐吧。"

两人闻言就端端正正坐了下来，一脸谦恭的笑容。

陈处长："中国的集邮同行，有什么事情吗？"

武马："事情是有，对您不算什么大事情，对我确实是一件很大的事情，我是专门从北京过来办理这件事情的！"接着他就把盖戳的要求提了出来。

陈季成爽快地说："这样呀！我能看看你们的邮品吗？"

武马站了起来，从方便包里掏出一摞信封和明信片，双手递了过去："这是样品，请您过目。"

陈季成接过样品看了看，上面的文字都是用中文写的地址，标注着：寄往——中国北京，以及寄件人地址——马来西亚吉隆坡。

看完了这几份样品，陈处长的神色似乎有些怪异，毕竟他是第一次见到有人从中国北京跑过来加盖日戳。

"加盖日戳！"陈季成猛地站了起来，背着手在办公室里来回踱起了步子。

"陈处长，有什么难处吗？"万大姐缓缓地问道，她很好奇，这位处长为什么会对一个普通的加盖日戳这样犹豫！

陈处长深吸一口气，将满肚子的疑问强忍下去一些："加盖日戳是邮政再普通不过的业务，我不太理解的是，你们从北京过来专门在信封上加盖马来西亚吉隆坡的日戳有什么用途？”

武马淡淡地开口：“陈处长，我想我一解释您可能就清楚了。7月31日晚上，也就是今天的晚上，国际奥委会要在吉隆坡公布2022年冬奥会的举办城市！”

陈季成停下脚步，回头看了武马一眼，会意地笑道：“是为了这个呀！你这么一说我就明白了……马来西亚的集邮爱好者有限，很少有人要求盖戳，因此，一般的邮局不办理这样的业务，这是写进我们的邮政制度里的。”

“哎呀！说句实话，人家有制度，咱也不能破坏人家的制度。”想到这里，武马无奈地摇摇头。看来事情确实还挺难办。武马不死心，还是得想办法争取对方的支持，就给万大姐使眼色求救。

没想到武马一个字都没说，万大姐就全看出来了。她知道武马大老远过来就是为了这件事，心想盖戳这事对武马一定很重要。

万大姐看到武马的眼神，笑吟吟地对陈处长说：“请您帮帮忙，他们大老远从中国过来不容易。”

“20分钟就能盖完，请帮帮忙，费心了！”武马到底是来求人的，因此话里透着客气。

陈处长：“两位，别急！让我想一想！大老远从中国北京过来，至少我们要满足你们的要求……”

真庆幸，看到对方支持的态度显露无疑，万大姐的脸上露出一丝喜色，不过仅仅是那么一点点而已。武马的精神顿时好了许多，一点也看不出刚才还是热锅上蚂蚁的样子。

然后，陈季成对办公室的另外一位年轻人说道：“你带着他们去邮品加工中心办理一下。”

那位年轻人愣了一下，喃喃道：“处长，您要不要给邮品加工中心打个电话，让他们可以……”

陈处长瞪了年轻人一眼，指着武马他们说道：“还用我亲自打电话吗？你就说这是中国邮政同行，专门从中国北京过来的，这个忙一定要帮……还有，戳盖好后，把几位客人带到双塔饭店，我要请这位中国同行吃午饭。”

那名年轻人答应了一声，扭过头带着武马他们走出了房间。

马来西亚邮政的小伙子陪着两位一边东拉西扯地聊着，一边往一个邮局走去。

“先生，这里是吉隆坡集邮服务中心，邮票的品种相对较多，不过……”小伙子主动介绍说。

“不过什么？”武马知道小伙子话中有话。

“不过，不一定有你们需要的品种。你们是为北京申冬奥会而特意赶来盖戳的，可惜的是，你们需要的体育题材的邮票可能没有。”

小伙子神了，竟然了解他们需要什么样的邮票！

很快，武马在这个邮局选取了熊猫题材的邮票、具有马来西亚地方特色的水果邮票、马来西亚的生肖邮票，可惜生肖邮票数量非常有限，只有几枚，不过倒是十分迎合中国农历“羊年”来纪念北京在马来西亚吉隆坡申办冬奥会成功这一主题和理念。

看到武马在为没有太多的生肖邮票而感到惋惜，小伙子笑着对他说，“每逢这些重要节日马来西亚邮政都要发行邮票，其中生肖邮票最受欢迎。现在是 7 月底了，大部分生肖邮票都已经销售出去了，你们能得到这几枚生肖邮票已经很幸运了！”

已经不错了，要是在中国，8 月份想在邮局买到生肖邮票几乎不可能。能买到这几枚生肖邮票就该知足了，除此之外好像也没有别的办法了！

不过说完这番话之后，他看到小伙子的神色连连变了几下，就有些奇怪地问："小伙子，说句实话，你是不是还有其他的办法？从陈处长那里是不是可以搞到一些马来西亚的生肖邮票？"

小伙子的嘴角浮现出一丝笑意："应该没有问题，他有特批的权力。"

武马苦笑："我们现在必须马上拿到邮票，你知道，2022 年冬奥会举办城市投票结果今天晚上就要出来了，我们必须尽快盖好日戳。"

小伙子："武马先生，我在这里给陈处长打个电话，只要他同意，我相信这个邮局的库里一定有生肖邮票！"

武马："你确定？"

小伙子："稍等一下。"说完立即跑进邮局柜台里。

武马在外面等着，心里忐忑不安。

时间不久，小伙子笑盈盈地从里面走出来，手里拿了个大信封，双手递给了武马："这是陈处长特批的生肖邮票……"

武马和万大姐相互看了一眼，赶紧表态："替我们谢谢陈处长！"

小伙子说："你们赶紧贴邮票吧，时间不多了！"

武马一边把贴封的邮票全部换成生肖邮票，另一边赶紧把手里的生肖邮票贴在信封上、明信片上，生怕人家拿回去似的。在去双塔饭店的路上，武马一直很激动，心中充满着成就感——到达吉隆坡后最让他感到头疼的问题终于圆满地解决了！

一会儿一定要好好谢谢人家，武马心里想。

第二章 季成，你就继承吧

这天是周末，吉隆坡是晴空万里的好天气，又赶上国际奥委会在这里召开会议，吉隆坡霎时间热闹了许多。但见街道两旁人头攒动，有许多小商小贩吆喝道：“榴莲，五个马币一斤；山竹，三个马币一斤……”

“煎饼果子，热乎的……”

“糖炒栗子吆，不甜不要钱……”

“瞧一瞧，看一看，走过路过千万不要错过……”

台词太传统了，倒是也营造出来许多气氛。因为这些都是中国游客喜欢的水果和食品，自然吸引了不少中国观光客。

此时，就在武马和大姐旁边，飞跑过来一个手拿花篮的卖花女，情真意切地对武马说：“先生，买花吗？”

武马：“又不是节日，凭什么买花？给个理由先！”

卖花女：“今晚，北京申冬奥一定会成功！在现场拿上这束花，绝对的高端大气上档次。”

晕死！武马赶紧掏钱，就现在，谁也劝阻不了，谁劝武马准会和谁急!

双塔饭店位于著名的旅游景点区，其名声不容小觑，就连门口站岗的印度门童都比别家饭店的门童精神许多!

陈季成在这里等候的时间不长，就见单间的木门被轻轻地拉开了。武马和万大姐一前一后走了进来。

两人一碰头，就见武马握着陈季成的手笑道：“陈处长，这次真是多亏有您，要不然我可就空手而回了！”

听了这个话，陈季成心里面有点小得意，可是脸上却没有表现出来，他压低了声音对武马道：“小事一件！”

武马放下杯子，笑吟吟地说道：“陈处长，您可帮我大忙了！这午饭我请了！”

陈季成豪迈地扬手：“不用客气，下次我去北京你请我。”

武马：“没问题，就这么说定了。”

陈季成：“武先生，这次要不要在吉隆坡多待几天？去云顶试试手气。”

武马怯怯地道：“不行，那种地方是不能去的。后天就回去了，家有老父母，孩子也在读小学……”

陈季成：“中国邮政真是大手笔，这次是不是也要为北京申冬奥发行邮票呀？点个赞先。”

武马紧张地：“这个，这个，难说！”

陈季成大度地扬手：“你不用回答！……我懂，四个字——‘商业机密’！”

武马：“是的，是的。机密，你懂的！”

陈季成：“我自己倒是有一件事情想请武先生帮忙，不知你能不能答应？”

武马："什么事？比盖戳还难吗？"

陈季成："对你来说，应该不难。我想购买中国邮政发行的第四轮生肖猴票。"

"购买中国第四轮生肖猴票？"武马的脸上滑过一丝古怪的笑容，打量了一下眼前这位邮政同行，问道："只买生肖猴票？"

陈季成诚实地点点头："对，只买生肖猴票！"

武马将身子向前倾了倾，脸上露出了感兴趣的笑容："陈先生，是这样的，您准备如何购买这第四轮生肖猴票呢？"

陈季成淡淡一笑："吉隆坡远离中国，苦于没有进口邮票的方便条件，看看能不能通过中国邮政直接购买这套猴票？只要你们肯支持我的收藏，我随时可以赴北京和你们面谈！"

"武马，我看陈先生很有诚意，而且这次又帮了我们很多忙，你们还是尽可能支持他一下吧！"老半天没有说话的万大姐笑吟吟地说。

看到万大姐期待的眼神，武马放下酒杯，说："万大姐，别着急，听我说！出售生肖邮票在我们中国邮政是有纪律要求的。何况陈先生购买的数量一定会很大！"

陈季成靠在椅背上面，直视着武马，不停地点头："武马先生，我们至少也要买1000版吧！"

厅里面的气氛一下子变得压抑低沉起来，刚才还在把酒言欢的两位集邮人，现在却神色严肃地互相对视。

也不知道过了多久，才听见武马一笑，轻轻拍了一下桌子："陈处长，中国的情况同马来西亚截然不一样，跟您解释了您肯定不信，我们的纪律确实很严格！"

"不就是不许卖大户嘛！这个我早就知道！"陈季成淡淡地道，"我购买生肖猴票又不会在市场里倒腾，就是看好了这套邮票长期投资，这不能叫卖大户吧！”

武马：“陈处长，我恐怕要让您失望了，这事我不能答应，我没这个权力！”

陈季成：“武马先生，看来你还是不相信我！”

武马瞟了一眼陈季成，又瞧瞧在一旁静静坐着的万大姐，见她微微点头，好像是说陈季成可以信任，他绝对不会到市场上去倒腾。不过她觉得只是如此表示没有力度，于是说道：“武先生，陈先生说的是实情！”

陈季成：“武先生，请相信我，人都是讲诚信的，父亲从小就教我清清白白做人。”

武马的神情里微微露出极为为难的表情，他笑着将一杯酒一饮而尽：“在中国，凡是批量购买的都叫大户，说句实话，我还真没有这个权力。说起来你们可能不信，卖大户可是要受处分的，弄不好会丢了‘乌纱帽’！”

陈季成闻言一愣，尴尬地皱了下眉毛，道：“武先生！看来海外华人收藏生肖猴票的愿望就无法实现了？”

武马扬起眉毛道：“是这样的，中国邮政在海外都有中国邮票销售的海外代理，在那里是可以买到的。”

陈季成：“如果真有这样的机会，也不错，这也是我能买到猴票的天赐良机！介绍一下先。”

武马：“恐怕有些困难。”

陈季成惊问其故。

武马：“海外代理只给他的固定客户提供邮票，像您这样临时兴起，只买热门题材邮票的人恐怕很难买到！”

陈季成：“马来西亚不行，新加坡有海外代理吗？”

武马："有是有！"想了一想，又说道："不过，他们执行的是同一个标准！"

陈季成冷冷地笑了一下："武马先生，不带这样的，你这是让我空欢喜一场，说白了，等于没说。"

他在马来西亚也分管集邮，在国外也有许多代理商，可从来没有定过这样的规则："武马先生，要不我们一起合作？"

武马："陈处长，愿闻其详！"

陈季成："实不相瞒，我们在海外有几家代理商经营马来西亚的邮票，但我们邮政从来不进口邮票。这次可以破个例，我们之间可不可以互相交换生肖邮票？我们明年也会发行猴票。"

武马疑惑地问："合适吗？先换位思考一下。"

陈季成点头："其实我也知道，中国几乎没有收藏马来西亚邮票的需求，可是我们马来西亚因为有大量的华人，收藏中国邮票的人很多。这样交换对你们有点不合适，可是为了得到中国的生肖邮票，我也没有别的办法……得到中国生肖邮票是我心中最迫切的愿望。武马先生，请你务必帮我实现这一愿望！"

武马诚挚地："说句实话，您觉得这样的方式公平吗？"

"说句实话"，又来了。

陈季成挠挠头："说句实话，确实不公平。"他也觉得武马的口头禅"说句实话"在关键的时候能起到强调的作用，因此也"东施效颦"了起来。

武马的两撇眉毛已经拧成了一团。这个陈季成的主意实在是太一厢情愿了。想到这里，武马极有耐心地说道："陈处长，您现在提出的事情有些超出我的职权范围。要不这样吧，我把这件事情报上去，让我的领导做决定吧！"

陈季成连连点头："好的。那就请武马先生转告你的领导。我陈季成若能如愿，我会很感激你们的！"

"那个啥……"看到场面有些尴尬，总是一副乐呵呵模样的万大姐赶忙出来打圆场，她哈哈一笑，道："武马先生解释得够清楚了，看来你在海外是很难大批量购买了。"她也及时地给陈季成泼了冷水。

武马："陈处长，您在集邮业务处工作几年了？"

陈季成："我原来在马来西亚邮政邮票设计部门工作，到集邮处是近几年的事。喜欢集邮是继承了家父的爱好，他原来在牛尼拉购买了许多中国猴票，我从小耳濡目染，就想子承父业！"

武马："令尊原来在牛尼拉还收购过猴票，是否认识牛尼拉的'猴王'？"

陈季成："就是的，就是的，被你猜着了！'猴王'就是家父！武先生供职的邮票发行部我早就听说了，家父同贵部门的领导陈龙先生是老朋友。"

听了这番话，武马一愣，"啊！谁？真的？令尊真是陈树藩？"

陈季成淡淡地说："家父正是陈树藩，过去生活在牛尼拉，在那一带有'猴王'的美称。"

武马闻言一愣，脸上全都是惊讶的表情，看着陈季成笑呵呵的脸，好一会儿才反应过来："陈树藩先生！没想到，没想到。我听黄永玉先生和我的领导谈及过令尊的大名。"

听了武马的这句话，陈季成又笑道："黄永玉先生我是非常敬仰的，小的时候家父经常提及他老人家。"

武马眉毛微微一挑，又一次露出惊讶的表情："令尊还惦记着黄先生，黄先生也惦记着他，至少在我面前多次提到过去的交往和交情。"

这位牛尼拉"猴王"的故事武马当然知道，陈龙当初当着黄永玉

先生的面多次念叨过这位传奇人物。转念一想又不对，“猴王”居住在牛尼拉，而不是吉隆坡。莫非“猴王”现在移居到了这里？

武马不解地问道：“陈处长，令尊是何时移居到吉隆坡的？为什么要移居到这里？”

陈季成：“说来话长！早了，20 多年前就从牛尼拉移居到吉隆坡了。家父在牛尼拉遭遇过很多不测，一言难尽啊，等以后有机会再慢慢跟你讲！”

这个回答在武马的预料之外，没想到陈树藩先生在牛尼拉还遇到了坎，移居到马来西亚这么多年了！

在这个时空，武马做梦也没有想到能在吉隆坡邂逅“猴王”的后人！

想到这里，他朝着陈季成和万大姐微微一笑：“令尊是我的领导的朋友，他收藏 1200 版猴票的‘传奇’中国有很多人知情。”

陈季成不解地问：“武先生，家父收藏猴票的事情在牛尼拉确实有人知晓，用‘名声大振’来形容也不过分，也因为拥有这些猴票而给自己带来很多麻烦，使他烦不胜烦！可那都是 20 多年前的事情了。家父对这段经历极不愿意提及，我也是长大后才从母亲嘴里得知的！”

武马有些明白了，陈树藩之所以移居吉隆坡也是觉得往事不堪回首，到这里是为了躲清静。想到这里，武马淡淡一笑：“理解，理解！”

陈季成笑着点点头：“时光不饶人呀，父亲老了，好在当年收藏的那些猴票还可以让他过上衣食无忧的生活。我倒是想继承家父一生喜爱生肖邮票的爱好。这些年我在马来西亚邮政工作，本来有许多机会升迁，可我只是看中了集邮处这一位子，实际上也是为了子承父业。”

武马笑道：“您还真是子承父业！”

看着武马矜持的笑容，陈季成只是慢慢地说道：“我到了集邮处这个岗位才了解，马来西亚的集邮市场不温不火，同中国的集邮市场没法相比，多少年都没什么变化。不过，我最近发现了一个机遇，明年恰逢中国邮政发行第四轮生肖猴票，我想走父亲收藏的老路，收集中国第四轮生肖猴票。正好你们到了吉隆坡，顺便打听一下消息。”

对于陈季成面部细微的表情变化，武马也只当没看见，接下去说：“没能让陈处长步您父亲的后尘，续写‘猴王’的传奇，我也觉得有少许的遗憾。您最后一无所获的原因，应该是选错了时间！猴票的影响力世人皆知，这样的机会人人知道，要走您父亲 30 多年前的老路，时间和环境都变了，难度自然就大了！”

陈季成长叹一声，终于被说服了。他有些神色凝重地看着武马，又透过窗户看着满街的梧桐树，窗外的这些景色让他在心里盘算着：没有梧桐树难招金凤凰，看来还得到中国找出路，这大概是他能够买到中国第四轮生肖猴票的唯一办法了！而 36 年前，第一轮生肖猴票发行之际，自己的父亲就是这样干的，这些场景现在都一一在他的脑海中浮现出来了。

季成，将子承父业考虑到极致！季成，你就继承吧！

午宴结束后，陈季成瞥了一眼武马，一双大眼睛里面透出的都是失望，只好无奈地摇了摇头，跟在万大姐的身后离开了饭店。

看到这个场景，武马只能遗憾地同他握了一下手，轻轻抬脚跟着他们出去了……

没想到陈季成还站在饭店门口没有离开，看到武马出来，他十分诚恳地说道：“武马先生，家父对中国邮政的感情很深，也许和他当年收藏生肖猴票有关……我想今天晚上，你的公务执行完了以后，请你到寒舍一坐，看望一下家父，你觉得如何啊？”

“请我？”武马愣了一下，忙摇了摇头，“不成，不成，您是知道的，今天晚上国际奥委会要宣布2022年冬奥会举办城市的结果，我在现场恐怕离不开身！”

陈季成：“那就明晚，明晚没事吧？”

武马：“我同令尊又不熟悉，他老人家会感到很唐突。”

陈季成：“没关系，家父一定不会在意的，你还可以顺便同家父聊聊猴票。”

“还聊猴票？”武马蹙着眉毛反问道，心想自己哪儿敢在“猴王”面前谈猴票，能仰视一眼就是自己的造化了！

陈季成：“家父很开明，聊什么都可以。”

武马：“陈处长，我还是不去了吧！令尊要是也提购买第四轮生肖猴票的事，我可没法回答！”

陈季成脸上闪过一丝不自在：“这个嘛，我们可以尽量避开这个话题。”

听陈季成这样说，另外“猴王”的传奇故事一直强烈地吸引着他，能亲眼目睹“猴王”的风采也是一种荣幸，于是，武马点了下头：“这倒是可行，那我就打扰了。对了，我想让万大姐也随我一起去。”

“想要谁去？”陈季成没听明白。

“万大姐！”武马知道国内的外事纪律，不能单独外出，即使是去华侨家里也不好。

“万大姐！”陈季成缓缓点头，“没问题，我懂你们的外事纪律！你可能不知道，我在北京留学多年！”

“哈哈哈，我相信。”万大姐笑道。

“武马、万大姐，”陈季成道，“咱们明晚见，明晚到我家里喝酒，祝北京申冬奥成功！”

大家一起开怀笑了起来：“祝北京成功！”

当晚，北京果然申办冬奥会成功了！万大姐也在现场看到了武马带去的“北京申冬奥成功”纪念邮票。

纪念邮票在现场一展示，果然一下子吸爆了眼球，大家纷纷掏出手机拍照，发微博、微信……

第三章 激动的心，颤抖的手

陈季成所居住的地方位于特色鲜明的吉隆坡郊区富人区，距离市区较远，环境非常优雅宁静，室内宽大，陈设豪华，还摆了一桌精致的酒席。不过，室内目前只有陈家父子二人坐在里面。

自此，本书的主角正式亮相。

“季成，这次你能把中国邮政的代表请来，实属不易……人家真的答应了？”

说话的是位老者，精神看着还不错，只是头发白得差不多了，皮肤显得有些松弛的样子。他长得干瘦干瘦的，两个颧骨高高隆起，还留着两撇八字小胡。那胡子无比的拉风，他深为自得，每隔一会儿就不自觉地摸上一下，成习惯了。这位就是东南亚的“猴王”——陈树藩。

陈季成：“这还能假，他满口答应了。”

陈树藩：“瞧瞧，你还真是长了点心眼，没白在马来西亚邮政干这些年，能把人家请来真的不容易！武马这个人，你对他的印象如何？”

陈季成：“父亲，说句实话，此人说话很是精明，滴水不漏……

好像在陈龙那里工作很多年了，蛮有经验的！”

陈树藩：“季成，说起陈龙，一晃也都30多年不见了。”

陈季成：“您对他也有印象？”

陈树藩：“印象太深了，在牛尼拉他苦口婆心地劝我保存好整版猴票，可是我没有听他的。我要是听他的，就没有现在这么多猴票手绘封啦！”

陈季成：“父亲，在购买猴票的魄力上，陈龙跟您比差远了，这方面没人比您有眼光！”

这样“拍马屁”的话陈树藩不知道听过多少次了，不过再听一遍，尤其是从儿子嘴里说出来的，还是有一种浑身上下都舒服的感觉。

陈树藩：“那时候的陈龙还很年轻，参加工作不到3年。没有经验，可以理解。”

陈季成：“父亲，这次武马拜访……您想同他谈些什么？”

陈树藩：“人家既然不远万里过来，我们就要当好东道主，表答心意而已！”

陈季成：“父亲，您看能不能托武马帮助买一些第四轮生肖猴票？明年一月可就要发行了。”

陈树藩：“季成，这个话题我会随机应变的。”

陈季成：“父亲，您说话准有力度！这点儿面子您还是有的。”

“面子！”陈树藩摸摸八字胡，说道，“估计会有难度！”

这些话儿子完全没意见，通过昨天的接触，他觉得武马是一位十分讲原则的人。

陈季成：“父亲，昨天我接触了一下武马，他是一个很专业的人！”

陈树藩：“季成，我注意观察了近些年中国邮票的发行政策和中国的集邮市场，还是很有特色的！在世界集邮市场上只有中国一枝独秀！”

“要是马来西亚有这样的集邮市场就好了！”陈季成遗憾地摆了摆手，“现在马来西亚邮政重视的是快包业务。马航最近出了两起空难，航班减少了许多，很多客机都改货机了，邮政借用这个时机，业务发展的重点都放到快包上了！”

“你们难道连集邮市场都不要了吗？失去这个市场，邮政也会损失惨重的！”陈树藩冷着脸道，“你看人家中国邮政，集邮市场多红火，真是令人羡慕呀！”

陈季成：“父亲，您有所不知，有得就有失。中国的集邮市场不错，可是他们在包裹市场占的市场份额很小。”

陈树藩：“季成，这是应了那句老话——‘家家有本难念的经呀’！”

两人你一句我一句地聊了一会儿。他俩现在的心情很难形容，对武马的来访，有一点忐忑，也有一点兴奋，还有少许的期待。

时间不久，行色匆匆的武马和万大姐大步地走进了这所公馆。才过二道门，就看见陈树藩已经迎了上来：“武马先生，你们可算来了！要知道我们可都已经等得望眼欲穿了！”他伸出双手，紧紧地和武马握在了一起，然后进行亲切友好的交谈。

武马：“陈先生，这次我来得匆忙，没能带点礼物，请先生千万别怪罪。”

陈树藩：“你能来就好，没必要破费。”

武马愣了愣，看着陈树藩，瞧瞧眼前这豪华舒适的客厅，心想“就是真的备了礼，也拿不出手！”

这两个人一路说笑着走进了客厅。进了客厅一看，早就摆好了一桌酒席。

陈树藩拉着武马，万大姐跟着陈季成，四个人一同坐到了餐桌旁。

武马："晚辈只是来吉隆坡公干，却没有想到老先生竟如此热情，说句实话，真是令人不胜感激啊。"

正说话间，时针正好指向七点整，陈家客厅里的电视开始放《新闻联播》。

男主持："观众朋友们，晚上好！"

女主持："晚上好！"

男主持："今天是八月一号，欢迎收看新闻联播节目。"

女主持："中共中央、国务院致电北京申冬奥委员会，祝贺北京申冬奥成功。"

男主持："全国治理雾霾取得阶段性成果，北京 PM2.5 浓度同比有所下降，雾霾现象有所缓解。"

女主持："警方提示，群众防范电信诈骗应做到'三不一快'——不轻信、不透露、不转账、快报案。"

男主持："国家计生委解读'两孩'政策。"

女主持："下面请听详细内容。"

男主持："昨天，中国邮政发行北京申冬奥成功纪念邮票，本台记者现场采访……"

武马有点小陶醉："好像上头条了哈！"

万大姐有点小羡慕："不得了，有武马现场接受记者采访呀。"

武马有点小疑惑："我这个'品相'，居然能上电视？"

陈季成有点小玩笑："你的品相是上上品，还有齿孔，只要不是无齿（无耻），上电视太正常了。"

陈树藩有点小建议："北京申冬奥成功，这是多大的事情，这里面也有你们中国邮政的功劳呀！咱们庆祝一下。"

武马有点小谦虚："岂敢，岂敢……中国邮政只是通过发行邮票做了一点宣传工作，我们怎敢同体育总局、北京市政府比呀，说句实话，他们为申冬奥的事情可是忙活了几年呀！"

这个话刚一出口，武马就感到不够全面。北京申冬奥成功得益于全国人民的大力支持，也是中国国力、实力强盛的体现！

陈树藩这时站起身来，端起酒杯大声祝酒："武马先生，欢迎到寒舍一坐。先祝北京申冬奥成功！我说一句酒令，'今日共饮庆功酒，明天好事跟着走'。"

话音一落，顿时满座欢腾。

四位纷纷推杯换盏起来。武马和陈季成互相看看，也都大杯大杯地喝酒装豪爽。只有坐在边上的万大姐冷眼看着这一切，低声嘱咐了一句："武马，控制点酒量……这里的酒会上头的！"

"呵呵，是吗？"武马一脸不在乎的表情。

陈树藩和陈季成父子俩现在看起来非常愉快，陈家的这场晚宴虽然规模不大，可是却非常丰盛，陈家父子也非常风趣，在宴会上不停地介绍他们在马来西亚经商的经历。大家热烈碰杯、签名、留影，热闹得不在话下。

陈树藩道："武马好酒量，来，咱们喝一杯！"两人碰杯，一口干掉。

陈树藩觉得还没到说猴票的时候，还想灌武马几杯，于是一边倒酒，一边准备酒令。

哪知没等他开口，那武马道："屁股一抬，喝酒重来。"

陈树藩一想"正合我意"，一口干掉。他一边干酒倒酒，一边道："屁股一动，表示尊重！"两人越聊越热乎。

喝着喝着，陈树藩觉得时机成熟了，便对武马举起杯子大胆表白道："激动的心，颤抖的手，请问猴票有没有？"

武马一听，哈哈一乐："相聚都是知心友，说起猴票我没有。"说完喝了一杯。

陈树藩："武马好量！"又斟满了一杯，先自己干了，然后道："危难之处显身手，你不出手谁出手！"

武马见状，当然不肯，道："日出江花红胜火，要买猴票别找我。我干了！"说罢也干了。

那陈树藩道："能喝八两喝一斤，对海外侨胞多关心。"

武马拿起酒瓶倒酒，道："东风吹，战鼓擂，江苏人喝酒怕过谁？我可斟满啦！"

陈树藩："百川东到海，支持一点是一点！"

那武马只得举起杯子，冲着陈树藩道："少小离家老大回，这件事情难奉陪！"然后扣起杯子道："这是最后一杯了，现在真的不能喝了！"

看到两人三番五次推杯换盏，万大姐及时劝阻道："大家举杯即兴即可，可不敢喝多了！"

晚宴散去的时候，自然是宾主尽欢了。武马听了万大姐的劝告少喝了不少，只有陈树藩喝得满脸通红。

直到品尝完宴会的最后一道水果后，陈树藩才轻轻站了起来，朝武马微微一笑："武马先生，不知道能不能和你单独谈谈？"

武马一怔，随即点头笑道："没问题，我清醒得很呢！"

万大姐也学会了酒令，知趣地说："空谈误国，实干兴邦，你们来点具体的。"说完站起来离开。

陈树藩随后就带着武马到了他的会客厅，两人分宾主落座。

陈树藩："其实，我对中国邮政是有很深的感情的……当初，要不是我购买大量的生肖猴票，我也不会有今天的身价和生活。人是要常怀感恩之情的，确实要感谢猴票，感谢中国邮政！”

接着陈树藩让武马看了一段他接受采访的视频，据说一度在网上很流行。

吉隆坡电视台演播大厅，“猴王”正在接受美女主持人的采访。

美女主持人：“尊敬的‘猴王’，当年中国邮政发行生肖猴票，你慧眼识珍珠，变卖了家产，套购了大量的猴票，真是眼光独具啊。”

“猴王”：“不客气地说，我比别人有点眼光。”

美女主持人：“陈先生，请淡定。那我们就不绕圈子了，直奔主题好吗？”

“猴王”：“好呀，我很淡定。那就直奔主题，我喜欢。”

美女主持人：“大家特别是‘猴迷们’，非常想知道你当时是怎么想的，你能说说吗？”

“猴王”：“呵呵，先纠正一下，不是‘套购’，是收购。我先是觉得好奇，觉得这枚猴票设计得如此神奇，就跑到香港考察了一番，感到价格可以接受，就买了一些……”

美女主持人：“那么你是变卖了所有家产吗？”

“猴王”：“啊，还得纠正，只能说是部分家产吧。要知道，我在牛尼拉经营多年，还是小有积蓄的。”

美女主持人：“为了一种邮票，你几乎倾其所有，人生轨迹从此发生了彻底改变……请说说你的真实体会。”

“猴王”：“必须纠正一下，我不是倾其所有，只是部分家产，因为那个时候猴票的价格并不贵！猴票价格的飙升是后来的事情。”

美女主持人：“多么传奇的人生经历！……看来你是抓住了机遇和机缘！”

“猴王”：“哎，这次不用纠正了！后来，遇到了机缘，就是价格涨起来了，我就成为远近闻名的‘猴王’了，呵呵，就这么简单。”

美女主持人很兴奋地对“猴王”说：“陈先生，据我们了解，在中国你有粉丝了！”

“猴王”：“你这么说，既让我脸红，又让我感动。我和中国的邮友交流甚少，但我感觉我和他们在心灵深处的某些地方是相通的，至少我们都对猴票顶礼膜拜！”

美女主持人：“陈先生，听说你最近开了微博？”

“猴王”：“是的，开了。让我苦恼的是博友留的帖子太多了，光‘点赞的’就有20万之多；‘求签名’达40万次，所赠鲜花能装满一卡车！”

美女主持人笑喷了，道：“今天就采访到这里吧。那你休息，不打扰了。”

第四章 任性的“奇葩”，集邮的“神票”

武马望着眼前懂得感恩的老人，说道：“陈先生，说句实话，您真是大手笔啊！当初您能一下子购买 1200 版猴票，很有魄力，还真是慧眼识珠哦！”

陈树藩：“武马，还真不能用‘慧眼识珠’来形容我的猴票收藏，要是用‘有得也有失’形容还比较贴切。你也许知道的，在收藏的过程中，我也撕掉了太多的整版猴票！”

武马：“是呀，是呀，用‘有得也有失’来形容比较准确。不管怎么说，你制作邮品时固然毁掉了好多整版的猴票，但这些猴票毕竟还在您老手里。”

陈树藩：“这撕掉的猴票有些是值得的，有些可能就不值了！”

陈季成：“武马，生肖猴票的整版和单枚的价格能差那么多！”

陈树藩：“不只是整版和单枚的差距，有些猴票我还给盖销了！”

武马：“我听黄永玉先生和陈龙讲过，猴票被您撕成‘十’和‘一’的形状，然后贴在贴片上又盖上了福建什么地方的日戳。说句实话，有这事吧？”

陈树藩：“确有其事，那次是去福建泉州盖的日戳，让那位邮政员工心疼得不得了。还有一件事，我从来不好意思说，就是从泉州回来后，我又撕了两个‘十’字形，跑到台湾金门加盖当地的日戳，人家员工一看是大陆邮票不给盖，结果白白毁了两个整版邮票！现在一想，我真是败家玩意儿！”说完，陈树藩深深地自悔。

老实说，武马见到的集藏家太多了，而碰到如此任性和疯狂的“猴王”还是第一次。也就是说，对“猴王”这朵任性的奇葩，自己还真喜欢！

陈树藩：“陈龙还好吧？我可有几十年没见到他啦！他怎么没有来吉隆坡？”

武马：“说句实话，本来他可以来吉隆坡的，可是他坚持留在北京，筹划在我们集团总部举办的北京申冬奥成功纪念邮票的首发式。”

陈树藩：“武马，陈龙是不是也快退休了？”

武马：“可不是吗，陈龙总说自己‘年事已高’，他还有三年就退休。不过陈龙想得开，随遇而安，自己说总有与老大妈一起跳广场舞的冲动，拦都拦不住。”

陈树藩：“他倒是挺逗的，50多岁怎么敢称‘年事已高’。不过，时间过得真快，当初我们在牛尼拉相识的时候，他就20多岁。对了，他可能不知道我现在移居到吉隆坡了……”

武马：“这个他肯定不知道……最近，我们想写一本书，计划把您收藏猴票的经历写到书里，您不介意吧？”

陈树藩和武马对望了一眼，疑惑地问道：“把我写到书里？一个收藏猴票的老男孩，有这个必要吗？”

武马：“有呀，您收藏猴票的经历极具传奇性，我对此描述的是‘三部曲’——先是‘收猴不倦’，然后是‘毁猴不倦’，最终是‘草菅猴命’，我想在中国集邮界，关于收藏猴票，再也没有比您更传奇的人了！”

陈树藩："武马先生，莫不是想在中国把我树立成一个猴票收藏的反面的典型吧？"

武马："陈先生，说句实话，真没有这个意思，陈龙觉得您的收藏非常有传奇色彩，写到书里会有很多人爱看。"他的目光变得深沉起来："其实，中国不乏利用邮票，特别是利用生肖猴票投资的人。投资嘛，就会有得有失，这方面，您陈先生还真是典型！"

陈季成在一旁担心地说道："武马先生，你们一定要慎重啊！要是在书里披露家父手中有这么多猴票，不会对邮市产生冲击吗？"

武马："不会！说句实话，正好相反！"他深吸一口气，"回顾陈先生收藏猴票的过程，就是破坏整版猴票的过程，他所收藏的整版票大都被他撕成单枚用于制作邮品。因此不会对市场形成冲击。"

听了这番话，陈树藩摸摸八字胡，笑了笑道："武马的话确实有道理。你们就大胆地写吧，只要不把我写成反面教材就好。"

武马："陈先生，您放心，我们一定会客观实际地写！"

陈树藩："我明白，我明白……我相信你们会客观地写。我还想告诉你们，我手中的猴票不会转手，我相信猴票的价格还会攀升的！不管你们信不信！"

武马："这个观点我同意。"

陈树藩："武马，其实你们不知道，我手中的猴票早就变成艺术品了。"

武马："这个我清楚，听陈龙说过，当初您请了很多国内的画家，像上海的大画家朱屺瞻老先生，在空白封上作画，然后贴上猴票盖上戳。"

"是的，是的。这个他也知道！对了，也许是当时我告诉他的，那个年代我总去北京，每次都去看看陈龙。"陈树藩笑着点点头，"不过，不仅是朱屺瞻老先生一人，应该有几百名画家，而且都是大画家。”他稍微顿了一下，又道：“对了，还有黄永玉老先生的画。”

武马：“我们写的这本书的书稿黄永玉老先生也看过了，很是喜欢，他老人家还为这本书题写了书名、设计了封面。”

陈树藩：“武马，不瞒你说，要是现在总结得与失的话，我当初有些整版猴票应该撕，有些就不该撕了。”

“陈先生，说句实话，那些年您一共撕了多少版猴票？”武马讶异地问道。

“武马，至少能有这个数。”陈树藩伸出几根手指头凑到武马身边，低声道，“几百版应该有了。”

“嗯，这么多？”武马在心里掂量着，问道，“那些画家为您画的猴票手绘封应该升值了吧？”

“那是肯定的，这些手绘封大都是上个世纪 90 年代画的，尽管很多画家是信手涂鸦，但如果不出意外，翻十倍应该是没有问题的！”

陈树藩的话把身旁两个人的兴致都勾了起来，竖起耳朵听他继续说下去。

“这些画家大都是名家，当初请他们画手绘封的成本很低，有些只给了几百块钱，更令我感动的是，有些人居然不要钱，白给画的！”

“说句实话，您这是典型的‘以邮养邮’呀！”武马接过话头，笑道，“国内有很多邮商，甚至许多集邮家就是靠这个方法起家的！”

听了这一大堆“恭维”的话，陈树藩却没有丝毫的兴奋，反而微微皱起了眉毛：“武马先生，刚才我们聊的可都是过去的事情了，这里面有好多是误打误撞的成分，只不过我是猴票收藏的幸运者罢了！我现在有一个请求。”

武马：“什么请求，说来听听！”

陈树藩：“现在不是提倡向前看嘛，我看好的是第四轮生肖猴票，进货渠道这方面你有没有什么办法帮助我，让我了却心愿？”

是啊，第一轮生肖猴票已成为过去，那时，他是在牛尼拉偶尔得到信息，也轻而易举地在香港找到了货源，而且进货的价格极低。第四轮生肖猴票，陈树藩是很想要的，可是他现在真的没有进货的渠道！

武马瞥了一眼陈树藩，见他的脸上滑过一丝渴望，心想他原来还在想着第四轮生肖猴票，轻轻叹了一声：“陈老先生，第四轮生肖猴票暂时还没有办法提供，昨天我已经把相关情况向您的公子介绍过了。”

看到武马这样表态，陈树藩长长吁了口气，想通了，看来同第四轮生肖猴票无缘了！

通则不痛。想通了，就发现其实无缘也没什么。

武马盛情邀请：“陈老先生，欢迎去北京，要是您能去北京，我可以组织一场猴票收藏报告会，您介绍一下收藏猴票的心得，我想参加者一定会人满为患的！”

陈树藩：“武马先生，就不要取笑我了，那些过五关斩六将的事情不便说，走麦城的经历又不好意思谈。”

武马：“怎么能叫走麦城呢？我看您现在拥有的这些猴票，还叫您‘猴王’也不为过。”

“我还能被称为‘猴王’吗？”说到这件事的时候，陈树藩的脸上就是掩饰不住得意的表情。他原来没收藏猴票之前，只不过是牛尼拉一个默默无闻的小商人，做的是珠宝的买卖，是收藏猴票使他声名鹊起，有了“猴王”的美誉，更有了今天的万贯家财。

武马：“当然可以。”不经意间，武马瞄了一眼陈树藩办公桌上的一堆文稿，问：“陈老先生，这些是什么？”

陈树藩："随手写的研究生肖猴票的一些心得。"

武马心道："这位'猴王'真的神了，不仅拥有这么多猴票，还对猴票有研究！"他由衷地点了点头："陈老先生，您对猴票的发行数量有研究吗？说句实话，集邮界对于猴票的发行数量可是有多种版本呀！"

陈树藩："武马，还真被你说中了，这个我还真的了解！关于猴票发行量方面，最权威的数字，出自著名邮票设计家邵柏林的文章《<庚申年>猴票发行始末》，该文章刊登在 2005 年 2 月 1 日的《中国邮政报》上。邵柏林先生回忆了猴票的缘起、原画作者黄永玉先生构思的过程等。在谈到印数时写到：'由于这是中国生肖邮票系列的第一枚，原拟发行 800 万枚。后鉴于集邮活动刚刚恢复，不宜贸然加大发行数量。经反复权衡改为 500 万枚。加之印刷上遇到的麻烦，成品率比较低，经验收合格票仅为 443.16 万枚。就此打住不再印制'……"

"说句实话，这个数字应该是比较权威的。另外，您有没有估计过这 400 多万枚猴票中有多少在收藏者手中？"武马问道。

"你是问存世量吧？据我分析，存世量不足 200 万枚。"陈树藩回答道。

武马："不足 200 万枚！您的依据是什么？"

陈树藩："我说的数字当然不是空穴来风，依据当然有了！我在上个世纪 90 年代初就做过调查。那个年代，中国人寄信的居多，据说每年的信函数量是几亿件，就算千分之二的使用猴票贴信，也需要消耗掉 200 多万枚猴票。因此，我认为存世量只有 200 万枚！"

听到这里，一向冷静的武马也有些坐不住了。他也是过来人，他知道陈树藩的这种计算方式仅凭推测，并不靠谱，说句实话，纯属猜测！他现在开始质疑陈树藩在猴票上的研究成果了。研究一件事情，尤其是当今社会，是要靠数据说话的，不能想当然！

陈树藩看到武马在低头沉思，就知道他是对自己的研究成果不以为然，于是也不在意，只是稍微停顿了一下，扭头对武马继续展示他的研究成果：“首先，这套邮票名字就好听，猴票，谐音是‘好票’；它还有很多好听的称呼，像什么‘金猴’、‘蹿天猴’、集邮‘神票’等等。你说，一枚邮票咋那么多称呼呢？就相当于现在一些名人的许多社会兼职，唉，一句话，有地位，值钱，集邮界的精英、高大上！大家爱它，捧它！有了这样的一个个威武的绰号，它想不被人关注都不可能！”

武马：“陈老先生，这些称呼中您最喜欢哪个？”

陈树藩摸摸八字胡，抿嘴一笑，双目流转：“当然是集邮的‘神票’！就像人们形容《最炫民族风》是广场舞‘神曲’一般。”

停顿片刻，他又说：“其次，从邮票本身能看到‘系列’影响的痕迹，我目前无法断言生肖邮票是所有邮票中最好的系列，但至少这是一个不错的系列。再有就是猴票的设计，黄永玉先生的设计可谓至善至美，仔细品味一番，你会深深地叹服！”

武马情不自禁地拍了下大腿，这个分析真有道理！

陈树藩道：“这只是我个人的观点，当然在许多专家学者眼中，我的观点不过是拾人牙慧而已。这也有可能，毕竟我接触的圈子狭小，见识浅陋，容易偏执、主观。但是，猴票我是看准了的，这些年我手中的猴票很少出手。”

武马：“您的猴票不出手是对的，要不然您就不是‘猴王’了。”

陈树藩：“听我说完。第三，我个人的想法，中国邮市非得通过一批邮票的飙升来重新缔造一个新环境，为此，许多有识之士就盼望一个有威望的系列或者一个有市场影响的邮票横空出世，让它在市场上呼风唤雨。那么，这个角色谁适合当呢？谁能在市场上一呼百应，起到‘晴雨表’、‘领头羊’、‘神票’的作用？不选猴票选谁？”

这研究的成果太到位了，武马听后惊呆了！

“第四，无论岁月流逝、世代交替，集邮市场收藏与投资的血统是绝不会改变或更换的。其实，猴票一路走过来，命运也算坎坷。刚一出生就怀才不遇，受了几年冷遇，然而它一直很坚强地隐忍。后来，在收藏与投资双重需求的刺激下，它的真正实力才逐渐显露出来。”

陈树藩接着说：“第五，猴票出生后，中国邮政便很快地投入到对生肖系列邮票的打造上，不断发掘后续的生肖精英入伙，包括请一些社会名家来设计，不断提高生肖系列受欢迎的程度。这不但大大增强了生肖系列的凝聚力，而且大大提升了生肖邮票在集邮市场上的美誉度。生肖邮票的发行对弘扬生肖文化发挥了巨大的作用！

第六，原先集邮是小众群体，集邮活动不断被边缘化。可是自猴票‘入伙’后，集邮市场在它的主导下不断地发生化学变化、物理变化，现在，集邮已经不再是原来的那个集邮，邮票也不再是原来的邮票，这猴票的作用功不可没！

第七，猴票是集邮和集邮活动的有力宣传者。只要它振臂一呼，第一时间就会有很多人挺身呼应。不过，我也注意到，一些人对猴票在集邮市场的作用开始有些质疑，这也正常。确实，猴票在市场上的价格奇高，他们无力购买，因而无法对猴票产生好感和认同。我承认，当猴票为了市场的发展过分伤害到个人时，再冠冕堂皇的理由也无法掩盖其中的残酷。但是，我们也要注意，这就是市场规律。谁让你当初没有抓住机会，谁让你当初与机缘擦肩而过？不过，说句实话，生肖猴票要是人手一枚，猴票也就没有了如今的市场价值了，收藏也就没有了‘物以稀为贵’了！你说是不是这个理？”

武马："说得对，正如《相见恨晚》这首歌所唱，'你有一张好陌生的脸，到今天才看见，有点心酸在我们之间，如此短暂的情缘。看着天空不让泪流下，不说一句埋怨，只是心中的感慨万千，当作前世来生相欠'。"

陈树藩："这是高胜美的歌曲，我也会唱，'你说是我们相见恨晚，我说为爱你不够勇敢，我不奢求永远，永远太遥远，却陷在爱的深渊，在爱与不爱间来回千万遍，哪怕已伤痕累累，我也不管'！"

好个陈树藩，年事已高，什么歌都会唱！

"最后，我们是不是可以这样理解，即：从集邮市场来说，主观上猴票是稀缺资源，客观上有对这样的'领头羊'、'风向标'的需求；对猴票而言，主观上有传承生肖文化的宏愿，但是客观上也造成了集邮市场持续繁荣的事实。所有对猴票的褒奖，一定要站在'文化与经济现象'的角度说话。还有，就是猴票现象可遇不可求，下一个可以同猴票比肩的邮票恐怕还要等！"

说完了这番话，陈树藩又唱起："千年等一回，等一回啊！千年等一回，我无悔啊！"

他摸摸八字胡，心里好不得意。他这一次果真在武马面前证实了他"猴王"研究猴票的实力，不是浪得虚名！

猴票，确实是中国集邮市场上的"神票"！

一天后，武马启程回国。离别时还有两个疑问在困扰着他，他后悔没有当面问清楚，一是"猴王"手中那么多的猴票当年是怎么得到的？二是"猴王"为什么要移居马来西亚吉隆坡？

第五章 红红的脸暖心窝

歌德曰：“少年怀春！”

陈树藩说：“老年怀旧！”

陈树藩说这句话是为了向逝去的青春致敬！

因此，时间要追溯到30多年前。

“现在好像是1968年，这里应该是福建泉州，嗯，是个侨乡。”陈树藩坐在一个茶馆里，闭上眼睛，开始仔细地回忆起来，“我好像是上一周来到这里的，来这里应该是找工作，不对，应该是找家，咦，也不对，家自从我记事后就没有过。”

“家到底在哪儿？”这个在自己脑子里的记忆显然有点混乱，陈树藩又使劲想了半天，自己一直是居无定所。

想不起来就不想了，陈树藩只好蜷缩在茶馆的一个角落里，默默地发呆，谁让他就是一个没有工作的穷屌丝呢！

一个十七八岁的茶馆跑堂走了过来，看到陈树藩一脸若有所思的样子，忙问：“客官，加水吗？”

“不用，这里还有。”陈树藩还要一个人静下心来想想事情，于是挥挥手打发走跑堂。

“客官，你慢慢喝。”跑堂机灵的大眼睛眨了一下，赶紧知趣的告退了。

这个时候，就见一位既不白又不高的老汉气宇轩昂地进来喝茶。

跑堂的赶紧打招呼：“潘老！”

茶馆掌柜的：“潘老师！”

不尽相同的称呼，同样敬畏的语气。

那老汉一进来，就一屁股坐在陈树藩的身旁。

陈树藩：“老人家，您来这里喝茶呀？”

那老头奇怪：“你年纪轻轻的，怎么大白天在这里喝茶？”

陈树藩急急解释：“我到这里找家。”

那老头又问：“找家？你没有家吗？”

陈树藩答道：“没有。”

那老头一听就明白怎么回事了，于是露出几分慈祥的模样：“孩子，那啥，我看你嗓音不错，你也别找家了，到我家跟我学歌吧！”

陈树藩嘴巴张得老大：“什么……您能教我唱歌？”

那老头说：“没问题的，真可以教。”

陈树藩羞涩地问道：“您教我唱歌收费吗？我可没有钱。”

那老头抚掌大笑：“说哪儿去了？放心吧，不收费。”

陈树藩眨着双眼：“真的？”

那老头笑道：“真的。孩子，你挺招人稀罕的。我问你，你结婚了吗？”

陈树藩：“没有？”

那老头：“孩子，你看起来年纪也不小了，怎么不结婚？”

陈树藩：“还没有一个正式的工作，没人嫁给我！”

那老头奇道："这个，有什么关系吗？"

陈树藩："是呀，我也这样想的。现在没有正式职业，并不意味着我将来没有职业。"

那老头越发喜欢陈树藩了。他见这孩子好学，便对他道："孩子，那你就跟我学吧！"

能学唱歌多好呀，比起自己之前的无业游民状态不知道要好多少。

陈树藩从小就喜欢音乐，苦于投师无门，他对那老头道："我只是想问，还有别的同学吗？"

那老头笑道："有！不仅有别的同学，还是一位女同学。"

陈树藩挠挠脑袋："你我素昧平生，为什么对我这么好？"

那老头微笑颔首道："因为你的女同学，就是我的女儿。你到现在还单着，生活和爱情，要两头兼顾啊！我的女儿叫潘倩侣，那红红的脸蛋呀……我见你这小伙子头脑机灵，就想把女儿嫁给你！"

天底下哪儿有这等好事？陈树藩非常高兴，当场拜那老头为师："我会好好学习的，尽早向您的女婿转型！"

老头大喜，说句实话，家有待嫁的闺女一直是潘老汉心头的烦恼，见小伙子态度这么诚恳，他当然高兴。

没想到，陈树藩一到那老头家就撞见他的师妹潘倩侣，当场便惊呆了："你就是那红红脸蛋的师妹？"

潘倩侣点了点头。

陈树藩："我不说别的，我只问你一句……"

潘倩侣很生气："不用问了，我知道，为什么这么胖？胖又咋了？我就是这个品种，我就是这一款，我自己喜欢，关你屁事。"

这女同学说话这么没遮拦，真是心直口快！这番话居然让陈树藩的脑子一时短路了。

那潘倩侣看到父亲领着一个男同学过来，大急："我一个人跟您学唱歌好好的，干吗引进一个男同学过来？"

那潘老汉调侃道："你这么大岁数的女孩子，不找个男孩子作伴，怎么打发你的业余时间？"

这话说得可够直白的，就差明言给她找个男朋友了！

潘倩侣深深吸口气，眯着眼睛思索半晌："这有什么啊？唱歌呗！上午唱，下午唱，晚上就不唱了！实在不行就晚上跟您遛弯，至少也能从微胖界跑到精瘦界，从五花跑成里脊……"

"这……"那潘老汉陡闻此言，不禁倒吸了一口冷气，"这只呆鸟，木星来的？什么都听不懂？这呆女儿不但没吃过猪肉，还没见过猪走，更没见过猪跑！"

其实面对一个待业男青年，哪怕再合心意，潘倩侣也不能公开表现出对他的兴趣……那个年代，未婚女青年对待婚姻的态度都十分腼腆的。

潘倩侣道："我这辈子就跟您、小喵、小汪一起过了！"

听后，潘老汉深深地叹了口气。

良久，潘老汉才轻轻道："小喵、小汪也会喜欢他的。"

潘倩侣一怔，忙追加一句："我不相信！"

还真是，潘老汉家的小喵、小汪对待陈树藩的态度与潘倩侣截然不同，围前围后，卿卿我我，对陈树藩的加盟极为欢迎。

哦，对了，忘记介绍了，小喵和小汪分别是潘老汉他们家的小猫和小狗。

以后的日子里，潘老汉天天教他们两个声乐。两位男女同学天天大门不出，二门不迈。

在三个人的世界里，只有一个女人。渐渐地，陈树藩对潘倩侣有了好感。他羡慕她女低音的歌喉，知道了什么是“余音绕梁，三日不绝”。心想，没有肥胖的身躯，这种女低音就缺少了音响效果。

有一个优点就有两个——她那红红的笑脸，在两人之间先擦出了朦胧的火花。而后又发现了第三个优点——美色可餐，这女同学身材虽然胖了些，但年龄却已经二十有五了，正是女人最黄金的年龄，该发育的部分也都超水平地发育出来了，再不采撷就熟透了！

看到女同学一副丰收在望的样子，陈树藩便忍不住想要下嘴。于是，他就盘算着如何主动了。

爱慕的理由太过简单，但并不代表着过程枯燥无味！潘老汉看在眼里，乐在心里，静观事态的发展按着自己设想的方案走。

殊不知，在男女恋爱这个问题上，男人犹如电灯泡，一拉就亮，一关就灭：而女人就像电熨斗，通电后要凉半天，才会慢慢热起来。

潘倩侣在这方面的反应，还是过于迟钝。

有一天，潘老汉晚上要外出溜达，陈树藩就说：“师傅，今天天气好，雾霾少，外面空气一定很清新，你就多溜达一会儿！过去您的纪录是一万步，我都给您数过，今天挑战自己一下，溜达一万两千步试一试，晚点回家没关系，我给您留门！”

潘老汉叫起来：“师傅老了，这一万两千步可走不动！”

陈树藩鼓励说：“至少一万一千步，不能少了，少了就达不到锻炼身体的目的了！”

潘老汉走了，潘倩侣没在意，一边哼着歌曲，一边问道：“爸爸呢？天这么冷，总不会又去遛弯吧？”

陈树藩笑道：“亲，没办法，习惯了，我劝都劝不住，任性！”陈树藩今天的语调比以往亲昵了不少，只不过沉思中的潘倩侣没有发觉。

那陈树藩把话头往那方面引，他对师妹道："倩侣，你上次好像告诉过我，你很喜欢浪漫是不是？"

潘倩侣一边喝茶，一边敷衍："嗯，啊！"

陈树藩："你有没有感觉今天的月光有点浪漫？"

潘倩侣继续喝茶，一边敷衍："嗯，啊！"

不直奔主题看来是不行了，陈树藩凑了过来："亲，你好像还说过喜欢我！"

在皎洁的月光下，陈树藩变魔术般拿出早已准备好的鲜花，左手捧着鲜花，右手摸着心脏，向潘倩侣单膝跪了下来，除此之外就没有任何多余的动作了。

看到了鲜花，潘倩侣和她的小伙伴们小喵、小汪都惊呆了，她问道："你这鲜花啥意思？我这模样你喜欢？"

陈树藩说道："倩侣，你胖得这么伟岸，胖得这么有磁性，师哥我喜欢极了，我将来会……"

那陈树藩开始憧憬起来——待长发及你半腰，秋季为你上膘。殊不知潘倩侣本身就是长发，这身躯根本不用上膘！

潘倩侣瞠目结舌，尽管她从来没有和男孩子交往过，但也知道这话里面别有的深意："为什么……"

陈树藩："一切一切，只为安抚那漂泊已久孤独的心；一切一切，只因'我想有个家'！"

潘倩侣恍然大悟：啊，支走父亲，这是啥意思？我懂的！

不过也好，两人可以享受二人世界！于是，两人齐唱刚学会的歌曲："想要有个家，一个不需要华丽的地方，在我疲倦的时候，我会想到它！"

潘倩侣很感动，许久才说出一句话："今晚的月亮真圆！"

这时，潘老汉及时赶了回来，说了一句：“傻孩子，还不主动一点！”

陈树藩也是聪明人，潘老汉话说到这份上，他如何还不明事理？他一把抱住潘倩侣，并且将嘴唇靠了上去，幸福的潘倩侣一点反抗的意思都没有……

老年不宜，潘老汉不由得面红耳赤，他对陈树藩解释说：“一万步还差几步，我这就出去补上！”说着带着小喵、小汪就要出去。

原来万里长征还差一步。

陈树藩含糊地说：“师傅，不用走了，这就快亲完了！”

顺便说明一下，两人在几年的声乐生涯中锻炼出一种技能：掌握的歌曲到了张嘴就有的程度，无论何时何地，只要触景生情就能即兴歌唱！

此时的潘倩侣美得不得了，只等嫁了如意郎君，便要和丈夫在此共筑爱巢了。

潘老汉却对小两口道：“你们的运气不好，赶上了‘文化大革命’，现在这里很不稳定，靠唱歌也不能养家糊口。我这里积攒了一点小本钱，你们移居到东南亚牛尼拉做点小买卖吧。”

那个时候，福建泉州的居民有移居东南亚的传统和习惯。

临行前，潘老汉泪下：“且行且珍惜，保重。孩子们，为父只能帮你们这些了！”

两人同父亲、小喵、小汪依依惜别。

到了牛尼拉，陈树藩两口子心里还是能很快接受业务的转型。他们俩孤单二人，了无牵挂，坚持追寻父亲指引的转型梦想。

他俩唱道：“追逐心中永远的梦想，我们都还在路上徜徉，用心谱写成长的文章！”

陈树藩的传奇人生开始了新的篇章。

接下来，要翻到另一页了。

陈树藩手中的1200版猴票到底是怎么得到的？这不仅是武马，更是集邮爱好者最为关心的话题。

话说陈树藩到了牛尼拉后的十几年，他在牛尼拉商界的地位还是有些小尴尬。虽然担任着牛尼拉华侨联谊会的会长，领导着本市华侨几百人，似乎可以在华侨界呼风唤雨。可是他心里却很清楚，华人在牛尼拉是小众群体，自己在商界不可能有什么影响。将来要在商界进一步发展，仅靠自己现在经营的珠宝生意肯定不行，这里的珠宝生意顶多算小打小闹！

1980年春节刚过，陈树藩正懒洋洋地盘腿坐在床铺上，仔细地翻看着手中的一本刊物——《集邮世界》。这本刊物并不是在牛尼拉本地买的，而是妻子节前去香港购物时从那里带回来的。

“啪嗒”一声，陈树藩合上了手中的杂志，深深吸了口气：“生肖猴票……中国人民邮政首次发行！这枚猴票设计、雕刻得真好！尤其是那红红的底色，太炫、太酷了。”

妻子没听清楚，将身子前倾了过去问：“树藩，你在那儿嘀咕什么呢？”

“呵呵。”陈树藩笑了笑，说道，“这红红的生肖猴票太像你红红的脸蛋！”

潘倩侣：“树藩，你这是什么比喻？这岁数了还不正经！”

陈树藩的神情里满是兴奋：“这种传统文化题材以前不多见。”

潘倩侣：“是呀，过去中国邮政的邮票选题大都是政治题材！”

陈树藩摸摸八字胡，又拿起那本杂志，递给了妻子，笑道：“杂志的主编说什么自然不足为信，不过中国邮政的宋兴民总经理在上面说些什么，是要充分予以重视的。他说这套生肖邮票今后11年要连续发行下去！”

“宋总经理的讲话。树藩，你是说这一条吗？”

陈树藩：“我说倩侣啊，知不知道这枚生肖猴票玄机在哪儿？”

潘倩侣惭愧地耷拉着脑袋说：“玄机，没看出来。是红红的底色吗？”

陈树藩再次拧着眉：“玄机就在这是个系列邮票，要连续发行好多年！”

潘倩侣笑了笑说：“不过，这枚猴票画得可是太一般啦！”

陈树藩：“非也，非也。你不懂，这枚猴票画得十分传神。”

是的，不久前他听说中国的集邮市场风生水起，邮政又发行了生肖猴票，只不过这枚猴票长得什么样，远在牛尼拉的他还没见过。可是，今天他在这本《集邮世界》杂志上见到了这枚猴票的芳容。凭借自己小时候的集邮经历，他的脑筋急速地转了起来，隐约觉得这是一个商机，而且还是巨大的商机。

他马上想起了自己的珠宝店旁边不远处就有个邮票店，何不到那里打探一下消息。

他起身出门，很快就找到了这家店。

“请问，您是？”出来接待的是店里新来的伙计，以前没有见过陈树藩。

陈树藩：“我是隔壁陈记珠宝店的老板，今天没事过来坐坐！”

听见有人来访，店掌柜也从后柜出来接待客人。

陈树藩用“随便看看”和人家打过招呼后，就和店掌柜沉默对视了一会儿，然后有一搭无一搭地聊了一会儿各自的生意，共同的感叹现在牛尼拉的生意是越来越难做了。

陈树藩聊着聊着又问：“不知道掌柜的对中国邮票是不是了解？”

店掌柜："当然了，我是华人，您看不出来？"他目光炯炯地看着对方，"中国邮票可比这里的邮票好多了。"

陈树藩："有没有听说最近中国邮政发行了一枚生肖猴票？"

店掌柜："听倒是没听说，我只是在香港的《集邮世界》杂志上见到了这条新邮消息。"

陈树藩："有没有当地人到你的店里来打听这枚邮票？"

店掌柜显然没见过，又见一旁的伙计也在摇头，就说："应该没人来问，这里的华人一般都在新加坡买中国邮票，我这个小店也没有中国邮票。"

话说到此，也就到了头了，陈树藩想在这里了解到的信息也就这些了。也不能这样说，他在这里了解到一个最大的信息，就是这枚新中国发行的第一枚生肖猴票并没有引起普遍的关注！想到这儿，陈树藩如梦初醒一般，连连点头，口中喃喃道："这是一个机会，绝对是机会！"

看着陈树藩一脸大彻大悟的样子，店掌柜却有些愣住了，他不清楚眼前这位陈先生话中的意思。

陈树藩："店掌柜，等我今后发了财，一定不会忘记你的。"

店掌柜一脸的莫名其妙，茫然地回应了一句："共同发财，共同发财！"

时钟在"滴答"，当陈树藩返回家里时，夫人还没睡，她眉开眼笑地迎上来："树藩，怎么样？"

陈树藩赶忙答道："还好，还好！是个机会。"

那妇人问："是个什么样的机会？"

陈树藩脱去外衣："是个百年不遇的机会！"

潘倩侣："你怎么这么肯定？"

陈树藩脱下皮鞋，换上拖鞋：“相信我，不会看走眼！”

那妇人道：“那该出手时就出手，先到香港看看！”

陈树藩：“不过，香港我是两眼一摸黑，谁都不认识。”

那妇人想到：“找这个《集邮世界》的主编——牛仝。办集邮杂志的人一定了解邮票的行情，杂志上有主编的联系电话，咱们打个电话联系一下。”

电话打通了。

“请问是牛主编吗？”

“是我！哪一位？”

“我，陈树藩，牛尼拉的珠宝商！”

“有什么事情吗？”

“看了你杂志的介绍，对中国邮政发行的生肖猴票感兴趣。”

“生肖猴票？香港有很多。”

“我能过去和您当面谈谈吗？”陈树藩迫不及待。

“求之不得！”牛仝慎重地思考了一下才回答。

第六章 先登陆，后淘宝

香港是陈树藩熟悉的地方，一切温馨如昔！他来了，是带着一颗期许的心来的。登陆的时候，他脑海里满是“淘宝”的期待。

1980 年 8 月的香港，一辆出租车慢慢地驶进了铜锣湾一条僻静的街道，来到了一处香港人开的名为“富丽皇”的小旅馆门前。旅馆的伙计，还有一个老板模样的人看到生意上门，满脸堆笑地迎了上来，同时还不忘从出租车司机手中接过客人的行李。

从车里走出一个中年人，他穿戴随意，手里提着一个箱子。下车后，他眼光四下一扫，微微点了下头，低声对出租车司机说了一句：“还行，蛮好找的。谢谢！‘雨停了，不再灰，擦亮自己，准备某个交会’。”他一边哼唱着，一边在老板和伙计的陪同下走进了旅馆的一楼。

此人，正是从牛尼拉赶过来的陈树藩。

走进旅馆，陈树藩摸摸八字胡，扭头问那位老板：“有没有一位从新加坡来的牛先生住在这里？”

“提个小醒，不知是哪位牛先生？”那位老板微笑着反问。

“是办《集邮世界》杂志的牛仝牛先生。”陈树藩回道。

"有，有，这位牛先生是从新加坡来的，租我这个小旅店的二楼一号办杂志。请您跟我来，我带您去见他。"老板一边热情地回答，一边在前面带路，将陈树藩领到了二楼一号房间的门前。

陈树藩从兜里掏出一百块港币递给那位老板："这是小费，再麻烦你准备几样酒菜送到这里来，我要和牛先生在这里聊聊。"

老板拿了钱就高高兴兴地离开了，陈树藩则敲响了一号的房门。敲了几下后，房间里面有人谨慎地问："请问，你找谁呀？"

陈树藩："我找牛仝，牛主编。"

牛仝一愣："谁呀？声音有一点耳熟！"

陈树藩："是我，两天前给您打过电话！"

牛仝："打过电话的人多了，你叫什么名字？"

陈树藩："陈树藩，牛尼拉的珠宝商！"

牛仝终于把门打开了："我就说嘛，有点耳熟！"

陈树藩摸摸八字胡，连忙解释："牛主编，真是贵人多忘事呀！我们前两天通过电话的，说好过来看看您的。"

牛仝："呃，是呀？陈树藩先生，求之不得，瞧我这记性，快请进！"

陈树藩微笑了一下，就进了房间，顺手关上了房门。和牛仝分宾主落座，他才不慌不忙地开口道："牛主编，请原谅我的唐突，那天我们通过电话后，我就决定过来，事先也没同您打招呼。您那天在电话里说过，手中的猴票很多，我就为这个来的！"

牛仝："别提了，猴票有什么吸引力？我这里多得是，每天都有内地的集邮爱好者寄过来，放在这里也没有人要。"

陈树藩："牛主编，能介绍一下为什么内地的集邮爱好者给贵社寄猴票吗？"

牛仝不知道这位贸然来访者心里在想什么，他顿了一下，点点头：

“当然可以。我这个人一生就一个爱好，就是集邮，主要从事内地特殊地名邮戳的收集和研究，另外我还热心集邮研究和出版工作。这不，去年我专门从新加坡来到中国香港，就是为了办一本世界华人喜欢的邮刊。今年年初，我在这个小旅店里创办了一本《集邮世界》杂志，没想到这本杂志不仅在香港，就是在内地也极受欢迎，每天都有成百上千的内地集邮爱好者来信索要！”

陈树藩：“内地难道就没有集邮杂志，集邮爱好者为什么不买，反而索要呢？”

牛仝：“陈先生，你有所不知，内地原来也有集邮杂志，可是‘文革’期间被取消了。现在人民币在香港无法自由兑换，内地的集邮爱好者在内地无法得到港币，因此就来信向我索要，他们也是出于无奈。你不知道，集邮爱好者是多么可爱、多么执著，他们寄来的每一封信都令我感动！”

陈树藩摸摸八字胡，脸上滑过一丝惊奇，轻轻地问道：“这么多人要，你给得起吗？”

牛仝感慨地说：“就是呀，我真给不起！要是都满足了，长此以往我这个杂志就会办黄了不是！后来，我就在杂志上登了一个声明：凡索要杂志的集邮爱好者，都要寄一些内地的邮票来换，多少不限，什么品种不限，但必须是新票。”

陈树藩闻言一愣：“牛主编，效果怎么样？是不是就没人换了？”

牛仝摇头道：“正好相反，内地的集邮爱好者最讲究的是‘以邮养邮’‘以邮会友’，用邮票来换杂志的每天都有几百人。”

陈树藩又问：“他们寄过来的都是什么邮票？”

“也许是今年初刚发行了猴票，寄来换邮刊的大都是猴票！”牛仝淡淡一笑，“我是希望寄来的邮票品种丰富一些，没想到百分之八十都是生肖猴票，有四方连、八方连，还有二十方连，更有甚者，还有寄来整版的，说是一版猴票要换整年的期刊。陈先生，您说说，这一版猴票才6块4毛钱，我全年的邮刊要20块港币，这也不对等呀！”说着他就从书柜上取下一个大纸箱子在陈树藩眼前晃了晃：“你看看，都在这里，大概有几万枚！”

“这么多！”牛仝吸了口气，瞪着眼珠子打量着眼前装满了猴票的大箱子，“牛主编，您有没有想过把这些猴票卖给香港的邮商，用来补贴办杂志的费用？这个主意好吧？我是不是特有才！”

“卖给邮商？”牛仝“嗤”的一笑，“怎么没想过？这就是我的初衷。可是这件事不大好搞，我找了好几家本地邮商，人家对猴票看都不看一眼。他们说中国邮政猴票印多了，自己手里的存货卖都卖不出去。据说中国邮政还给邮政员工派了任务，摊销这枚猴票。”

怎么自己看好的猴票居然是这样！还有这“摊销”是什么意思？

牛仝：“‘摊销’你都不知道，这是邮政的老传统，给每位邮政员工都摊派销售任务。”

听了牛仝的话，陈树藩的脑海中出现了一张张着急的脸，满脸都是愁容！说起来真是让他们头疼，这手中囤积的猴票何时能销售出去？

陈树藩摸摸八字胡，连忙帮助出谋划策：“是呀，您可以再刊登一个声明，让大家不要寄猴票过来。”

牛仝点点头，一愁莫展地说：“是呀，是呀，这样的声明我刊登了两次，可是不起作用呀！我现在真是入不敷出了，赠送出去的邮刊一本不能少，补贴印刷费用的钱一分没得到，真是把我愁死了！”

陈树藩被牛仝真心为集邮爱好者服务的精神感动了：“看来，这枚猴票中国邮政确实印了不少，您知道发行量吗？”

牛仝回忆了半天："目前还没有得到官方准确的数字，估计至少500万枚。"

陈树藩敏感地反应道："这个数字不多呀，您看看内地至少有1000万集邮爱好者，这枚猴票是生肖系列的第一枚，将来肯定会有'龙头效应'的。"

牛仝："印刷数量在其次，很多集邮爱好者对图案不大喜欢，他们在信中报怨说，印在邮票上的不是'猴子'，是'大猩猩'！"

陈树藩："这些集邮爱好者什么眼神呀！我觉得这枚邮票设计得特别好！"

"你觉得好就把这些邮票买回去吧！"牛仝边想边说。

说者无心，听者有意。有时候，机遇来的时候确实有些猝不及防！

按照牛仝的意思，你陈树藩不是认为这枚猴票设计精美，又是第一轮的第一枚，又有龙头效应，发行数量不足500万，消耗量又多……你为什么不把这些邮票买了去呀！

陈树藩看着牛仝那张对自己充满了期待的脸，轻轻叹了口气："牛主编，让我想一想！这事情来得太突然。"

牛仝："陈先生，别当真，我是开个玩笑，我知道只有傻子才会买这些猴票！"说着他冲着刚刚端着酒菜进来的小旅馆伙计说道："伙计，把酒菜放到这里。陈先生，这酒菜是你买的吧？让你破费了，来，一起喝两杯！"

正当两人要喝的时候，忽听得隔壁有女人在唱："一个人回家路上，这个城市到处是熄灯的窗，夜色有点亮，有星星出现在远方，和我一样孤单的在发着光！"

太催人泪下了。这还不够狠，又有个男中音接着唱道："失去翅膀，就像你和我，飞不到原来的方向，我一路上，不断地回头，多么希望，有人会阻止我去流浪！”

太惨了，尤其喜欢声乐的陈树藩，听得相当地专注。

牛仝敲了敲桌子：“我说，伙计，隔壁两个唱得太悲催了……我们怎么喝酒？”

牛仝很生气，后果很严重。

伙计：“牛先生，一定要原谅！我这就让他们别唱了。”

陈树藩喝道：“你们这酒店啥意思？我们喝酒聊天，隔壁唱啥子《一个人的星光》？你给我把他们叫过来！”

“噔噔噔噔”，伙计麻溜地出去了。

时间不长，两个人来到他们的房间。前面的男中音40多岁，后面跟着一个30岁左右的女人，女人梨花带雨，一副无精打采的模样。两个人一看就是遭受了什么难处。

牛仝喝道：“什么情况？刚才那歌是你们唱的？”

男中音知道自己惹祸了，他打算岔开这无比尴尬、无比凝重的气氛：“是的，是的，唱得不好，有点跑调！”

陈树藩惊呆了，他是懂声乐的：“什么叫有点跑调，有一句在调上吗？怎么听起来有点东北‘二人转’的味道？”

“二人转”男演员赶紧替女演员抹了把眼泪，说道：“刚才我们俩在隔壁唱歌，唱着唱着就跑调了，唱到我们东北‘二人转’上了。没想到影响了两位的酒兴，我在这里深表歉意……”

陈树藩把手一扬道：“要是串调了，就是精力不集中。一定是遇到了什么麻烦，说下原因先！”

那“二人转”男演员红了红脸，哭诉道：“各位领导，各位同胞，我们的麻烦可大了。这是我的内人，翠花，我叫猴头，我们都是东北人。就是几个月前，中国邮政发行了生肖猴票，因为我叫‘猴头’，就觉得同这枚猴票有缘，买了 300 版，钱都是从亲戚那里借来的。”

猴票？牛仝与陈树藩两个人面面相觑，怎么回事？“说曹操，孟德到；说猴票，这猴头就到！”

“猴头”续道：“我们想到香港把这些猴票卖个好价钱，没想到香港这里猴票的价钱比内地还便宜！”

牛仝余怒未消：“你们不知道，这猴票在香港也没市场呀？”

“猴头”头都大了：“我们哪儿懂这些！”

陈树藩弱弱地问一句：“喔，那猴票出手了吗？”

“猴头”弱弱地回答：“哪里啊，根本没人要。来了好几天了……手里没钱啦，想回去，机票钱没有，房费也付不上。这不我们愁得就唱了几句‘二人转’……”

牛仝想了想道：“正好，树藩，你就把‘猴头’的邮票买了去吧。”

陈树藩抗议：“给个理由，不带硬性摊派的！”

牛仝一句话就把他堵了回去：“你不正要买猴票吗？”

陈树藩知道话说出去就收不回来了：“人一辈子，面子比什么都重要！……唉，都是同行，都挺不容易的，干嘛不捧对方的场子呢？”

于是他想了想，又算了算，爽快地将自己钱包里的一沓钱交给“猴头”，说：“这样吧，你手中的 300 版猴票我原价买下！然后我再多给你一些钱，够你们俩回程的机票和在香港的房费，你看行吗？”

“猴头”急忙摆手：“这个不行，我们萍水相逢，怎么好这样！”

“赶紧，赶紧！”陈树藩眼一瞪，“趁我现在还没有反悔……”

拿起钱，猴头不知道该做什么表情。

陈树藩故意很夸张地问：“我说，还等什么，等着我发奖金啊？”

“猴头”两口子局促不安：“这个，那个，……好，那我们先走了！回去我们再不买猴票了，好好练习‘二人转’！”说完，他和他老婆千恩万谢地退了出去。

两人一走，他们喝酒的兴致也没了，不过，“猴头”和猴票的话题还在继续。

牛仝：“看到了吗？树藩，这就是你同行的下场，前车之鉴呀！”

陈树藩笑道：“没什么，他只是个‘猴头’，我想当‘猴王’，比他要厉害！”

陈树藩觉得自己做了一生中最为得意的一个决定，他还想做另外一个更加重要的决定：“牛主编，我是真的要考虑一下！您办这本杂志这么辛苦，而且杂志办得如此受欢迎……我也应该为您的杂志出点力呀！牛主编，您刚才的话算数吗？”

其实，这位在牛尼拉珠宝界并没有干出什么名堂的陈树藩，血管里流着的是商人的血，但他并不是一位普普通通的商人，他似乎在这个商机面前嗅到点什么！

牛仝立马就从椅子上站了起来，走到陈树藩面前恭恭敬敬给他鞠了三个躬，高声道：“陈先生，你若能买了这些猴票，我先鞠三个躬。一鞠躬是代表我自己，圆了我多年办杂志的梦；二鞠躬是代表香港的集邮爱好者；三鞠躬是代表内地的集邮爱好者感谢您。”

再看陈树藩的脸上，绝没有半点开玩笑的意思。大概是刚才喝了点酒，脸上微微有点发红，手里拿着斟满酒的杯子，心头不由涌起一股豪气来。就见他大笑几声，说道：“就这么定了，您手中的猴票我全买了！”

陈树藩的表态，让牛仝的眼里顿时就生成了几颗大泪珠子，嘴里不停地念叨着，高兴地一笑：“我这本杂志有救了，这本杂志有救了！”

哟，这个新认识的邮友挺上路，一点都没有商人的做派，自然是可交的朋友啦！牛主编的样子比他还要豪气万千，背着手站了起来，将自己的杯中酒一饮而尽，显得颇有些文人的风采。

“对了，我这里有一份猴票价格表，您想不想看一看？”牛仝从办公桌抽屉里取出一份猴票价格表递给了陈树藩。陈树藩接过价格表翻开看了看，不由得倒吸了口凉气。原来在这份价格表上面，无论是内地邮市的价格，还是香港邮市的价格，猴票的价格都不理想，几乎和面值差不多。

“其实，也没有关系。”陈树藩不愧是商人，该决断的时候也是一点不含糊的他毫不犹豫道，“牛主编！这说明内地和香港还都没有看到这枚邮票的潜力……我还想趁机在香港收购这枚邮票。”

“我看您是不是先稳一稳……先把从我这里购买的猴票消化掉后再说！”说完这话，牛仝拿起酒杯喝了一口。

陈树藩摸摸八字胡，望了牛仝一眼，淡淡地道：“也没有什么大不了的，目前猴票这个价格……我的财力还是可以接受的。”

牛仝似乎苦笑了一下，心想这个陈树藩还真是傻到家了！如果购买得太多了，就会成为陈树藩手中的烫手山芋了……

牛仝伸出手摸了摸陈树藩的额头，看看他有没有发烧，静静地想了一会儿，接着才叹了口气：“陈先生，还是稳一下为好……千万不能操之过急！”

“不！这个决心我下定了！”陈树藩非常坚决地点点头，镇定地看着牛仝，“牛主编，我认为这是千载难逢的机遇。香港的邮商您一定都熟悉吧，您愿意给我带路吗？我就跟着您，哪儿有猴票，我就去哪儿！”

说起收购猴票，陈树藩还是有本钱的，他到底是个珠宝商，手头不至于那么紧。虽然这些年他的珠宝生意不是十分景气，可是当时的猴票价格并不贵，收购百八千版猴票的财力还是有的。

“固执己见，不自量力！”牛仝看了下眼前这个踌躇满志的陈树藩一眼，心里突然冒出了这么八个字。随即他就在心里狠狠谴责了一下自己，想道：“人家刚刚‘照顾’了自己，不能用这样的语言诅咒人家！”

想到这里，牛仝点了点头，笑道：“陈先生，既然你考虑成熟了，那好吧……香港所有的邮商……谁有猴票我都知道，我就带你去吧。”

听到这话，陈树藩转身就要出发。牛仝仍然静静地站在那里，缓缓地说道：“不急，我们至少把这酒喝完吧！明天一早咱俩一起去。”

陈树藩看了一眼淡定的朋友，自己忍不住也笑了起来：“好吧，干了这一杯。”

牛仝噘了下嘴，笑道：“以后别说我没劝过你，有你后悔的那一天！到时候可别找我买后悔药！”

陈树藩轻轻一拍桌子：“牛主编，我这人就这个性格，从来不后悔！没吃过后悔药。我这种人活得太累，不过却能活出精彩来！”

“这么说，你对明天收购猴票准备好了？要不明天我派一个小编辑跟你去吧，这么大点的事还用我主编亲自出马吗？”牛仝说起第二天的收购计划，声音就有些低沉。显然他不愿意参与这次的收购行动。

“牛主编，我已经全都准备好了。最好还是劳您大驾出马为好！”陈树藩点点头，表示万事俱备，只欠你这个“东风”了。

第七章 猴票收多了，就成了“猴王”

夜色已经非常深了，整个香港一片宁静。陈树藩喝过酒后，在床上翻来覆去睡不着。他双手枕在自己的脑后，定定地望着天花板。下午同牛主编的一番谈话一直在脑海中萦绕。

自己是“固执己见，不自量力”，还是独具慧眼，外加慧眼识珍珠，发现了商机？这步棋走得对不对？像两个小人打架，在自己的脑海中翻腾，最后自己的判断是，这次香港之行看来会有个不错的开局！

天快亮了，他才在昏沉中睡去。

第二日，好个艳阳天。

离小旅馆不远的风景宜人的太平山上有很多豪华奢侈的庄园，那里是达官显贵们打发周末美好时光、进行各种娱乐休闲活动的场所，可我们的陈树藩却没有闲心光顾。

一大早，在牛仝的陪同下，陈树藩开始了他的香港收购猴票之旅。

其实，陈树藩这次来香港收购猴票，没有想到价格如此便宜，决定大批收购也是临时兴起，因此也就有了自己的小算盘，那就是越便宜越好。

好在他带来了“参谋”牛仝，他是办邮刊的，说起价格，虽然有纸上谈兵之嫌，更不看好猴票能升值，不过在杀价方面确实可以帮着陈树藩出谋划策。

他们的第一站是九龙的一个小邮票店，由于时候还早，邮票店内安静之极。过了好半晌，才见店老板从后面走了出来。他咳嗽了一声儿，朝两个人点点头，苦笑道："两位早，想买点什么邮票？我这个店香港邮票居多，中国邮政发行的邮票只有近几年发行的，老纪特、'文革'票只有些盖销票。"

陈树藩脸上闪过一丝犹疑，缓缓反问道："为什么大陆的只有新票？"

老板摸了摸自己的两撇胡子，一脸轻蔑地道："不说你也清楚，内地的集邮活动在'文革'期间被禁止，现在刚刚恢复，收藏大陆邮票的人在香港不多。到我这店买邮票的十有八九是买香港邮票，顾客十有八九是香港人。"

"道理是这么说，可是内地人多、市场大，"陈树藩沉声提醒道，"说不定哪天收藏中国邮政发行的邮票的人就会多起来！"

"老板，建议你多进一些大陆邮票！"接过这个话题的是牛仝，他掰着手指头就给邮票店老板盘算开了，"你看，中国邮政发行的邮票分老纪特、'文革'编号票、JT 票三个种类，每个种类都有一些精品，我是看好这些邮票的。"

邮票店老板冲牛仝摇了一下头，一脸诚恳地道："牛先生，您的建议没错，可我财力有限，不敢进太多的货！这不前几天进了一批生肖猴票，结果一枚没卖出去。真是奇了怪了，这猴票是生肖系列的第一枚，怎么就没人买呢，您没看都砸在我手里了，还都是整版的。"

"真的没人买吗？"看到这个场面，陈树藩的神色也阴冷起来，只是冷冷地看着牛仝。牛仝也会意地点点头，意思是说：怎么样，我分析得对吧！

陈树藩摸摸八字胡，深吸了口气，脸上的表情又恢复如常，勉强挤出几分笑容："经营邮票要有远见，别看内地邮市目前不好，我相信马上就会好的。"

"不一定，不一定！"老板微微摇头，"经营邮票，靠几句空话恐怕没有多大用处。"

陈树藩："这不是空话，集邮的环境要靠实力来推动。内地的实力一是人多，二是目前没有好的投资环境，将来也许会有人选择邮票作为投资项目！"

老板："投资？要等内地人投资邮票，那还不等到猴年马月了！再说了，即使内地人投资，为什么选择投资邮票？将来内地也会有股市的，谁不知道股市更容易赚钱！"

牛仝也不同意关于邮票投资的判断，但又不想开罪这位极为冲动的牛尼拉珠宝商，人家正在兴头上。所以他也不说话，坐在一旁只是一个劲儿在那里喝茶。

陈树藩："你们要是不信，可以这样：我把你的邮票店里的猴票全部买走，而且我预计这枚猴票明年可以涨 3 倍！你们觉着如何？"

陈树藩决定将自己邮票投资的理念在牛仝、邮票店老板两人的面前实践一把，他雄心勃勃地注视着他们俩。

邮票店老板听他要收购店里所有的生肖猴票后，眼镜片后面的一对眼珠子瞪得老大，定定地看着陈树藩。"这位先生，你这是什么意思？"邮票店老板一字一顿地问道。

陈树藩："你不是说中国邮政发行的生肖猴票没人要吗？这不我都买了，你不欢迎吗？"

邮票店老板："集邮不能靠感情冲动，你要是这样，我还不打算卖给你！”

陈树藩：“我这不是凭冲动，我这是靠睿智，集邮也要讲究智慧的！”

牛仝对眼前两人针尖对麦芒的辩论装作没瞧见，只是捧着茶杯在那里一口口地品着，不知道在打什么算盘。其实，他也不用打什么算盘。因为他知道，他无法说服铁了心、吃了秤砣的陈树藩！

陈树藩：“牛主编，您的杂志是一个非常好的阵地，您大可宣传邮票可以投资，尽管现在宣传这个曲高和寡，不过在我的眼里，杂志如能现身说法比什么影响都大，坚持下去就会启迪很多人。其二，内地再有寄给您的生肖猴票，今后我都收了，而且是按着当日的市场价收购。一会儿回去，我就同您签个协议！”说着他伸出右手，比画了一个签字的姿势，然后充满期待地看着眼前的牛仝。

“吧哒，吧哒……”店老板的手指飞快地在计算器上按着数字：“算好了，50 版猴票，20 港币一版，一共一千港币……”

“这么贵，有没有搞错呀？牛先生以为如何？”陈树藩听了报价，自然知道是贵了，不过嘛，牛仝可以帮助杀价。

牛仝当然了解猴票的行情，看着店老板假装的一脸肉疼的样子，知道他是在演戏，于是连忙表态：“价格是高了点，不过你购买的量大，老板肯定会打个八折！”

店老板听了牛仝的话，只好点了点头，“没问题，八折就八折。”

陈树藩看到店老板手里还有许多猴票的八方连、二十方连，说道：“老板，咱们继续吧，那些散票我也要了，价格公道就行。”

“好，好，我的报价是再公道不过了。八方连 500 个，你给 800 港币；二十方连 300 个，你给 1200 港币。刚才牛主编说了，所有的猴票都打八折！”店老板说话算话，很讲诚信。

“这样好！”陈树藩舒展了一下眉头，轻轻地点点头。

牛仝嘀咕道：“贵是贵了些，可是这些猴票的品相好，比我昨天卖给你的好多了。”

“那个，呃，好吧，看您牛主编的面子，我也不讨价还价了。”陈树藩真是个好演员，特别是在谈生意的时候。

店老板咽了咽唾沫，接过了支票。

店老板笑了笑说道：“先生如果对猴票还有需求，我最近还可以进一批货，不知先生有没有兴趣？”

“嗯，嗯，好啊，很好，只是我这次都要整版的，有多少要多少。”陈树藩在心中稍一盘算，便觉得此事可行。

“好，好，好。没问题！”店老板连说了三个好字，“看来陈先生是真心帮助我们香港邮商。这里没有外人，你能不能给我透个底，你是什么地方的人？”

“牛尼拉。”陈树藩轻轻地吐出三个字。

后来“猴迷”把这一段故事称为“‘猴王’香港买猴”。

然后，然后呢？收购还在继续……

场景一：邮商甲门口。

陈树藩、牛仝从出租车中走出，忙不迭地喊：“老板，有猴票吗？……有就好，有就好！多少钱一枚？”

邮商甲：“面值，谢绝还价。”

陈树藩一边流口水一边说：“我不还价，全都要了。”

邮商甲：“可遇到救星了，这猴票在我这里快半年了……就是无人问津……

场景二：陈树藩、牛仝坐在邮商乙的店铺内，悠哉地品着茶，脸上泛起红晕。

邮商乙在一旁点着猴票……

陈树藩："老板……那些四方连、八方连我也要！劳驾，点一点数量。"

邮商乙眼睛发亮，欢喜道："好了，没问题。钱带够了没有？这可不少钱呀！"

陈树藩把他上下打量一番，道："这才值多少钱呀！"

邮商乙："带钱就好办！一五、一十、十五、二十。"脸上露出无比幸福的笑容。

陈树藩："老板，没这么多，给打点折吧！"

邮商乙一边接钱一边道："早说过，打折免谈！"

场景三：香港某特色饭店。

陈树藩："侯老板，谢谢你过来陪我喝几杯！"

侯老板："没关系，我喜欢交朋友，我来买单！"

陈树藩："那哪成？侯老板，这家菜烧得不错啊，我吃遍了香港，就这家有特色！"

侯老板："还行，我也常来！"

陈树藩："老板，看你这么富态，一看就是大邮商！"

侯老板："谢夸奖，咱是小本生意！"

陈树藩："老板，你显年轻啊，今年三十几啊？"

侯老板："谢抬举，我都四十多快五十啦，你没见我的抬头纹？我的白头发？……我说这位陈先生，你有什么事情需要帮忙吧？"

陈树藩："咳，……这个，那个，我只想问一下，你手中有没有猴票要卖？"

侯老板："猴票？有的，有的！"

陈树藩急了："有多少？都卖给我吧。"

侯老板："你买那么多猴票干什么？你是不是没事拿我寻开心！"那侯老板用警惕的目光打量着陈树藩，原来他怀疑对方是在开玩笑。

场景四：陈树藩对邮商丙说："柜台里的这几版猴票样品我也要了。"

邮商丙："先生，这几版的品相可不太好了，您也要吗？"

陈树藩："没关系，给打个折吧！"

邮商丙高兴地说："yes ，sir ！"

陈树藩付完钱后，拿起猴票，然后就闪了！

场景五：陈树藩使劲给牛仝洗脑，动员他也购买一些猴票，牛仝摆摆手，坚决不肯，他一心当他的杂志编辑！

陈树藩说："你要是没钱我借给你，总算可以了吧？"

牛仝："我一向行事谨慎，绝不冒风险，不该出手绝不出手。我怕借你的钱将来还不起。"

陈树藩生气："我就不明白了，将来不用你还还不行吗……这有什么风险……"

牛仝："我不愿意欠别人的人情！"

陈树藩："要是有一天，别人都有猴票，就你没有，你不遗憾？"

牛仝："我不遗憾，我会说我曾经拥有过，后来都卖给陈树藩了！"

陈树藩哭笑不得。

就这样，没过几天，一心一意收购猴票的陈树藩，走遍了香港大大小小所有的邮票店，很快就把带来的采购经费花得一分不剩。

话说回到牛仝的杂志社，陈树藩放下手中的邮票。"牛主编，终于回来了。感觉怎么样？"陈树藩转过头问跟在自己身后的牛仝。

牛仝一直陪着，一脸的疲倦，好不容易打起点精神来回答陈树藩："树藩，累死我了！你真行，我看你一点都不累。"由于连日帮助砍价杀价，口干舌燥的，牛仝从昨天开始就宣布“罢工”，不再为陈树藩出谋划策了。

陈树藩摸摸八字胡，连声自语道：“不错，不错，真是不错，收获颇丰，满载而归！”

牛仝被他的气势所感染，由衷赞叹道：“树藩，你真有魄力！”

陈树藩扬了下手，淡淡地道：“牛主编，跟您说句实话，我这次就是赌一把！”

牛主编不无感慨地说：“树藩，希望你这次能赌赢！”他对这位新结识的朋友是发自内心的喜爱和欣赏。

真的，在收购猴票的过程中，两人收出了水平，收出了风格，收出了一阵又一阵亲切感。

事实上，陈树藩还真的赌赢了。这一次香港之行，陈树藩将香港邮商手中所有的猴票全部买光。由于当时内地和香港的邮市里的猴票价格都不高，小有点资本的陈树藩也没有花大本钱。至于猴票将来的市场走势，陈树藩只能凭直觉，确实也没有太大的把握，只不过是把它当作在邮市中小试牛刀。不过，实践证明，这陈树藩显然是一个非常高明的“赌徒”！他不仅赢得了他猴票收藏经历中的第一桶金，还赢得了“猴王”的美誉！

但是，陈树藩真是太过于招摇啦，这不，他激动地用家乡的闽南语唱起了那首著名的歌曲《爱拼才会赢》：“人生可比是海上的波浪，有时起有时落，好运，歹运，总要照样工作才会行，三分天注定，七分靠打拼，爱拼才会赢！”

世上本没有“猴王”，猴票收多了，就成了“猴王”！

可是，“猴王”自己也没想到，他从香港买回来的猴票给他帮了大忙了！

第八章 坑爹的熊孩子

1984 年，儿子陈季成要到北京的中央美术学院留学。其实，儿子去中国留学本不是计划中的事情，纯属意外！

大家应该依稀还记得上回提到的马来西亚邮政集邮处的陈季成处长吧？他是个想子承父业的大孝子，可是他小的时候却干过“坑爹”的事。

说起来也是丢人，那一年，情窦初开的陈季成失恋了。这位陈家少爷从大学一年级就苦苦追求班花，但这位班花在跟他好了两年之后又离他而去！看起来，世上最难掌握的还是人心，特别是在爱情朦胧的青春期……陈季成的生活一向是安稳、平和的，可是他的承受力非常有限，无法经受失恋的打击，整天待在家里，茶不思饭不想，以泪洗面。思考人生后，他非闹着要转学不可！

“我要转学！这里我是没法待了！”说到动情处，陈季成泣不成声。

看来这熊孩子遭受的打击不轻呀！

陈树藩最痛恨男人哭泣，他忍不住要爆粗口：“不带的，这么哭是不带的！我还是那句话，现在时兴自由恋爱，你喜欢人家，人家不喜欢你，这很正常。你还年轻，生活才刚刚开始，今后的道路还很长，也许你还会经历更多的困难和挫折，难道就因为这一次失恋的打击就一蹶不振吗？”

陈季成一脸泪水地表白：“我没脸去学校，没脸见昔日的同学。但我要证明给他们看看！我要转去其他学校。”

“坑爹！”何止是坑爹，简直是坑死爹了！陈树藩听后，默默无语，不知道如何回答。说起自己的儿子，他也很无奈，寻思这段时间儿子正处于“青春期”，而自己却到了“更年期”，“两期”相遇基本上就是火星碰地球，为此，父亲告诫自己要尽量避免正面冲突。

“爸爸，我知道，我令你失望，但是，请相信我，这只是暂时的。我转学后，不会让你失望的！”说完，不等父亲的回话，他就向自己的卧室走去。

“季成！”父亲喊道。

他停住了，但没有转身：“拜托，您别老问来问去，人家心里烦死了！”

陈树藩越看越觉得不对劲，眉头都打了个结：“儿子，你要求转学，我目前还不能同意。你这是逃避现实，你知道吗？”

儿子无奈：“不逃避又怎么办？低头不见抬头见的，我还能继续打人家的主意吗？人家见到我都不理我！”

陈树藩亲情忠告：“这么跟你说吧，你今后要是再打人家的主意，我就扁你！天涯何处无芳草，人间处处有知音。人不能在一棵树上吊死，人不能在一棵树上吊死，人不能在一棵树上吊死，重要的事情说三遍。何况人家还不让你吊。”

陈季成：“所以我才提出转学，要在其他的树上试一试，全世界又不是她这一棵树！”

这是关于树和森林之间的关系，多么深刻的领悟！

陈树藩：“你的事情我们一起想办法解决，现在，你必须坐到饭桌前，去吃饭！”

儿子转过身，径直走到已摆好的饭桌前，坐下来，端起饭碗。等全家人陆续坐好后，父亲看见一颗泪珠滑下儿子的碗沿，顺着碗边流到了饭粒里。

从那以后，陈季成始终不肯走出自己的卧室，情绪越来越低落了，成天坐在躺椅里一动不动。

这陈季成的脾气实在大了点，把全家一贯宁静的气氛一下子全破坏了！

父母看到后心疼呀，两人开始商量给孩子换个环境。

值得一提的是，这个安排是陈树藩的女儿陈达贝先提出来的！

小妹与哥哥的感情极深，她知道哥哥的感情特别脆弱，即使转学也避免不了见到那位班花，断不了念想，只有离开牛尼拉才会一了百了。想到这里，她的眉毛忍不住微微拧了起来。哥哥离不离开牛尼拉不是她可以决定的，就把自己的胡思乱想和父母说了。

陈达贝：“父亲、母亲，哥哥的事情我有办法处理！”

父亲很奇怪地看着她：“你有办法？你有什么办法？”

陈达贝：“请相信我哥哥，我看人还是有眼光的。哥哥现在很可能是青春期，逆反是避免不了的！我们要从他野性十足的性格，看出他那颗柔软的心。我们要关爱他，呵护他！如果能按他的要求换个环境去读书，也许能让他很快进步！在这个年龄，一旦随了他的心愿，换个新环境，什么逆反心理，什么父子隔阂，什么失恋的痛苦，就全都勾销了！无论是花花心肠还是铁石心肠，都会回心转意的！”

“现在转学是不是晚了？你哥哥伤得不轻呢！”父亲问女儿。

女儿：“当您觉得晚的时候，恰恰是最早的时候。”

“严重同意！”母亲潘倩侣也赶紧表态，“树藩，女儿的建议值得考虑！”

陈树藩摸摸八字胡，都既成事实了，还说个啥呢？

他叹了口气，马上找到了儿子商量：“想去美术学院学习吗？”

“Why？”陈季成倒不是因为对美术没有兴趣，而是对这样的建议完全没有思想准备。

“离开牛尼拉，去北京，去那儿留学。”父亲进一步解释。

儿子的脸上立刻浮现出喜出望外的表情，说道，“拜托！我愿意！”陈季成几乎没有犹豫就连声说愿意了。倒不是这位少爷对美术学院有多深的感情，而是自己实在是没脸回到学校，他无脸面对那位班花，必须离开这伤心之地！

另外，眼下的中国，改革开放的声势如火如荼，对年轻的陈季成也蛮有吸引力的！这牛尼拉死气沉沉的，和那个班花的关系也只是自己一厢情愿，在这里继续待下去，还有什么意思？这个用脚后跟都能想明白！

陈季成霎时就成了世界上最幸福的人，他热烈地拥抱了父母和妹妹，然后感慨地说：“到北京真是太好了！”

“确实是个好地方！”母亲潘倩侣由衷地赞了一句，笑着点了点头：“季成这孩子很有绘画才能，只要到了美术学院，再经过深造，学业和性格都会有所改变的。”

可是父亲陈树藩的眉毛还是皱得紧紧的，他说：“季成，你不能一遇到打击就这样。换了新环境，要学会开朗、乐观、向上。”

陈季成思索了片刻，斟酌地回答：“爸妈，放心，您们分析得对，换了新环境，我会的！只是……”说到这里，陈季成的眉毛突然抖一下，一副欲言又止的样子。

“只是什么？”父亲陈树藩有些不耐烦地追问。

儿子深吸了一口气，低声道：“只是去中国留学虽然费用不多，但还是要让父亲破费了！我知道父亲挣钱不容易！”

父亲和母亲不约而同地在心里松了口气，这位大少爷总算没白养活一场，看来还是惦记着这个家庭的。

“这个费用没问题！”陈树藩说。其实关于这个问题，他心里这样想：学费才用几个钱呀！猴票的价格现在已经翻了几百番了，卖出去几版就够学费了！

此处暗表，当地的华人特别重视子女的教育。儿女上学的经费，陈树藩夫妇已经琢磨了十几年了。前些年他从事珠宝生意，尽管生意不十分景气，可他没有放弃机遇，自己鼓励自己，相信总会有各种各样赚钱的法子。珠宝生意还是来钱太慢，养家糊口还可以，要是送孩子留学可就等不及了！果然，这次他抓住了中国猴票的机遇，摇身一变，成为“猴王”，从此之后，不差钱！

临行前，哥哥来到妹妹的房间向她告别。

“小妹，对这一段时间所发生的事我很难过。我走后，你要照顾好父母。”陈季成说。

“我会的。季成哥，你也要照顾好自己。”妹妹低声回答。她顿了一下，又把话题拉了回来：“季成哥，恭喜你，你又活过来了！”说到这里，小妹的嘴角处浮现出一丝耐人寻味的笑容。

小妹的几句话让陈季成的眼泪差点落下来，他望着外面灰沉沉的天空，猛然站了起来，绷着一张本来就颇有些严肃的脸，活脱脱一副有血性的模样，同前几天相比简直是判若两人。他极有气势地一挥手，大声道：“是的，我应该活过来了，要从‘熊孩子’变成‘雄孩子’。否则，我对不起全家人！”

陈达贝的两撇眉毛舒展开了：“好了，哥，有雄性！去看看父母吧！他们一直在等你。这么多天你一直不肯出屋，他们都急死了。”

陈树藩这个时候好像还在犹豫着什么，瞪着眼睛看着妹妹：“我不知道该怎么说。”

小妹追问道：“季成哥，莫非你现在还没有恢复自信？”

陈季成郑重地点了点头，沉声道：“NO！坚决NO！怎么会呢？”说着他伸出手指，又指了指自己，“给我一年的时间，你看我肯定会变个样子！”

看到他的样子，小妹脸上的笑意又浓了几分：“你就告诉父母，让他们放心！”

“我前几天怎么会变成这副鬼模样呢？”他心里疑惑，“我是应该活过来了！我还要在新的环境中活得更好！”

一时间小妹也不知道说什么好了。他们俩从小一起长大，妹妹自认为对哥哥是相当了解的。说真的，在她看来，哥哥这次失恋后的表现有些失常，多少让她失望。不过，哥哥刚才说的这种听起来大义凛然的话绝不是空话，也不是客套话，莫非哥哥真的从这次挫折中振作起来了？

小妹微笑一下：“正如大哥所言，小妹就静候佳音了！”

陈季成微微点头，却也讶异地发现小妹居然长大了。心想，小妹要是能和自己一起出去留学，该有多好！

他想了一下，离开妹妹的房间，向父母的房间走去。

走进父母的房间，他一屁股坐在沙发上面，叹道：“儿子要走了，来向父母告别。”

“季成，行李都收拾好了？”母亲关切地问。

“收拾好了。其实也没有什么好收拾的，只是多带了一些冬季的衣物，北方寒冷。”陈季成苦笑。他是第一次出远门，心里还是惦记着父母。

也不知道能不能适应北方的生活？母亲道：“北方四季分明，南方人很难适应。”

“母亲，没问题，咱的老家在福建，小的时候常去，能适应啦！”儿子笑道。

“没错，是能适应，你的血脉是中国人！”陈树藩面色严峻，淡淡说了一句，“尽管这些年咱们生活在牛尼拉，可是我一刻都没有忘记自己是中国人。”

“父亲，我也不会忘。”陈季成迟疑一下，又说了一句，“我走了以后，您们要照顾好自己。”

“这事儿你放心，”陈树藩摸摸八字胡，把手一挥，笑眯眯地说，“我和你妈妈会相互照顾的。你也要学会自理，过去都是饭来张口、衣来伸手。”

陈季成躬身道：“儿子明白。”

陈树藩站了起来，背着手在屋里走了几步，感叹道：“季成，说真心话，原本我打算让你在这里上学，然后接我这个珠宝行的班。可是你现在要去北京留学，走上学习美术这条道，你说，这是不是命啊？”

“其实，儿子从没有想过接您的班，我对经商不感兴趣。”陈季成想了想，答道。

“不想经商？”陈树藩的脸上闪过几分凝重，又沉默了半晌，最后才长叹了一声道：“这个道理我也懂，儿大不由娘呀！”

陈季成皱着眉毛冥思苦想不说话，过了半晌才喃喃道：“爸妈，你们的话我记下来了，儿子明天一早就走了！您们不用送我了。”

儿子的话只是客气而已，孩子第一次远行，父母岂能不送！

次日清晨，陈季成正在整理着行李，父亲走了进来：“儿子，准备好了？……给你点盘缠，这是两版猴票，关键的时候可以变卖的，以解不时之需！”然后他用眼睛意味深长地盯着自己手中的邮票，一起相处好多年了，有感情了。

陈季成：“哦，不用了，父亲，猴票您还是留着吧。家里也许也有不时之需！”

陈树藩淡定地坚持说：“还是带着吧，穷家富路，何况咱家还不穷。你是咱全家第一个走出去的，记住给陈家争光、争气！”

陈季成：“是啊，是啊，人生真是起起落落。我一定为陈家争气，为华人争气！”

陈树藩：“是的，好儿子！有一句歌词说得好，‘心中有阳光，就不会恐惧前方的坎坷，还有什么来着……‘生命的美丽就是坚强地走过坎坷’！与你共勉！”

陈季成眼里闪着泪花，他一把拉住父亲的手：“知道，父亲，这个歌词我也听过，中间是‘心中有勇气，就不会畏缩不前；无论前方风多大、雨多大，闯过去就是一片蓝天’！保重，我的好父亲！”

母亲潘倩侣也走了过来，说道：“心中有爱，就会感觉幸福，就会对未来有期待！……一路平安！”

至此，由“熊孩子”失恋引发的坑爹事件就这样解决了。

第九章 猴子称大王

话说 1985 年 3 月，东南亚某国总统大选在即，国际舆论猜测时任总统会在接下来的大选中下台。

也难怪，时任总统夫妇的腐败达到了该国有史以来前所未有的高度，该国人民怨声载道。

很多国外媒体推测，这样的总统在大选中不下台才怪呢！

可是，第一夫人并不这么认为。她想起以前听到的一句中国俗语——“山中无老虎，猴子称大王”。

确实，时任的总统把自己看做大干了，因为他一直控制着本国的局势，就连总统的竞争对手、有“老虎”之称的反对党领袖从国外回来参加总统竞选时被暗杀在牛尼拉机场的消息，该国的许多报纸、电台、电视台，根本不敢报导。

“老虎”没了，她和她的总统丈夫当然就是本国的“大王”啦！

自从反对党领袖被暗杀后，第一夫人很少公开露面。外界有许多关于她的谣传，有说她生病的，也有说她想逃亡国外的。第一夫人有所耳闻后只是淡淡一笑。反对党的领袖都没了，下届总统大选，总统的宝座非自己的老公莫属，我怕谁？猴子“大王”还是稳坐江山！

第一夫人其实不懂经济，也不懂军事，什么投资、进口、导弹……这些都是什么东西？她看起来都和天书一样。这位第一夫人只管签个字儿，然后打发秘书们送到相关部门即可。这样就能实现她的总统夫人的人生价值了，这个价值……还真是她的人生追求！

不过今天，第一夫人刚拿起钢笔想要签字，却在一份文件上看到了一样她很熟悉的事情——与中国举办建交十周年邮展……中国她当然熟悉了，自己就去过好几趟；集邮也熟悉，小时候就有这个爱好。这个文件要好好研究一下，她自己叮嘱自己。

研究了一会儿，她有了自己的心得：这个展览是可以好好利用一下的！

过了几天，她很不寻常地召集牛尼拉华侨联谊会的正副会长、本国邮政总局甘巴朗总局长与她共进午餐，讨论该国与中国建交十周年集邮展览的事情。

本书中的第一大反派——甘巴朗并不是什么好货色，他那肥大的身躯里充满着卑鄙、阴暗、龌龊、自私、贪婪、官迷……这样说吧，凡是形容这位总局长的词汇，不用找，俯拾即是，但都是贬义词，而且大家还都嫌分量不足。

不过，第一夫人的口碑也比他好不了哪儿去，她素以奢侈和浮华生活闻名于世，尤其对鞋子和珠宝兴趣浓厚。据有关部门统计，她拥有的鞋子达 4000 多双。

但是，很少有人知道第一夫人喜欢集邮。

被请的客人之中就有本书的主人公——牛尼拉华侨联谊会会长陈树藩，当他走进宴会厅的时候，抬头看见一位高贵的夫人在一群人的簇拥下，端坐在一张餐桌旁，正笑吟吟地看着自己。

这就是第一夫人！要行什么礼来着？陈树藩摸摸八字胡踌躇不决。这也不能怪他，以前他没机会见到这种阵势。

还好，当陈树藩硬着头皮要行大礼鞠躬的时候，总统夫人把她的右手伸了出来。

“陈先生，吻夫人的手，行吻手礼就可以了。”邮政总局长甘巴朗比较熟悉礼节，连忙小声提醒。

吻第一夫人的手可是极大的荣耀，不过陈树藩也知道现在第一夫人的荣耀和光环就要逐渐消失。坊间早有传闻，明年的总统的宝座可要易主了！

而就在此时，第一夫人的声音传了过来：“陈先生，那边坐吧。”她用听上去非常庄严神圣的语气说道。

能和总统夫人共进午餐，陈树藩做梦都没想过，只能恭恭敬敬地坐好。

第一夫人和陈树藩寒暄几句后，向大胖子甘巴朗直接问起了民众对即将来临的总统大选的反应。对于这个话题，大胖子回答得十分谨慎，所说都是报上刊登的信息，和第一夫人所了解的差别不大。其实，第一夫人也觉得大胖子的答复没什么干货，只是在听到大胖子总局长表达了支持丈夫当选总统时，微微点了点头。

第一夫人及时打住了总统大选的话题，话锋一转就提起了邮票。她从随身的手包里掏出一枚邮票，小心翼翼地摆在餐桌上：“总局长，有没有见过这枚邮票？”

大胖子甘巴朗一愣，第一夫人拿出来的这枚邮票他从来没见过！至少不是本国发行的邮票。

他拿过邮票仔细端详，上下看了几遍，沉默了片刻，才小心翼翼地问道：“这应该是一枚动物邮票，但属下不知道是哪个国家发行的。”

第一夫人一笑：“你这个总局长不称职呀！怎么能说是动物邮票呢？”

“夫人，这个我知道，这是中国邮政发行的第一枚生肖猴票。”一旁的陈树藩忽然插话说，“我手里有1200版猴票，因此对这枚中国的生肖猴票再熟悉不过了。”

“什么？你有1200版猴票？这么多！”第一夫人脸上流露出了震惊的表情。

大胖子甘巴朗瞪大了眼睛：“陈先生，你可是赚大钱了！”

“不值一提，赚钱很正常呀！”天真的陈树藩心里有点小陶醉，“这是我用了近五年的时间收购的，几乎是倾其所有！”

“赚这么多钱！你是千万富翁了。”第一夫人赞许地点点头，向陈树藩投去了一个钦佩的眼神，然后接着自己的话题又问：“几位，知道我是如何得到的吗？”

大胖子甘巴朗猜测道：“肯定是中国朋友送的！”

陈树藩看到第一夫人和总局长都说自己赚大钱了，忍不住在心里打起鼓来，心想自己不经意间露富了。但是话已经说出去了，想收都收不回来了。

第一夫人的手指无意识地敲打着桌面，表情严肃地说道：“非也，这是我前几年到中国访问，在我下榻的北京饭店的邮局买的。”

大胖子总局长闻言一愣，反问道：“夫人，您下榻的北京饭店居然还有邮局？”

第一夫人笑着点点头：“当然有，要不然我怎么能买到这枚邮票？”说着她加重了语气：“我是太喜欢这枚邮票了，你看这只猴子雕刻得简直是栩栩如生呀，另外它的寓意也好呀！”

陈树藩摸摸八字胡，接过邮票看了看，微笑道：“这枚生肖猴票的品相极好，目前在中国价格不菲呀！”

第一夫人笑了笑：“我买的时候并不贵呀！其实只要是寓意好，多少钱无所谓！”

大胖子甘巴朗直直地看着一脸严肃的第一夫人，心里快速盘算起来：第一夫人为何对中国的一枚生肖猴票有如此的兴趣？难道猴子在中国有什么特别的寓意……

“夫人，这枚猴票有什么寓意？”总局长甘巴朗脸色凝重地看着第一夫人，问道。

室内安静极了，停顿了一下，才听见第一夫人咳嗽一声，说道：“我问过邮局的员工，为什么中国的生肖系列邮票是从猴票开始？陈先生你知道吗？”

陈树藩毕竟比第一夫人更了解中国，他赶忙回应：“夫人，这事我还真的知道。这一轮的鼠年正好是‘文革’期间的 1975 年，那个时候不可能发行生肖邮票。”

第一夫人听后顿了一下，有些不满意：“其实，当时我也没弄明白，就问邮局的工作人员：‘十二生肖不是从老鼠开始吗？中国邮政怎么先发行猴票？’”

大胖子甘巴朗连忙问：“夫人，人家是如何作答的？”

第一夫人笑了笑说：“人家说，中国有句俗话叫做‘山中无老虎，猴子称大王’，既然猴子是‘大王’，所以中国就从猴子开始发行生肖邮票啦！”

这就是第一夫人心中的那个“猴子情结”的由来，她把这句话和即将到来的本国总统大选结果联系在一起了。

而此时的总局长甘巴朗，正端端正正地坐在第一夫人对面的椅子上，眯着眼睛不知道在盘算着什么。过了一会儿，他点了点头。第一夫人所言合情合理，他已经知道了第一夫人所说的“寓意”是什么了。

大胖子总局长眼珠子转了转，微微一笑：“夫人，属下觉得，这枚生肖猴票还有其他寓意！”

“其他寓意？”第一夫人一怔，瞪大了眼睛看着总局长：“说说看。”

甘巴朗笑着侃侃而谈：“夫人，您看看这枚邮票的底色，大红，猴子眼圈的金色，这不寓意着本国在总统陛下的治理下红红火火、金光灿烂吗？”

第一夫人听得兴奋，“腾”地一下从椅子上站起来：“总局长也了解中国文化？那就借你的吉言了！”她顿了一下，又说道：“你总结出的寓意，我得跟总统说说，他会对连选连任更有信心！”

陈树藩摸摸八字胡，嘴角滑过一丝嘲讽，心想：“这个邮政总局长是个十足的马屁精！”

甘巴朗也跟着站起身，拍了拍巴掌，还想继续他的恭维话，突然传来一阵轻盈的脚步声，接着几位侍从从外面走了进来，是来给嘉宾斟酒的。

第一夫人看到斟酒的过来，才转入正题：“诸位，最近很长时间没有喝酒了，今天咱们好好喝一喝。”说着她笑了笑，请在场的客人斟满酒。

第一夫人发话后，客人马上把酒斟满，气氛顿时活跃了许多。

看到大家把酒斟满了，她大声说：“昨天，我在总统的办公室里看到一份邮政总局的请示报告，报告的内容是要举办一个庆祝与中国建交十周年的集邮展览。你们只知道我喜欢收藏鞋子，其实，我收藏邮票的历史比收藏鞋子的历史还长。”

一席话，把在座的宾客的好奇心调动起来。

陈树藩好奇地问道：“夫人喜欢集邮我是第一次听说。您除了收藏本国的邮票，也收藏中国的邮票吗？”

第一夫人似乎和陈树藩很投缘，话也比往日多了不少，她顿了一下，微笑着回答：“对！正是中国邮票！”

“您喜欢中国邮票？”陈树藩很是惊讶。

第一夫人率真的表情非常有感染力，客人被强烈地吸引着，希望倾听更多的故事。

尽管这个故事把大家吸引住了，但是第一夫人没忘了说正题：“今天把几位找来，不是介绍我集邮的经历，而是有重要的事情一起商量。过几个月就是我国与中国建交十周年了，我认为邮政总局提出的举办一个集邮展览的建议很有意义。但是，展品很关键，你说是不是呀，陈会长？”

日理万机的第一夫人竟从百忙之中挤出时间关心起邮展来了，光凭这一点陈树藩就该感激了。

还没有等他回答，大胖子甘巴朗马上挤出一丝笑容：“夫人，展品应该不是问题，所有的展品，中国的集邮部门都可以提供；只要是我们提出来的展品，人家都能拿过来。”甘巴朗没有想到第一夫人对一个小小的邮展这么感兴趣，心里乐开了花。

第一夫人还在想着手中那枚中国生肖猴票的寓意，也极为希望这个寓意能尽快转变为现实，于是说：“要是能展览整版的中国生肖猴票，肯定会很吸引人的！总局长，我们国家的生肖猴票也可以一起展一下嘛！”

大胖子总局长的脸上滑过痛苦的表情，赶紧检讨说“夫人，抱歉，我们国家还没有发行生肖邮票。其实我也考虑过，要是您同意，我们马上发行……”总局长决不会放弃巴结第一夫人的机会。交通部长马上到退休年龄了，第一夫人一句话，也许自己就是继任者。

“哈哈哈！”第一夫人被大胖子甘巴朗这句话给逗乐了，她笑着说道：“谁让你马上发行了？现在都几月份了，发行生肖邮票一定要在中国的农历春节之前，这个都不懂！要是我们没有生肖邮票可展，我倒是考虑能不能为这次邮展发行一套邮票？”在第一夫人的印象中，举办邮展时要是安排发行邮票，是可以吸引人气的。

“为邮展发行邮票？”总局长甘巴朗吸了口凉气，脸色顿时就阴了下来，不解地反问，“夫人，据我了解，中国邮政部门这次只是为邮展发行了纪念封，我们要为邮展发行邮票，是不是不对等呀？”

第一夫人默然无语。总局长甘巴朗当时还没看懂，第一夫人把这次邮展看成一次政治活动，总统大选在即，华人的支持和选票也很重要。

第一夫人叹了口气，又问：“即使人家不发行邮票，我们发行有什么关系吗？”

大胖子总局长仍然用不解的目光打量着第一夫人，摇头道：“夫人，说到邮票发行是有严格规定的，像什么重大事件、名人诞辰、珍贵文物、名山、大河……至于小型邮展，这个不经常发行邮票的……”

看到事不可为，第一夫人仍然不肯放弃。她现在不知道为什么这位大胖子总局长脑筋居然如此死板！“甘巴朗，有权也别任性。要是为建交十周年发行邮票呢？”这回第一夫人的脸色就更加阴郁了，不耐烦地问。

“当然可以，当然可以。”总局长感觉到了第一夫人的不悦，连忙点头称是。

听到“当然可以”四个字，第一夫人的脸色好看了许多，心想：“这还差不多。”

第一夫人笑着对大家道：“中国拥有九万万人口，比整个欧洲还要多，你们知道那是一股多么强大的力量吗？”

总局长甘巴朗虽然不是政府要员，不过政治敏感度还是蛮高的，他马上读懂了第一夫人的用意：“总统夫人，中国方面虽然不会发行邮票，但也还是有其他办法的。”

“咳……那依你是怎么个搞法？”第一夫人不解地问。

“可以发行一种和邮票小型张相似，但是没有面值的集邮品——纪念张。”

“这有什么意思，连面值都没有，国名就更没有了。”第一夫人不屑一顾。

“如果图案是您和中国第一代领导人的照片不就有意义了吗？这种纪念张在展场上销售，就会增进华人对您和总统的好感。”

听了大胖子总局长的这一番话，陈树藩张大了嘴，不知道该说什么好了。谁都没有想到，总局长甘巴朗居然会把支持总统竞选连任的主意打到纪念张上了！这样会不会把中国和华人拉到支持总统竞选的这架战车上？

第十章 分分钟搞不定

第一夫人的目光中突然闪过一丝热切，对大胖子总局长的建议颇为赞成："甘巴朗，你的主意很对我胃口，有长进啊你！"

幸福来得太突然，大胖子甘巴朗被闪昏了。他立志跟着第一夫人好好混，把拍马屁进行到底！

第一夫人深吸了一口气，目光深沉地扫了屋子里的众人一眼，最后落到陈树藩身上："陈先生，这件事就拜托你了。要是发行了这枚纪念张，我保证来参加邮展的开幕式。当然，还有另外一个条件，就是我要见到中国邮政发行的整版生肖猴票！"

"夫人，您放心，这件事陈先生分分钟搞定！"总局长甘巴朗十分滑头，他把球踢给了陈树藩。

此时的陈树藩心中充满了苦涩。第一夫人和总局长的目的他一目了然，更十分清楚。他极不情愿将邮展和政治捆绑在一起，只好假装苦苦思索；见到第一夫人投来的探寻的目光，他无奈地说道："总统夫人，这件事我恐怕不大好办。"

第二年的总统大选的结果连傻子都能看清楚，现任总统十有八九要下台。如果这个时候联谊会发行了这样一种纪念张，无疑会得罪下一届的民选总统。

这种事情绝对不能干！这不是找死吗？陈树藩心里再明白不过了，除非自己是不折不扣的傻瓜和笨蛋。

陈树藩不配合的态度，立刻使屋里的气氛陷入尴尬。大家想，这位陈树藩吃了熊心豹子胆了！

大胖子总局长赶紧在陈树藩耳边小声提醒："陈先生你搞什么搞？哪儿能这么说啊？把第一夫人气个好歹，你担待得起吗？"总局长也是做官时间长了，当然不会犯糊涂。

"怎么啦？陈先生，为什么苦着个脸儿？"第一夫人笑眯眯地问道，"是不是不愿意办这件事呀？"

陈树藩苦笑一下，将手中的刀叉放下，弱弱地回答："夫人，不是不愿意办，是我搞不了。"说完，陈树藩就自己暗自检讨起来了——这样说会不会得罪第一夫人？

可是陈树藩已经检讨晚了，他的回答让第一夫人怔住了。在这个国度里自己一向说一不二，怎么居然会有人……

"如果把这件事情办成了，还会没有你的好处吗？"第一夫人沉吟了半晌，又说了一句。说着她一伸手，打开手包，从里面掏出一块玉佩，放到陈树藩面前，"这个送给你！"

"这这这……这！"陈树藩忙站起身说，"总统夫人，无功不受禄，我怎么敢收您这么贵重的东西！"

第一夫人脸上的笑容更娇艳了几分："陈先生，这都是小意思。你如果能把纪念张的事情搞定，还会有奖赏的！"

听了第一夫人的这番话，陈树藩也只有长叹一声了。自己一个普通商人怎么趟得了这种政治浑水？现在自己的日子刚刚混出点模样来，要生意有生意，要人脉有人脉，要金钱有金钱，干嘛同政治搅和到一起?

不过再怎么埋怨第一夫人，也不敢当面得罪她呀，谁让人家的老公是总统呢，所以现在最好还是别开罪她老人家为好!

第一夫人的宴请结束后，陈树藩马上找到邮政总局长："甘巴朗先生，第一夫人提出的展示中国整版生肖邮票的事情没有什么问题，中国方面拿过来不方便，我这里就有。不过，纪念张的事情我这个小小的联谊会可办不了！"陈树藩极不情愿地看着总局长。

"哈哈哈……"听了陈树藩的话，总局长非但不怒，反而纵声大笑起来，"陈先生，这事并不难办，找到泉州当地的集邮协会就能办成。第一夫人已经表态了，只要纪念张能发行，她就会参加我们的邮展。这可是千载难逢的大好机会，求之不得，难道你不希望第一夫人参加邮展开幕式吗？"

总局长甘巴朗倒不是和陈树藩过不去，只是直觉告诉他，拍第一夫人的马屁肯定没错！为了支持总统大选连任，这个发行纪念张的事情一定要推动!

总局长甘巴朗侃侃而谈，陈树藩却是脸色铁青。他反复考虑了一下，虽然自己担任这个联谊会的会长，但实际上就是一个商人，自己好像没有必要掺和到政治里去。但是他也清楚，第一夫人是一言九鼎的人，她决定的事情不干还真不行!

"总局长，您的心情我理解。纪念张的事情，显然是有点难为我了。"

总局长呷了口茶，不紧不慢地道："你有完没有呀？怎么就这一个话题。"

"好吧，我试试看！"陈树藩勉强答应了。

回来后，犹豫再三的陈树藩马上给福建泉州集邮协会写了一封信，把主办方要求发行纪念张的事情提出来了，也把自己的顾虑讲给了对方。没想到对方想到了解决的方法，让陈树藩说福建泉州最近闹台风，联系不上，总之尽量拖延时间，能拖一天是一天，最好拖到邮展的开幕式。

……

建交十周年集邮展览如期而至。开展的前一天，正当有关方面都在为展览开幕而紧张忙碌时，邮政总局长甘巴朗办公室的电话铃声不期响起。

“喂？”

“喂，总局长吗？”从电话中传出大胖子甘巴朗熟悉的声音。

“第一夫人！是您呀！”总局长惊愕地说。

“嗯……是我，没想到吧？”是那个熟悉的声音，但却带着不熟悉的陌生，第一夫人哪儿会经常给总局长打电话。

“夫人……没想到，没想到。您有何吩咐？”总局长心里一暖，但还是颇为踌躇地问道。

“邮展明天就要开幕了，准备得怎么样了？”第一夫人放心不下展览。

大胖子甘巴朗点点头，笑道，“夫人放心，全都准备好了。”

第一夫人严肃地问道：“我布置的几个事全都落实了吗？”

甘巴朗的眼皮抽了一下道：“夫人，容我一件一件汇报，展品没问题了，整版猴票是由陈树藩会长提供的，他手里不是有很多版猴票吗？”

第一夫人又问：“中国方面提供了什么展品？”

“对了，中国方面提供了‘临时中立’大全套，这是中国的珍邮，据说存世量不足10套。邮票的发行背景比较复杂，他们向我做了介绍，我也没有记清楚。您到展览现场，我请中方代表团当面讲解吧！”

第一夫人淡然地说：“没关系。”她不关心什么展品，她关心的是纪念张，“中国集邮代表团来了几个人？”

总局长眨了眨眼，先在心里默念了一遍人名后才慢慢地说：“一共四位，团长是邮学家吴凤岗，团员有邮票设计室主任李清、翻译陈龙以及福建泉州邮政局姓林的局长，他具体叫什么，我想不起来了。”

电话那边阴冷的声音又响起：“那个纪念张的事情怎么样了？”

“第一夫人，正想向您汇报，”大胖子甘巴朗怯懦地、不好意思地小声说，“这件事没办成。”

“什么原因？”甘巴朗耳边那道阴沉的声音又一次响起。

甘巴朗缓缓地说：“这件事情，我给陈树藩打过不止十次电话。我感觉他是故意搪塞我，先是找各种理由，说联系不上，后来又说福建泉州遭遇百年一遇的台风，印刷厂关门。”

甘巴朗说这番话时，第一夫人从头至尾都没吭声。

“夫人，真是抱歉了，这件事我没有办好。”他一边解释一边不断地道歉。

第一夫人勃然大怒：“白痴！”

“夫人，明天您来参加邮展开幕式吗？陈嵩禄大使、中国集邮代表团全体成员、陈树藩的华侨联谊会的人都会参加。”

“别给我提那个陈树藩了！”第一夫人恼怒到了极点。

“是的，夫人。中国有句俗话叫‘君子算账，十年不晚’。”总局长很感怀地说，“这个账，一定要找机会同他算。”甘巴朗对中国文化了解得不深不透，把“君子报仇”改为“君子算账”了，不过意思都差不多。

甘巴朗正屏息静气地等待着对方是否参加邮展开幕式的答复时，第一夫人生气地把电话挂了。

后来的事情就不用介绍了，纪念张最终没能发行，第一夫人也没去参加邮展的开幕式。

第十一章 换位思考

陈龙是 1983 年 8 月大学毕业分配到集邮公司工作的。上班后第一次上岗培训，领导要求员工不要购买“邮票”，其原因领导也讲得很清楚，是为了“避嫌”，陈龙也就服从了要求。

那时的年轻人比现在的年轻人“听话”。时至今日，陈龙都不买邮票，他把领导的这个要求当作多年的一种职业操守。

1985 年 4 月组织派他随团到牛尼拉参加两国建交十周年邮展，说明领导还是从正面对他的表现给予了评估。

论形象长相，那时的陈龙年纪轻轻，体重 70 公斤，浓眉大眼。这当翻译的，不是讲究玉树临风吗？

论言谈举止，陈龙开口就“来是 come，去是 go，点头 yes，摇头 no，我们一起说 hello”……一口日常英语单词和东北口音混搭，美其名曰“散装英语”，也挺奇葩和抢眼的。

论行为习惯，该同志对集邮业务和国际事务都有初步了解，同人家谈起业务和国际形势来，话密知识多，“不是社会人，竟唠社会嗑”！

论社会阅历，到了北京之后，假期周末他也走访过许多名胜古迹，像什么“长城外古道边”，什么“皇城根苹果园”都留下过他的足迹。

代表团由吴凤岗任团长，团员有邮票设计室主任李清，还有就是翻译陈龙。

五月的牛尼拉本来就是一个巨大的火炉，这个季节又天旱少雨，气温更加热到令人难以忍受的地步。代表团的几位都是属于较耐寒的北方人，无法忍受这种没有一丝风的酷热，于是便呆在气温相对较凉爽的展厅里，轻易不敢到牛尼拉的大街上去。

邮展结束的当天下午，代表团的几位都聚集在吴团长的房间商量邮展总结的事情，忽然听到有人敲房门。

“请进。”陈龙应声回应道。

进来的是陈树藩。这几天为了展览，陈先生在现场忙前忙后的，与代表团的几位联系得并不多。

“您好，吴团长。展览结束了，过来看望一下大家。”陈先生今天好像有点兴奋过度，一进门就挨个与大家握手。

“多谢您的帮助，展览成功主要靠牛尼拉华侨联谊会相助！”吴凤岗当然了解陈树藩为解决前期发行纪念张的事情做了不少工作，使馆对此给予了充分的肯定。

“不、不、不，主要是邮展代表团和使馆的工作做得好。”陈树藩一听吴团长肯定了他的工作，心中有点诚惶诚恐。

“嗯，我们的目标是一致的，咱们也就不要互相表扬啦！”

“是呀，是呀，吴先生说得对，为此，我想……”

“陈先生，您有什么不方便开口的事吗？”看到这位牛尼拉华侨联谊会会长的脸上有一种欲言又止的表情，吴凤岗问道。

陈树藩摸摸八字胡，有些不好意思地点点头：“吴团长，小弟树藩对先生素来仰慕，今晚在家中备下一席薄酒，请团长和代表团的几位先生赏光。”陈树藩微笑着提出了邀请。

“哦。”听说要请代表团成员去他家里，吴凤岗的脸上有一丝犹豫，“您家里，我们就不去了吧？我们有外事纪律的。”

“这个没有关系的，我同使馆打过招呼啦！也算庆祝邮展顺利结束！”

吴凤岗真诚地说：“陈先生，谢谢了。这些天我们都忙于邮展，牛尼拉还没逛逛，今晚我们打算出去转一转。”

“吴团长，其实我还有一点私事想拜托您，我手中有许多古玩，也想请吴先生掌掌眼！”他偷偷瞄了吴凤岗一眼。

“您手中有很多古玩？这倒好了，我年轻时也收藏古玩，特别是古代钱币。中国邮政1981年和1982年连续两年发行《中国古代钱币》邮票，邮票中展现的钱币大都是我的藏品！”

陈树藩答道：“古代钱币我倒是没有收藏，可是我有比古代钱币更加值钱的东西！”

把自己的东西夸得这么狠，陈树藩没有丝毫不好意思。

一听说陈树藩手中有大量的古玩，代表团的几位就有些迫不及待了，在他们的心目中，古玩可是很值钱的！

吴凤岗一想，陈树藩也不是外人，本地的华侨领袖，又同使馆打过招呼，再加上这几天代表团高度紧张，也该放松一下了。

吴凤岗一笑：“承蒙陈先生看得起，我们就答应了。”

陈树藩一拍手：“那就太好了。今晚七点，我家中不见不散。”

“好，我们不见不散。”吴凤岗拱拱手。

回到家后，陈树藩一边吩咐妻子潘倩侣准备好饭菜一边嘱咐说：“亲爱的，今晚，中国集邮代表团的几位要到咱家做客，咱们可要安排好了！”

妻子连忙答应，准备晚宴去了。

代表团成员是晚上六点钟到的陈树藩家。为了郑重一些，陈树藩亲自站在大门口迎接。只见出租车里下来三个人，不过给人印象最深刻的还是团长吴凤岗。吴先生的身体总是挺得笔直，面部表情永远是严肃认真。

呵呵，吴凤岗今天的心情看上去不错，脸上也少有地挂出一丝若有若无的微笑。说实话，在牛尼拉这段时间他的心理压力最大，临行前他知道纪念张的事情，第一夫人参不参加邮展的问题一直在困扰着他。现在好了，满天的乌云散去，邮展结束了。

“欢迎您，吴团长。”陈树藩很客气地和吴凤岗握了握手，“您的到来，令我家蓬荜生辉呀！”

吴凤岗：“陈会长，我们能到您府上做客，都感到很荣幸。这两位您也都认识了。”

“认识是认识，只是没有深入交谈过，我们今晚可以好好聊一聊。”陈树藩把代表团的几位请进了自己的客厅。

吴凤岗从随身携带的皮包里拿出一枚邮展纪念封，上面有三个人的签名，作为礼物送给了主人，确实有点礼轻情意重的意思。

陈树藩摸摸八字胡，冲几位微笑着点点头，然后把礼品放好，说：“吴先生，趁内人正在准备饭菜，咱们下盘棋怎么样？”

吴凤岗一听来了兴致，说道：“好呀，下一盘。我这手正有点痒痒，下一盘，顺便聊聊邮展。”

“树藩，您倒是说说看，原来牛尼拉华侨联谊会是让我们提供整版猴票的展品，后来又说自己可以解决了，这是怎么回事？”吴凤岗这个团长却是一点儿都不拿长辈的架子，乐呵呵地同陈树藩聊了起来。

陈树藩轻轻抿了口茶，随手拿起个白棋子放了下去，然后才笑了笑道："吴团长，您有所不知……这样的整版猴票我有很多，大约1200版，几年前我在香港收购的。"

吴凤岗正喝着茶，听了陈树藩这番话，一下子竟呛了口水，好一阵咳嗽。陈树藩一看，赶紧过去给这个五十多岁的"老人家"捶背。过了半晌才帮吴凤岗止住了咳。

"树藩，您居然有这么多的猴票……"别看吴凤岗此时说得轻松，其实心里面也正惊讶着呢！"我有点不相信，这些猴票五年前不值钱，现在可以说是价值连城呀！"

陈树藩"噗哧"一笑，一股豪气顿时从心中油然而生："吴团长，我买这些猴票极为隐秘，只有我夫人知道，可是这次讨论邮展展品时，很多人都知道了，连第一夫人都晓得了。"

吴凤岗一听，忙帮助他分析："陈先生，说实话，这次邮展您为了纪念张的事情可是得罪了第一夫人，您手里又有这么多的猴票，今后可要多加小心才是。"

"是呀，这段时间我这心里也是有点七上八下的，但愿以后不会有什么事情。"陈树藩拿起个白子随便一放，叹了口气，"几位，棋就不下了，我看夫人把饭做好了，咱们吃饭吧！"

酒席非常丰盛，一桌子的珍肴佳酿。不过此时吴凤岗的心思却不全在酒席本身，一多半倒是被这位陈树藩吸引过去了。尤其是刚才他提到手里有那么多的猴票。想到这一点，吴凤岗又忍不住看了一眼这位陈先生。

几个人热烈地喝酒。"猴王"陈树藩寻思：我这个"猴王"也快徒有虚名了，这些年为了孩子留学，也卖出去好多版猴票了。这下一步猴票还能不能买，也要听听在场几位专家的意见。

吃完饭，陈树藩和代表团三人回到客厅，陈树藩就把他的猴票端到了客厅。

对于陈龙这位年轻人来说，这么多版猴票摆在一起，他可是第一次见到！

“这么多？”三人几乎异口同声，他们不得不对这位不起眼的珠宝商刮目相看。

陈树藩看到眼里，连忙吩咐道：“倩侣，赶紧给客人上茶。”

“陈先生，您有这么多的猴票，我真是没想到！”邮票设计室主任李清的口气异常地吃惊。

“呵呵，这些都是我 1980 年在香港收购的，那时猴票的价格并不高！”说这话时，陈树藩的口气很平淡，好像当时买的不是猴票，而是猴头蘑菇。

陈龙咋舌道：“这么多猴票，现在可值了钱了！”

吴凤岗顿了顿说：“陈先生，猴票我是见多了，当初印刷时，我陪大老宋到邮票厂见过。后来猴票发行后我也经常见，邮票厂传达室的老头儿把整版的猴票撕成条，挂在窗户上卖。可惜我一枚都没有买！”

陈树藩摇了摇手，笑道：“我知道，你们集邮公司有规矩，从事集邮业务的人是不能买邮票的。”

“也不完全是这个规矩。”吴凤岗心想，我们当时也没有意识到这枚猴票的价格后来会像“蹿天猴”一样攀升！吴凤岗微微一笑，语气诚恳地问：“陈先生，咱不提当年的事了，要说后悔可能肠子都悔青了。您说说让我们看这些猴票的用意吧？”

“那好，我还真有几个问题要请教几位。”陈树藩靠在沙发上，轻轻喝了一口茶，便开始侃侃而谈起来，颇有些“猴王”的风采，他说：“吴先生，能在牛尼拉见到你们真是难得。我收购了很多猴票，也看好它的将来。今天把你们几位请来，就希望你们几位给我拿个主意，这猴票的价格今后还会涨吗？”

陈树藩的脸上虽说是谦恭无比，语气也诚恳，但是在陈龙听来，这番话还是耐人寻味，是话里有话。你都看好猴票的将来了，还问我们什么意见呀！

“陈先生，我觉得这个价格快到顶了！邮票价格是否攀升，主要取决于国内市场的需求，可是国内集邮者的经济承受能力有限。像我这样的大学毕业生，一个月收入还不到 100 元，我买不起，其他人也买不起！”陈龙道，“目前，第一轮后面几枚生肖邮票的价格加在一起都没有这枚猴票高。”

听了陈龙的解释，吴凤岗眼中滑过一丝赞赏。他对自己的这个下属非常看好，认为他是公司最有潜力的少壮派，特别是他的观察能力非常强，对事物的分析也比较透彻。吴凤岗在心里暗暗赞道：“这个陈龙别看年纪轻，可分析起事情来还算靠谱。”

“我不能同意。”陈树藩摸摸八字胡，露出苦容，说出了这五个字，显然他对陈龙的回答非常不满意。也难怪，有他这种经历的人，是很难接受这种观点的。他原本的意思是想请教吴凤岗的，但吴凤岗坐在一旁“观棋不语”，这让他多少有一点失望。

“没想到陈先生对猴票的价格攀升这样有信心。”吴凤岗喝了一口茶说道，“不过陈先生您想过没有，中国老百姓的消费水平和工资收入是多少？”

吴凤岗的话音刚落，“猴王”陈树藩便将话题接了过去：“当然想过，中国老百姓收入增长的幅度肯定赶不上猴票的增长幅度。但这并不意味着他们就买不起这猴票！”

看到吴凤岗的神态，他也明白了吴凤岗的态度了，他们都认为即使猴票的价格已经封顶了，国内的普通百姓也是买不起！

陈树藩毫不犹豫地摇摇头："对不起，我不能认同你的看法……关于猴票价格走向的问题，我真的不这么看！工资和收入不是问题，关键是要有一个好的环境。目前中国改革开放，经济发展，社会稳定。有了这样的环境，又有好的政策，中国这几年会迅速腾飞。现在银行里的存款有多少等着放出去，有猴票这样的项目还怕在银行借不到钱吗？中国现在有万元户一大批呢！只要国内有一个能让他们赚钱的环境，怎么会吸引不到投资呢？"陈树藩的眼神告诉吴凤岗，他还是看好继续收购猴票。

陈树藩说完，微笑着望了吴凤岗一眼，等着他的答复。

吴凤岗愣了愣，抬头看了看陈树藩。吴凤岗如何会不知陈树藩的心思？他微笑着点点头答应道："这样最好了，我们只是凭借我们判断，您有您的判断。我们国内这些人要是都认为猴票的价格还会升，我们不是早就买了嘛！我们买猴票可比您在牛尼拉购买方便多了，我们不是不看好吗！"

陈树藩道："吴团长，这个我能理解。不过，还有一点，不能忽视猴票的投资作用。"

吴凤岗道："陈先生，是这样，改革开放后，国内的投资环境有了很大的改善，其他的投资项目逐渐多了起来，邮票的投资功能就低弱了许多，这是不争的事实。"

坐在另一端的李清也同样附和了吴凤岗，他作为设计家一生谨慎："今天没有外人，但有些话，只能悄悄说……我和吴先生都比陈龙岁数大，挣得也比他多，可是我们也买不起。我们上有老下有小，全家都指望我们的工资，哪儿有闲钱来买这不能当饭吃的猴票呀？"

劝说了半天，陈树藩还是这种"死脑筋"，李清的脸色也阴沉起来。他一口一口地喝着茶，没有再说任何话。本来同陈树藩萍水相逢，只是因为展览才相识，在人家里吃了顿饭，该说的都说了，人家要是不接受也就没办法了。

“树藩，几位客人，快过来，今天中午我买了巴西的咖啡，冲好了，请大家尝尝，你们边喝边聊。”陈夫人拿着咖啡壶推门走了进来。

看到陈夫人进来，李清突然灵机一动，他向陈龙使了个眼神低声说道：“不如做一做陈夫人的工作，让他劝劝自己的丈夫千万别一根筋。”

“嗯，这是个好办法，我和她说。”陈龙点了点头。这次牛尼拉之行，他们对陈树藩留下了深刻印象，看到他这样执迷不悟地购买猴票，都想帮他“指点迷津”。

陈树藩品了一口潘倩侣摆弄出来的咖啡，满意地笑了笑，冲着妻子竖了一下大拇哥，夸道：“我这太太是摆弄咖啡的行家，冲出来的咖啡是一流水准了，大家品一品吧！”

李清和陈龙各自抿了一口，然后相视微微一笑。李清轻轻叹息道：“陈先生家庭和事业有成，我们真是羡慕。”

这话一出口，屋子里所有的人都应景地陪笑，客厅中的气氛顿时轻松了不少。

陈龙一边喝着香醇的咖啡，一边用浓重的东北口音开玩笑说：“陈夫人，我们刚才都在劝陈先生，这猴票价格已经很高了，再买下去，恐怕要倾家荡产了！”

潘倩侣被陈龙一语点破了心思，却好像更有主意：“是吗？陈先生啊，我越来越爱你了，你不但年轻有为，还重情重义，这么关心我家树藩。你就放心吧，我们家树藩看事情还是比较准的，你担心的事情不可能发生，这一点我还是有把握的！”

这几位客人不知道，这夫妻俩致力于猴票收购好多年，那态度是铁了心了，岂是一两句就能劝说的！

吴凤岗几个人现在已经明白了眼前这位家庭主妇的意思，呵呵，和她先生一样也是执迷不悟的人。

一个晚上，三位巧嘴如簧，说得口干舌燥。后来，陈家夫妇也不去辩驳，口头上喏喏连声，心里却不以为然：这猴票呀，买定了！

话不投机半句多，既然劝不了干脆就别劝了。几个人只是在那里浅浅地喝着咖啡，倒也不完全是在端架子，而是一时真不知道该说什么了——说服不了对方，也说服不了对方的夫人。

几位在想，难道是自己的经验和判断出了问题？这年头提倡换位思考，是不是该换个角度来看待这件事呀。

于是设想自己是"猴王"会去买吗？可惜自己不是"猴王"；自己是陈龙会去买吗？陈龙那可怜的工资还要养家糊口！"换位"来"换位"去，多次比较，还是认为，凭现在自己的收入条件真买不起！

话说了这么多，也算仁至义尽了，吴凤岗和李清交换了一下眼神，便重重点了下头："陈先生，陈太太，感谢热情款待。时间差不多了，我们回去了，以后找机会我们再聊。"

代表团完败于"猴王"一家的严防死守，悻悻然铩羽而归。

他们离开陈家的时候心情都很沉重，就像同"猴王"在做诀别。陈龙甚至还想，下一次再见到陈树藩，他可就不是"猴王"了！

离开陈家的陈龙眉头紧拧，还在为"猴王"的命运担心：这"猴王"偏执得很。他的心里乱麻一团，自己看不准倒也罢了，可是吴凤岗老先生还能看走眼吗？他可是专家呀……"猴王"也是的，一点信任感都没有！

第十二章 狼狈组合

1986年初的一天晚上，第一夫人正在牛尼拉一家鞋店挑鞋的时候，手机响了。是她的总统老公发来的短信：“亲，干嘛呢？我刚才看了日历提醒，三月十五日，记得是什么日子吗？”

第一夫人回复：“亲，当然记得了，不就是总统大选集资委员会成立的日子吗？”

总统：“委员会的主任人选你物色好了吗？”

第一夫人赶紧回复：“当然快物色好了，只是正在斟酌之中呢！”

总统：“还记得去年在野党候选人在牛尼拉机场被暗杀，案子现在还有人怀疑是咱们派人干的。这次集资委员会主任的人选要斟酌好啊！这次如果再出事，我罚你给我洗脚三天，再罚你打扫厕所一周。”

第一夫人：“亲，晓得了！”

如此艰巨而又光荣的任务委派谁呢？

注意！本书中第二位反派人物出场——姓名：贝克尔。性别：男。工作地址：牛尼拉黎刹广场斜对面鞋店。职务：鞋店老板兼土豪。长相特征：大鼻子、大嘴、大脸、大高个。性格特征：有强烈的出人头地欲望，梦想升官发财，琢磨干出惊天动地的大事，最好是能惊动总统和第一夫人。处事方式：这个人一肚子坏心眼，嗅觉特别灵敏。

此时，第一夫人的大脑里闪过正在给自己试鞋的鞋店老板——贝克尔，心想：“这个人靠谱！”

首先，该老板跟自己多年，多贵的鞋都敢打八折，可谓不怕赔本赚吆喝；特别在近段时间，该老板积极靠近政府，工作热情高，几次表示要为总统大选出力……其次，该老板业务能力强，狐朋狗友多，江湖经验丰富。再次，该老板可以说是自己一手照顾起来的，对自己忠心耿耿。最关键的一点是，该老板满眼都是欲望，是个官迷心窍的人，珍惜机会，积极表现，行事低调，嘴巴脆甜。第一夫人越看越爱，这样的人，可用！就是他了，提拔他当主任先。

然后第一夫人找贝克尔谈话，亲切地说：“贝克尔，有一件事要交给你办！”

贝克尔为之一振：“夫人，什么事情您吩咐！我就愿意给您办事。”

第一夫人：“你现在有什么想法？想不想进步？”

贝克尔一头汗水加一头雾水，惊讶道：“夫人，做梦都想进步，只是基本功不好，就是一个开鞋店的。”

第一夫人：“基本功不好没关系的。你经常给我打折，拍我的马屁，我很受用，所以我很喜欢你。我现在正在考虑提拔你！”

贝克尔大着胆子说：“夫人，求之不得，您准备赏我一个什么位子？牛尼拉商会会长？”

第一夫人拧着眉毛说：“不、不、不，位子太低，人家会说我埋没人才的。我琢磨着……那就干总统竞选集资委员会主任吧！”

贝克尔一听，不得了！他知道这是一个相当于副部级的职位。

贝克尔将脑袋仰了起来……第一夫人急道：“贝克尔，你不愿就算了，我不逼你的！”

“我是怕眼泪流下来！”贝克尔说，“夫人，这是高兴，我这人就这臭毛病，一高兴就流泪！”

第一夫人亲切地拉住贝克尔的手：“贝克尔啊，我们把这么重要的事交给你，就是给机会、给前途，摆明把你当心腹人。完成得好，就能有光明的前景……”

贝克尔抹了抹泪，两眼放出光芒。他郑重地点了点头，“夫人，请您看我的表现！”

第一夫人拉着贝克尔的手：“有你当主任，我有一种安心！”

贝克尔是多聪明的人，他当然知道第一夫人说的“安心”是指什么。“夫人，我为总统集资，一定让社会人不知鬼不觉。不会让媒体抓住任何把柄！”

第一夫人高兴地咳了咳：“咳……那依你是怎么个搞法？”

贝克尔：“依我之见，不到社会上公开集资、摊派，而是找工商界的商人巨贾暗中捐献！”

第一夫人眼睛一亮：“捐献，这个搞法靠谱！”

贝克尔：“夫人，我还有一些小清新的想法：要是人家捐钱最好，如果没钱捐物也行！我有办法把物变成钱！”

第一夫人：“贝克尔，我越来越喜欢你了。你思考这么深入，这是你责任心的具体体现，进步简直神速呀！刚才这个想法就证明，你果然是个人才！”

贝克尔：“夫人，我只是担心，我的出身比较寒微，缺少点资本！”他实际上是想今后从第一夫人那里要个一官半职的。

第一夫人对贝克尔说：“贝克尔，我用人不完全看文凭和工作经历的，我更看重人的实际工作能力。总统大选连任后，不会亏待你的！”

贝克尔又将脑袋仰了起来……第一夫人急道：“贝克尔，你又怎么了？我又没逼你！”

贝克尔赶忙正过脸来：“夫人，我不是在控制眼泪吗？”

最后，第一夫人又检验了一下贝克尔的忠诚度：“贝克尔，我来问你，如果我与你妈一起掉水里，你先救谁？”这是考验忠诚几乎无解的问题。

贝克尔不假思索地回答：“先救夫人！”贝克尔看出了第一夫人的疑惑，补充一句道：“因为我妈妈早就死了！”

第一夫人对贝克尔的机智回答非常赞赏，说：“这么说，你现在可以动身上任了！”

话说贝克尔当上集资委员会主任的事情很快就传开了——这么大的事，想保密保不了。

有个前面提到的的大反派，名叫甘巴朗的，惦记上结识贝克尔。大胖子甘巴朗上次见到第一夫人后，了解到第一夫人对总统连任的渴望。他知道顺着第一夫人这个梯子向上爬，才能实现高官得坐、骏马得骑的理想。

他头一个就想到了贝克尔。第一夫人他不可能常见到，集资委员会主任一定是总统的心腹，巴结到这个心腹也就巴结到了总统。

甘巴朗想，“还是到鞋店找找他，集资委员会那里说话不方便！‘贝克尔鞋店’就在黎刹广场对面，好认得很！”没办法，为了自己的锦绣前程，甘巴朗去找贝克尔，义无反顾。

果不其然，好认得很，到广场上一看，果然看见一个很大的鞋店，两层楼摆满了鞋，好多都是世界名牌。

几个服务生在忙活，有人招呼大胖子甘巴朗：“嘿，欢迎光临！”

甘巴朗看到老板台里端坐着一位中年男子，大分头、戴墨镜，真是帅呆了、酷毙了。

“一定是店老板贝克尔。”

“给我来双鞋，必须由你给我挑！”他对贝克尔说。

唉，这大胖子怎么让老板给挑鞋？就是呀，那甘巴朗的胆儿也够肥的，本来想巴结贝克尔的，现在却刁难起他，是想先给他留下点印象。

好在贝克尔牢记着店训，和气生财，来的都是客，不能得罪。店大欺客，这岂是待客之道？

于是，他到后台找了一双鞋。

甘巴朗试都没试：“这不合适，再换一双！”

“这”……贝克尔强忍着气，心想：这个大胖子有点性格，看来也是有头有脸的人物！又找了一双。贝克尔把鞋擦拭干净，递给甘巴朗：“先生，这双可以吧？请拿好！”

谁知甘巴朗翻着眼睛说：“这双颜色不对，再换一双！”

贝克尔急了，开口道：“先生，不带这样的，找茬是吗？要看看这是什么地方，这是谁开的店？”

甘巴朗不高兴：“你这什么话……”

说话间，贝克尔手下一群人就围了上来。

甘巴朗不慌不忙：“等等，我来解释解释。你是老板贝克尔吧？”但见甘巴朗从容地从口袋里掏出一件东西。那是一张照片，准确地说，是上次他同第一夫人在一起时的照片。

贝克尔接过来一看，忸怩不安地连连搓手，说：“自己人呀，第一夫人也是自己人，经常到我的鞋店买鞋。您尊姓大名？”

“邮政总局长甘巴朗。”

贝克尔脸上堆满笑：“啊，总局长先生是吧？来，请坐……其他人散了吧，领导来检查工作！”

接下来，甘巴朗嘴巴都咧到耳根，喷出很多热情得肉麻的话，意思汇总就是：早知道贝克尔是鞋界土豪，能结识土豪，同呼吸，共风雨，是世界上最幸福的事啊！他还提到第一夫人是位仗义疏财的奇女子，只是没有机会孝敬她老人家。

贝克尔："机会是大把的，我这次其实就是受她所托，让我干一件大事！你有兴趣一起干吗？"

甘巴朗这才把来意说明："咱们联手一起干？郑重承诺，我豁出去了！要是胆小怕事就是王八！"

就这样，"狼狈组合"诞生了。

头一次相识，自然要喝点。

他们肩并着肩手牵着手在附近找了个小酒楼，点了几个小菜，喝了起来。甘巴朗把办展览支持总统竞选的情况向贝克尔做了说明，那贝克尔也把自己与第一夫人的交往叙说了一遍。

"狼狈组合"激动地握手："原来我们有这么多的共同语言啊！"

经过喝酒神聊、迂回试探，"狼狈组合"果然一拍即合，臭味相投！所以说世界上的好多事，都是在酒桌上解决的！

喝着喝着，上了一道好吃得让人停不了嘴的辣子带鱼。贝克尔也许是饿了，夹了两块鱼放在碗里，只几下就吞到肚子里。

甘巴朗见贝克尔这般狼吞虎咽，不禁哑然一笑。他也挟了一块鱼肉，刚吃了一口便放下了筷子，眉头也就轻轻地皱了那么一下。

这个细微的动作立马被贝克尔捕捉到。他边咀嚼边问："总局长，您为什么皱眉？"

甘巴朗："不说，不能说，说了得罪人！"

贝克尔："不带的，你一定要说！我请你吃饭，很在意你的感受！"

"这个……"甘巴朗用筷子点着鱼道，"这条鱼很不新鲜，估计放冰箱里时间久了，味道差了点……哦，我也就是随便说说。”

这话刚好被饭店掌柜听见了，掌柜赶紧道：“是啊，是啊，我们饭店的鱼都是一周前买的，天气又热，味道就差了点，只好多放了一些辣椒，对不起啊！不过，饭店里也确实没有新鲜鱼了，今天预订的新鲜鱼还没送来。你们不知道，这些天附近的街道都是支持在野党的游行队伍，进海鲜的车进不来，我们也没有办法。”

“狼狈组合”正说得热闹，忽听得楼下有响动。鞋店服务生急急忙忙地跑上来，对贝克尔说：“主任，不好了，出大事了，出大事了。”

“咋啦？大惊小怪的！”贝克尔很不满，“没见过世面。总局长，见笑见笑！”

那服务生气喘吁吁地说：“黎刹广场又来了大批支持在野党的游行队伍。您快过去看看吧！”

贝克尔一听就明白了，大怒：“额的神！呵呵，又是在野党作怪……总局长，咱俩坐车过去看看。”

在牛尼拉的黎刹广场上，已经满满的全是举着标语和该国国旗的市民。这些牛尼拉的市民当然是自发地跑到广场上支持在野党总统候选人的。他们已经无法忍受现政府的独裁统治了，这表明现任总统的连任真是岌岌可危了。

“狼狈组合”坐的小车刚刚进入人山人海的黎刹广场的入口，因里面游行的人太多，根本挤不进去，司机只好将车停住。

司机回过头，对车厢里贝克尔说道：“主任，前面过不去了。”

贝克尔伸手将汽车的窗帘撩开一道缝儿，张着惊讶的嘴巴循声望去，一阵呼喊口号的声音从广场上传出。

看到这个场面，甘巴朗直接被秒杀，竟然有这么多人在此聚会！“贝克尔，看到了吧？怎么会有这么多人支持在野党候选人？”

"狼狈组合"面色凝重。

贝克尔："聚会游行背后有没有人操纵？"

甘巴朗："应该没有，好像是自发的，你看服装、旗帜都不一样……"

贝克尔冷冷地看了聚会的人群一眼，心里怦然一动："是呀，这说明在野党很有煽动性。哎，多亏我们碰巧看到了。"贝克尔脸上带有少许的愠怒，气急败坏地嚷道。

二月的牛尼拉还有点寒气逼人，"狼狈组合"却感到了阵阵热浪从广场上涌来。看到这个场面，他们不敢前行，只好原路退回。

照理说在野党没有那么多的支持者，估计是使银子了。甘巴朗转念一想，好像也不像！看来，这次总统危矣！在野党威矣！

甘巴朗说："贝克尔，清楚了吧，支持总统连任的人几乎没有！"接着又说了一句，"我们也应该组织队伍到这里来游行！"

在回去的路上，贝克尔不时看着道路两旁一些向广场汇聚的人群，一边对甘巴朗说："总局长，本来我们也要组织，可是我这个集资委员会一直没有筹集到足够的资金。"

甘巴朗苦笑了一下，一脸茫然："组织个游行聚会能花多少钱？"

贝克尔叹了口气："总局长，你不知道，这年月什么都要花钱！一个人不给几百个比索谁去呀！"

"你现在集资了多少？"甘巴朗摇了摇胖脑袋问。

"多少？一共才有50万比索。"

"哦？ 50万是少了点！"甘巴朗笑着说，"再想想办法呀！这50万能干什么？"

怎么想办法？贝克尔也不知道，不过他不能说自己不知道，要不然这个集资委员会的主任如何当呀？他想了想说："你们邮政总局财大气粗，要不捐献点出来？”

“贝克尔，亏你想得出来！我们邮政总局是清水衙门，这谁不知道？”甘巴朗听到让他捐献，立即就出言反驳。

“也不一定，你手里不是有邮票吗？多印一点就是了！”贝克尔急得瞎出主意。

甘巴朗对贝克尔说：“等一等，邮票就是钱吗？”

贝克尔：“当然是。”

甘巴朗：“要是这样就有办法了！”他半晌不语，闷头喝茶。忽然，他站了起来，然后就盯着贝克尔的脑袋直看，上上下下，左左右右。

贝克尔心里直发毛，说：“不要这样子，您的眼神不正常！”

甘巴朗点燃了一支香烟：“贝克尔，不要说话！……让我想一想！是啊，我想好了，就这样，呵呵！”

一根烟蒂扔过后，一个毒辣的计划想出来了！

第十三章 太没节操的许愿

甘巴朗："我认识一位华人，手里有很多中国生肖猴票，应该很值钱的！"

贝克尔一听，没懂这意思："猴票有什么用？还是中国发行的，又不能当钱花。"

"怎么不能当钱花？一看你就不懂！变现很容易的。"总局长哪儿能不懂邮票可以变成现金的道理。

"哦……可以变现！那人家愿意捐献吗？"贝克尔的神色有些兴奋，坐在那里直愣愣地看着总局长。

"肯定不会心甘情愿，"大胖子甘巴朗闻听此言，急忙摆手，"不过我们可以做工作！"

贝克尔两眼紧盯着甘巴朗。

大胖子甘巴朗不紧不慢地喝了口茶说："比如，能不能许愿将来给他一个什么官做。"

"咱们能许愿吗？这个我可做不了主！"贝克尔只是絮叨着，不知是问对方还是在问自己。

“请示第一夫人不就行了吗？”甘巴朗瞪着那双大眼睛看着贝克尔。

“那也不能给太大的官吧？牛尼拉的副市长怎么样？”贝克尔毕竟在官场上混过几天，他知道不能给部长的位子。

“不能给这么高的位子，给一个商会会长就行。”甘巴朗猛然想起陈树藩是华侨联谊会的会长。

“总局长净说外行话，商会会长是在商人圈里自己选出来的，没有任命的，这个您都不懂？”贝克尔白了大胖子总局长一眼。

“你就不会先答应着？等猴票到手了再说！你这个人怎么死心眼，要不你怎么集不到资呢！”甘巴朗脸色一变，他是用少有的气急败坏的语调在说话。

贝克尔一看大胖子甘巴朗急了，只好一咧嘴，说：“好，我马上向第一夫人汇报。”

……

大胖子甘巴朗猜得不错，贝克尔离开后直接前往总统府，他要去见第一夫人。

“夫人，有件事情向您汇报。”贝克尔走进了第一夫人在马拉坎南宫中的办公室。

第一夫人从公文堆中抬起头，看着这位满脸凝重神色的集资委员会主任：“贝克尔，怎么啦？不忙你自己的事情，找我干什么？”

怎么？第一夫人神情这么淡漠，总不会不关心集资委员会的事情吧？

想到这儿，贝克尔微微地朝第一夫人点了头，毕恭毕敬地站在主人面前。他叹了口气，说道：“情况很糟糕，这些天我们为总统大选筹集的费用只有近50万比索，此外征集为总统大选上街游行的‘志愿者’也没有多少人。我们既没有足够的经费，也缺乏必要的人手，而且大家士气低落，好些人对总统大选的前途缺乏信心。除非我们能立即得到足够的费用！夫人，我实在是没辙了，您帮助想点办法！”

确实，集资委员会面对那可怜的一点集资款一筹莫展，一帮“瞎参谋滥干事”七嘴八舌地议论开了，先是诉苦，然后又开始出主意。可是他们也没有什么高明的办法。

第一夫人明显比以前消瘦了不少，看来是累的。她吐出一口长气，苦恼地说：“知道了，知道了。这是个问题，我也没有什么好办法，你们有没有专门请示过总统？”

“总统近日的心情不好，对大选的前景极为担忧，这个时候不便打扰总统。”贝克尔接过话题，他似乎是在斟酌着用词，缓慢地道，“当然，我对大选还是充满信心的，只要是筹集到足够的费用！”

第一夫人听后一怔，随即点头笑道：“还是你想得周全，这时候还是不要打扰总统为好。我也和你一样对总统在大选中连任信心十足。只是从何处筹集费用，我还没有太好的办法。”

贝克尔看了第一夫人一样，说道：“夫人，我倒是有一个解决的办法，不知道是不是可行。”

第一夫人一听来了兴趣，鼓励道：“说一说无妨。”

贝克尔兴高采烈地说：“夫人，是这样。今天我同邮政总局长甘巴朗吃饭，他愿意为总统连任做些工作，我们就结合了。另外，他还介绍说，牛尼拉有一位华人珠宝商陈树藩，他有 1200 版中国的生肖猴票，能不能让他捐献出来作为竞选费用？”

听到这个点子，第一夫人一下子就愣在了那里。她定定地看着贝克尔，眼珠子一动不动。

贝克尔笑了笑，又接着说：“陈树藩手中的 1200 版猴票可值不少钱，不知道他愿不愿意捐赠。”

“这位陈先生我见过，好像是牛尼拉华侨联谊会的会长，抠门得很，我想他是不会心甘情愿捐献吧。对了，你怎么想起了让他捐献猴票了？这猴票又不能当钱用！”

贝克尔眨巴一下眼珠子说：“夫人有所不知，我原来也是这么认为的，后来还是人家邮政总局甘巴朗总局长指点迷津。人家在邮政工作，对集邮的事情门儿清。他说，这猴票确实不能当钱用，可是很容易变现。另外猴票的市场价值不菲，变现就容易多了。最主要的，通过这种办法集资，容易掩人耳目，神不知鬼不觉，不会引起社会上什么‘政治献金’等丑闻的攻击。”

第一夫人冷冷一笑：“你们的鬼点子不少，真是个头脑灵活的家伙，这样的办法都能想出来！不过，这些华人只是一门心思赚钱，对政治一窍不通，也不懂！”

贝克尔苦笑着摇摇头，看来是空欢喜一场了。就在他琢磨对方到底是怎么想的时候，第一夫人说道：“这没有关系，只要我们晓以利害，保证总统大选获胜后许愿他一个什么头衔，他也许就会愿意捐赠了。”

对于这个近乎荒唐的计划第一夫人居然同意了！

贝克尔耸了耸肩，说道：“夫人，只要您同意，我和甘巴朗局长一起说服他。我们想好了，先给他一个牛尼拉商会会长的位子，软硬兼施，不信他不从！”

第一夫人轻轻哼了一声，冷冷道：“可以。贝克尔，你先去同他谈谈，动之以情，晓以利害，他要是能就范自然是极好。不过，1200 版全部捐出来可能性不大，少一点也行，我们现在缺的就是钱！”

贝克尔又问：“万一他一版都不捐呢？是不是给他点厉害尝尝？”

第一夫人摇摇头说：“这个使不得。对待华人陈树藩，与对待在

野党不同，暂时不能动武。他一个珠宝商人而已，将来总有机会收拾的，可是现在不行，大选形势不允许。”

贝克尔赶紧点头称是。

两人密谋的时候，听到远远地传来动静——那是总统府外面游行队伍的呐喊声。

一点征兆都没有，第一夫人失声喊道：“真见鬼！这些人有完没完！弄得我无法安静地办公。”

贝克尔回道：“的确如此，我去过黎刹广场调查，那里的人更多，太不像话了！”

办公室里面一阵沉默，两个人互相瞧着对方。

过了好一阵子，贝克尔才感叹道：“上帝啊！太好了，没想到猴票能帮我们大选！”

第一夫人也在祈祷：“但愿华人会成为我们的朋友！”说完，她又冲贝克尔补充了一句话：“我们本来就是朋友。贝克尔，这些年，总统当政期间，华人在我们国家没少赚钱。”

贝克尔的脸上突然闪过一丝神秘的笑容，对第一夫人小声说道：“夫人，您放宽心，这件事就交给我们了，我和邮政总局甘巴朗总局长一定会办得很漂亮！我发现总局长的鬼点子不少！”

第一夫人露出满意的表情：“很好，就这样办。告诉甘巴朗，事情办成后，总统不会亏待他的！”

从第一夫人的办公室出来，贝克尔看上去仍然十分兴奋。他又一次有了成就感，困扰他很久的集资问题，现在有了希望。一想到陈树藩的猴票能变换成集资款，他就忍不住想要笑出声来，不过当着第一夫人的面，他还是努力憋着没有笑出来。

……

不久后，总统竞选集资委员会主任贝克尔和邮政总局长甘巴朗也有一场密谈。上次同第一夫人有了一面之交后，激发了大胖子总局长在官场上努力和拼搏一把的雄心与野心。他把支持总统竞选连任作为第一步。正巧，他和第一夫人身旁的红人贝克尔交上了朋友，两个趣味相投的人也常常聚在一起讨论眼下的时局，寻找支持总统竞选连任的办法。

“总局长，我这个差事可是越来越难干了，几个月才有 50 万比索进账，杯水车薪呀！”贝克尔拿着手下刚刚送上来的报表扫了一眼，就自言自语地盘算起来。

贝克尔走马上任集资委员会主任几个月，只集了 50 万比索，这以后居然一无所获！他自己清楚，光凭这一点他这个主任也该当到头了，他贝克尔能不急吗？

“还真是杯水车薪！”甘巴朗摇着一把蒲扇笑道，“这比索和美元兑换后，50 万比索连 2 万美金都不到！”

之所以会出现这样的状况，两个人都心知肚明。好端端的一个国家，让独裁的总统治理成这样！大胖子甘巴朗有时候想，事态要是这样发展下去，总统连任绝对没有希望，这个交通部长的位子还真轮不到自己！

两个人对视一眼，还是贝克尔先开口：“总局长，上次您给我出的让陈树藩捐献猴票的主意，我可跟第一夫人汇报了，她很是赞同……”说完，贝克尔绷着面孔，缓缓地注视着甘巴朗的神色。

大胖子甘巴朗缓缓举起了茶杯，轻轻抿了一口，淡淡地开口：“贝克尔先生，我想第一夫人一定会赞同。这次，多亏有你啊……事成后，我一定会为你向第一夫人请功，一个牛尼拉副市长的位置应该是有的。”说到这里，他好像觉得有些不妥，忙又补充道：“以后那市长、部长不过是早晚的事。”

贝克尔却笑着摇摇头：“总局长，瞧您说的，好像我是为了当官似的。”贝克尔说完，也觉得自己最后的那句话有些言不由衷，于是不紧不慢地说了下去：“在你总局长面前也没有什么好隐瞒的，我与你不同，鞋店老板出身，没有什么大志向的，就是第一夫人给了个市长、部长什么的，还真干不了！我的理想就是当一个全国商会会长就可以了。当然，第一夫人也说了，您的总局长的位子还是可以再做一阵子的，将来即使当不上交通部部长，副部长的位子总是不成问题的。”

听到贝克尔说话那么直接，大胖子甘巴朗的脸上不禁露出了赞同的表情。

“第一夫人既然同意了陈树藩捐献猴票的计划，那我们就开始行动吧。我想咱们是不是先礼后兵，我帮你牵线搭桥，你先找他谈谈，我保证手到擒来。”

甘巴朗急道：“贝克尔，不要轻敌，这个人可是非同小可。我以前同他打过交道，第一夫人交办的事情，他都能给搅黄了。我再说一遍，他是牛尼拉华侨联谊会的会长，拥有1200版猴票的‘猴王’，陈树藩！”

贝克尔大为激愤，笑道：“这年头，被吹得神乎其神的这个‘王’、那个‘家’的遍地都是，全部都是山寨版、水货。‘猴王’？好大的口气！这年头叫‘王’的多了去了，要这么说，我还是‘狼王’，‘狼王’还斗不过他‘猴王’，我才不信呢！”

第十四章 第一次“反围剿”

自从陈树藩得到那1200版猴票后，无数的记者要采访他，开始陈树藩还耐心地讲解过程，后来就烦了，于是乎就传得越来越玄乎——陈树藩是火眼金睛，他把香港市面上的猴票“抢劫”一空，猴票的价格是陈树藩哄抬起来的……

不过，他的情绪一直高涨着。作为一个珠宝商人，就意味着今后要改行干邮票生意了。他总想，这样也好，原来拥有的珠宝大都被自己变卖后购买猴票了，何况那个年代的牛尼拉物价飞涨，珠宝生意也不好做。

对即将到来的总统大选，许多商人都是抱着观望的态度，陈树藩也不例外。于是他没敢公开地将自己的珠宝门脸改成邮票商店，想等大选结束后再大展宏图！

熟悉陈树藩经历的人都知道，他可不是一位没有经营头脑的商人。打从福建泉州移居到牛尼拉以来，他的珠宝生意很有起色，经过几年的苦心经营，他已经成为牛尼拉小有名气的珠宝商了。不过，即使他现在感到浑身有使不完的劲，还是想看看形势再说。

没想到这个时候，“狼狈组合”要对他发动围剿！

话说那陈树藩却浑然不知。

傍晚，陈树藩正一个人自鸣得意地在盘算着当天的收入的时候，店伙计忽然走了过来，在他耳边悄悄说：“陈先生，门口有人找您。”

“谁找我？”陈树藩摸摸八字胡问。

“是邮政总局的一位官员，说有重要的事情。”

“那让他进来说吧！”陈树藩说。

“他说进来不方便，请您出去说。”

陈树藩听说是这样，就跟伙计往外走。门外站着的这位正是甘巴朗，两个人以前见过面。

陈树藩热情地说：“总局长，为什么不进来？您到我这个小店来还是第一次，是不是嫌我这个店太小呀……”

“不进去了，今儿路过这里，看看你。”大胖子甘巴朗笑着说，看起来非常的得意，似乎有什么好事。

“不会吧？一定有什么事情。不过上次纪念张的事情真的不怪我，确实是泉州遇到了台风，工厂关门，纪念张印不了！”陈树藩想起上次的事情，连忙解释一番。

大胖子甘巴朗大度地说：“算了，事情都过去了！本来可以让第一夫人高兴的事情，没有办好。”

陈树藩赶紧接过话茬说：“总局长，这件事没办好，我有责任！”

大胖子总局长笑着问：“真的吗？”

陈树藩只好说：“当然是真的！”

总局长马上又说：“以后我会给你找机会。”

陈树藩非常鄙夷，直接对总局长来个无视：“瞎说，我这个小小的珠宝商能帮上什么忙？”

甘巴朗："你的珠宝是不值几个钱，可是你有中国的猴票！"

陈树藩马上警觉起来："猴票？"

甘巴朗："别紧张，我只是随便说说。"

陈树藩一下子被这意外的话弄得不知所措，这使他感到惶恐不安——本来是没话找话，现在也许真的有什么事情！可是转念一想，只要不上总局长的圈套就好，要时刻防着他点。

大胖子总局长大概也看出了他的窘迫，笑着说："没什么大事，我的一位朋友，也是第一夫人的朋友，总统集资委员会的主任贝克尔先生想见你一下。"

陈树藩有点弄不明白，这位大胖子总局长和贝克尔的关系，让他有些好奇。

陈树藩："……见我……"

大胖子："对，想见你。"

陈树藩："为什么？"

大胖子："你和他不熟吗？"

陈树藩："……不熟……"

大胖子："他可是总统身边的红人呀！"

陈树藩："……是吗……和我没关系！"

看到了吧，陈树藩的回答，多以省略号为主，配以低落的语调，顾左右而言他！

同意归同意，只不过他心中困惑：这位总统身边的红人为什么要见自己？

几天后的一个下午，一位中年男子大步走进陈树藩的珠宝行，一进门就趾高气场地大声问："各位同学，哪个是陈树藩？"

陈树藩没好气地道："呃，什么事？"

那男子生气了，声音加大分贝：“你是呀……说你呢！”

陈树藩：“是我，声音轻点好不好！我听得到。”

那男子只好换个腔调：“我是贝克尔，甘巴朗总局长介绍我找你。”

陈树藩打量着这位瞪着大大的眼睛定定看着自己的人，淡淡地笑了一下：“贝克尔先生，不知道您找我是想要什么珠宝，我这里的珠宝还是比较齐全的，要不要我给您介绍一下？”

贝克尔粗眉微挑，开门见山地说道：“陈先生，我不是来买珠宝的。我来是想告诉你，你摊上好事了！”

陈树藩摇了摇头，不解道：“瞎说，我会有什么好事？”贝克尔的这句话，陈树藩却是一时没有听明白。

贝克尔十分正经地说道：“总统连任之后，会让你担任牛尼拉商会的会长，难道这不是好事吗？赶紧张罗请客吧！”

“什么？总统连任之后让我担任牛尼拉商会会长？”陈树藩摊开手哈哈大笑，“瞎说，您真会开玩笑，这个世界上怎么会有这么好的事情？要是有这样的好事，恐怕也轮不到我吧？”

贝克尔微笑着叹了口气，微微摇头：“怎么轮不到你呀？你现在就是华侨联谊会的会长，再兼牛尼拉商会会长不是水到渠成的事吗？”他看着陈树藩，加强了语气：“这个位子权力可就大了，同华侨联谊会截然不同，制定商会规则，确定商户会员，要知道牛尼拉有大大小小几千个企业，这会费就够你花的了。”

陈树藩突然有了一种被好事砸晕了的感觉！整整几千个企业啊！每年的会费就得几百万比索。

他没有考虑多久，就轻轻摇了摇头：“贝克尔先生，这件事情太好了，不过我不清楚，这个肥差怎么轮到我陈某人啦？”

贝克尔：“要感谢，你就感谢第一夫人吧。是她出的主意。”

室内的气氛沉默了好长一会儿，最后陈树藩还是不相信地摇头：“贝克尔先生，我同第一夫人就是一面之交，她不会还有什么条件吧？”

贝克尔：“陈会长聪明，一点就透。是这样，总统竞选遇到点困难，需要点费用，知道你手中有 1200 版中国生肖猴票，希望你能捐献出来支持总统竞选。我还可以给你一个额外的保证，如果你能捐献出来，我们把它全部用于总统竞选活动。而且牛尼拉商会会长的位子也会向你敞开大门，甚至全国商会副会长的位子也可以考虑。”贝克尔笑嘻嘻地给陈树藩画了张大饼。他没说全国商会会长的位子，因为这个位子他给自己留下了。

陈树藩闻言一惊。虽然对贝克尔的动机有足够的思想准备，可是这捐献猴票还是他事先没有预料到的。他一下子跌坐在地板上，地板的冰凉气息森冷地钻入肌肤。

这怎么可能？这 1200 版生肖猴票几乎是他的全部家产，怎么能捐献出来用于总统竞选呢！

于是，他从地板上站了起来，定了定神，字斟句酌地说：“贝克尔先生，这件事情恐怕不行，这不等于要我的命吗？我的后半生就靠这些猴票活着了。我上有七十岁的岳父……中有结发妻子……下有两个嗷嗷待哺的儿女……”

陈树藩的话一下子把贝克尔给雷了，他的脸色马上阴了下来，眉头紧皱，目光凝重地望着陈树藩，低声反问了一句：“陈先生，没有一点商量余地吗？”

陈树藩“哦”了一声，看着贝克尔，对方的眼睛里闪着贪婪的目光，他重重地点头：“贝克尔先生，这是我慎重的决定，希望理解！”

贝克尔似乎还是在考虑如何说服对方：“陈先生，我们了解你手中的猴票很多，放在你自己的手里体现不了它们的社会价值，只有贡献给社会，奉献给支持总统连任的壮丽事业，它们的作用才能体现出来！你也算社会精英，不会不知道其中的道理吧……再说，你也不是白奉献，这商会会长的位子难道对你没有一点的吸引力吗？”

陈树藩听了这番话就更加来气，心里想：“你怎么不把你家的财产拿出来奉献给总统！”嘴上却这样说：“贝克尔先生……我手里有些猴票不假，可是每年买进多少、卖出多少是有计划、有额度的，今年的配额已经用完了。至于这个商会会长，请原谅本人才疏学浅，实在是担当不了。”

房间里的气氛顿时变得有些尴尬。贝克尔开出的商会会长位子，用后脚跟也能猜出是空头支票。

默然半晌，一直以笑颜示人的贝克尔突然变了脸色，摇头晃脑地说道：“陈先生，不要不识抬举。如果这样，我们可就向第一夫人汇报了，结果……”

“哎，好像没有商量的余地！”不过，这回的表情蹙眉咂嘴，“我就是冥顽不化。”陈树藩摸摸八字胡看他一眼，不再说话，脸色变得更加惨白。他的脸上充满了痛苦和愤怒，一种深切的、侵入骨髓的愤怒。

“这就是你最后的决定？”贝克尔瞪着圆眼，“难道你真的不想当这个商会会长？”说到商会会长，贝克尔有些不太自信，这个好像不是他能够决定的。

被贝克尔这么一许愿，陈树藩的眉头也皱了起来，内心里充满了说不出的鄙视和惆怅。是呀，商会会长，商会会长，他感叹地说：“有点内涵好不好！那都是空中楼阁、画饼充饥、海市蜃楼！天晓得大选的结果会是怎样？”

“什么？”贝克尔马上跳了起来，“你这是对总统连任持怀疑态度，是对现任总统的人不敬……你好大的胆！”

“我可没这么说，我希望现任总统连任。”陈树藩说起谎话来那是面不改色心不跳，“放心，我还会在选举中投总统一票。”

“人生如戏，全凭演技！谁会相信你的鬼话！”贝克尔道，“你要是支持总统连任就应该拿出实际行动来，就应该有所表示！”

“投票就是我的实际行动！”陈树藩也下了决心，要和贝克尔周旋到底，那1200版生肖猴票是万万不能捐献的。

话不投机半句多，两人明显是弄僵了。贝克尔的脸色很不好看，在他耳朵边悄悄说道:“陈树藩，你不会有好果子吃的！”说完这句话，拂袖而去。

就这样，陈树藩取得了第一次“反围剿”的胜利。可是他不知道“狼狈组合”还会发动第二次、第三次“围剿”。

这第二次“围剿”由大胖子甘巴朗出谋策划。

贝克尔来到甘巴朗的办公室，恨得牙根直疼。他添油加醋地说陈树藩无比嚣张，真的，是时候该维护第一夫人和法律的尊严了！那大胖子甘巴朗还等着贝克尔胜利凯旋的消息呢，闻听大怒，做咬牙切齿状，心想陈树藩的表现明显是给脸不要脸。

对于陈树藩的“不配合”，他这位邮政总局局长应该早有预料，换谁都不会心甘情愿，猴票在集邮市场的价值他是十分清楚的。

不过，转念一想，商人嘛，总是唯利是图的！就连自己这个总局长，不也在打这样的主意吗?

但是，贝克尔却不是这样想的，如果今天他陈树藩不是全部捐献，即使捐献部分猴票，或许这一关也就过去了。可是这个陈树藩却软硬不吃，更不给面子，这回可触碰他忍耐的底线了，他像一只受伤的斗鸡正努力地站好自己的脚跟，与对手拼搏。

“总局长，您有什么办法吗？”贝克尔看到大胖子甘巴朗的脸上全都是坏笑，就知道他一定有主意。

甘巴朗的眼睛眨了眨，轻笑道："呵呵，我是有一个办法，不过需要一些经费，不知道贝克尔先生有没有带着？"

"要多少？"贝克尔一听说是要钱，倒也爽快，也不问大胖子甘巴朗拿去做什么。

"一万比索。"甘巴朗张开大胖手晃了晃。

啊呸，不带这样的，都是组合了，还给我使潜规则！转念一想，行啊，舍不得孩子套不着狼，给点儿就给点儿吧！豁出去了。

"总局长，这是一万五千比索。"贝克尔知道大胖子爱贪小便宜，所以就有意多给了一些。

"贝克尔先生，陈树藩在牛尼拉有个珠宝店。"

"我去过，就屁股大点儿的地方！"

甘巴朗看着贝克尔，缓缓地说出他的计策："如果我们派人查一查他的税收，是不是能查出问题？"

贝克尔不在意地说："查出来又能怎样，顶多补一点儿税就是了。这点儿钱能干什么用？"

大胖子甘巴朗鼻子一哼："哪儿那么容易，把他抓起来不放，什么时候答应捐献，什么时候放他。"

贝克尔闻言却微微蹙眉，道："这件事没有牛尼拉检察院帮忙，很难做到。"

甘巴朗不屑地说："贝克尔，这事好办，我来办。"

贝克尔沉默了一会儿，重重地吐了口气："看来也只能如此了，谁让他陈树藩不给面子……"说到这里，他又迟疑了一下，看着甘巴朗："可有一点，千万别让媒体知道了事情的真相！"

"保险得很。"大胖子甘巴朗淡淡地说道，"媒体也没那么可怕的，都在政府的掌控之中！”

贝克尔一怔，自己倒是真没有想到这一层。本国的百姓虽然对统治者不满，但还处于敢怒不敢言的阶段，总统对军警、司法、媒体把控得一直比较严。总统果然有如此权威的话，那他贝克尔还有什么可怕的！

事有凑巧，第二天正轮到邮政总局组织邮政员工上街游行支持总统连任——这正是甘巴朗组织的。说起正在进行的总统大选，甘巴朗倒是信心满满，现在的总统还在台上，虽然有下台的可能，不过那是以后的事情，至少现在总统是一言九鼎的。

一大早，甘巴朗就急匆匆地赶到贝克尔任主任的总统竞选集资委员会。这时的集资委员会，每个人都忙得不亦乐乎。主任贝克尔已经满头大汗，其他的人不是忙着接电话就是接待领取物资的人。各种各样的坏消息像雪片一样飞来：标语没有，旗帜没有，还有就是午饭的饭盒没有准备齐全。也不知道这些人上街游行是支持总统连任，还是到牛尼拉大街上去旅游！

不过，话又说回来了，既然是有组织的活动，人家要的这些东西也不过分。贝克尔倒是见过一个过分的，居然是要求统一服装！贝克尔为难呀，手里没钱，这些东西到哪儿筹集？最近给上面打了报告，申请拨款，可是报告如石牛入海，没有任何消息，他自己应该清楚，你本身就是集资委员会的，现在你集不到资，还想从上边“集资”，这钱还有拨下来的可能吗？

大胖子甘巴朗本来也有要“装备”和“物资”的想法，一看这混乱的场面，就朝贝克尔大声喊了起来：“贝克尔先生，游行的人可在外面等半天了，手里没有标语，没有旗帜，如果就这样到大街上放羊，到底是支持谁的根本看不出来。我看，干脆让他们回去算了。”

贝克尔闻言就是一怔：“开什么玩笑，哪儿能回去？这些人好不容易才组织过来的。”

“我的那些人要求也不高，给个小旗就可以上街。如果你们什么都给不了，我担心要是一上街，怕是有人要‘脚底抹油开溜了’。”这位甘巴朗不能说不懂中国文化，这样的中国俗语他都清楚。

一位上了年纪的集资委员会干事大声附和道：“我看总局长说得有道理，就让他们回去算了。昨天，牛尼拉旅游局的游行队伍在我们这里等了半天，也是什么东西都没有拿到，最后人家管我要补助。您说这不是笑话吗？”

哭笑不得的甘巴朗把目光投向贝克尔，后者微微点头：“看来只能如此了。行了，总局长，你们就回去吧。哎，简直是帮倒忙！”

大胖子甘巴朗皱了下眉：“那我就让大家散了，我也回去了，早饭还没吃呢。”

“您先别走！”贝克尔站起身，用手指敲着桌子道，“您看到了吧，我这里的活多难干。”他顿了一下，又道：“这个世道，没钱什么都干不了！”

说完这话，贝克尔就一脸期盼地看着甘巴朗。甘巴朗却露出了惋惜的表情，轻轻地叹道：“是呀，要是陈树藩捐献的事情能搞定，局面会好转很多。人家要个小旗、标语什么的一点都不过分！”

“责任在我，都是我对他心慈手软！”贝克尔的话说得都有些要哭了。

“我的大主任，不知道你还在犹豫什么！我们现在的局面已经很糟糕了，等支持在野党的势头再起，我们恐怕连一点机会都没有了……”甘巴朗分析道，“现在上层对在野党的支持度已经和我们不相上下，如果底层选民我们再控制不住，双方的实力对比可就要逆转了。因此，我们不能再拖延下去了！”甘巴朗说到这里，脸色竟也沉重起来。

听完总局长这番话，贝克尔的眼圈有些发红，大声道：“好，好，陈树藩那家伙我看他不爽已经很久了，是个十足的刁民，对他必须马上采取措施！”

甘巴朗：“你不会蠢到动用检察机关吧？”

贝克尔心领神会，打了个响指：“就这么办了！”

由“狼狈组合”发动的第二次“围剿”马上开始。

第十五章 有一种无耻叫“捐献”

那天傍晚，陈树藩刚下班走出公司，一辆无牌照的越野车飞驰到他面前。车上下来一个戴着大檐帽的人。

“大檐帽”一扬手，车上变魔术似的又下来两个彪形大汉，围住了陈树藩。

“跟我们走一趟！”“大檐帽”说。

“你们……这是……”陈树藩紧张地问，“去哪儿？”

“不要问。你去了就知道了。”“大檐帽”威严地说。

两个彪形大汉把陈树藩夹在中间……车左转右拐，终于在一个废弃的旧仓库里停下。

下了车，陈树藩那个忐忑。

“我是检察院的。”“大檐帽”叼着烟卷说，“有人举报你！”

陈树藩：“我犯什么错了？”

“犯什么错了？”“大檐帽”一边绕圈，一边意味深长地说，“过两天你就知道了。想想吧，最近得罪谁了？”

“没得罪谁呀！”陈树藩打着冷战。

"没得罪……没得罪人能抓你吗？" "大檐帽"扔了烟蒂，丢下这句话，上车走了。

在牛尼拉一个不知名的仓库里，陈树藩正焦虑侧靠在一个临时搭建的床铺上面。外面的人根本不知道，现在我们这位"猴王"脑海里一片混乱，他也搞不清楚现在外面的天空是白天还是黑夜，因为他已经很久没有看见过外面的天空了，也记不清自己到底被关押了多少日子了。不过，他迟疑地伸展一下四肢，又按了一下太阳穴，倒是还记得自己是怎么从外面进来的……对他来说十分突然，也可以说是猝不及防！

他默默地坐着，心中却是翻江倒海。到底是得罪谁了？自己在生意场上也没有什么仇人。不会是贝克尔吧？对了，贝克尔可是说过要给自己好果子吃！不会是自己手中 1200 版猴票惹的祸吧？

此时的他坐在那里心烦意乱地翻着当天的一份牛尼拉日报，这也是这些天唯一能让他消磨时间的读物。虽然按照规定他还有一次申诉的机会，可是他现在提起笔来却不知道该在自己的申诉书上写些什么。

在被圈禁的这几天，陈树藩恐惧的心情与日俱增，望着屋内 24 小时夺目的灯光，忽然就恨起这种眩目的光亮了。他气愤得手指发硬，喉咙发酸，眼睛迅速地被一层泪雾所弥漫。

就在这个时候，房间的铁门"咣当"一下被打开了。陈树藩放下手中的报纸，抬头向门口的方向望去，看见一个戴着大檐帽的法官面无表情地走了进来，语调冰冷地对他说："陈树藩……你有盼头啦，邮政总局长甘巴朗准备亲自过问你的案件！"

他的话还没有说完，就看见一个个子不高、长着一张白净大脸的大胖子走了进来。陈树藩一眼就认出来，他就是和他有过"交情"的邮政总局长甘巴朗！

陈树藩隐约察觉，自己之所以会落到现在这个地步，一定和这个人有关，因为是他介绍自己认识贝克尔的。

不过陈树藩现在可不敢在甘巴朗面前充什么好汉，而是眉头紧锁，老老实实地站起来，求助的目光轻轻扫过对方。

甘巴朗也是一副面无表情的样子，背着手围着陈树藩转了一圈，似乎是想从这个“猴王”身上找出什么不对的地方。呃，说实在的，陈树藩的神情确实有些忐忑。

陈树藩的眼里，大胖子甘巴朗看上去一点儿也不凶恶，他好像正在和自己做一个好玩儿的游戏，眼神中有点戏谑，有点好奇，还有一点欣赏。

陈树藩觉得对方就好像是一只猫，而自己就是一只倒霉的老鼠。

甘巴朗玩味地看着陈树藩的眼神，他看人一向是看别人的眼睛：“陈树藩，你的申诉材料我已径看过了，没有承认自己罪行呀！”甘巴朗站在陈树藩跟前，扫了一眼这个在他面前有些发抖的“猴王”，心里面很有几分得意，因为从陈树藩看他的眼神就知道对方在求助了。他突然加强了语调，说道：“不过，不承认也没用，实际上你的事情还是非常严重的！典型的偷税漏税！”

听到这话，陈树藩的两条腿一软，忙问甘巴朗：“总局长，我的罪名怎么会是偷税漏税……”

“你的罪过不轻呀！你出手的那些猴票上过税吗？”甘巴朗的声音还是冷冷的，不过在陈树藩听来却如晴天霹雳。他抬起头望着甘巴朗，嘴唇颤抖着，不知道该说什么。确实，儿子到中国留学时他是卖过几版猴票，他们怎么知道的？

甘巴朗果然善解人意，立刻露出几分轻松的笑容：“你的事可大可小，可重可轻！我想，总统竞选集资委员会的贝克尔先生已经找过你了，细节我就不多说了。”

陈树藩恍然大悟，“是用我的猴票捐助总统竞选的事吧？”

大胖子甘巴朗点了点头，沉吟着发问：“这件事情你想好了吗？”

陈树藩摸摸八字胡，轻笑了一声：“甘巴朗先生，这件事我想好了，誓死不从。”

甘巴朗大怒，也顾不得形象了，竭斯底里地喊道：“陈树藩，你还是这么固执！你手中的猴票固然是珍贵的，可是你的生命更是无价的！所以我是想用有价的猴票换回你无价的生命，同时还能为总统连任作贡献，这不是一举两得的好事吗？”

“甘巴朗先生，捐献之后我怎么生活呀？”陈树藩气定神闲，看了甘巴朗一眼，反问道。

“怎么生活？”大胖子甘巴朗笑眯眯地回答，“行了，你就别再装傻充愣了，不是给了你一个牛尼拉商会会长的头衔吗！”

陈树藩在华侨联谊会里面当过差，对商会的运作也有所了解，甘巴朗的话音一落，他就摇头道：“这是虚名，商会会长不能当饭吃！”

甘巴朗摆了摆手，断然道：“怎么不能当饭吃？就看你怎么运作了！”

大胖子甘巴朗看着陈树藩那种凝重到了极点的神色，坐在椅子上无声地笑了。他晃动着手里的一瓶矿泉水，淡淡地说：“听我一句劝，你要还是执迷不悟，对你没有好处，人在屋檐下不得不低头，我相信不久你就会很深刻地体会到。这么说吧，你要想走出这里恐怕是不大现实的！你要是不做出一定的让步，根本过不了关！现在毕竟是贝克尔他们当权！”

一开始，陈树藩不愿贸然开口，只是小心翼翼地注视着这位总局长，想从中找出应对之策。不过，陈树藩渐渐地发现，对方没有一点退让的意思，甚至连苗头都没有，看来在猴票这件事上他是铁了心了！

大胖子甘巴朗已经注意到他内心的变化："陈树藩，有一首歌不是这么唱么，'屋里的世界很无奈，外面的世界很精彩'……你就想在这里呆下去吗？"

陈树藩："甘巴朗先生，凭什么判我，先给个理由？"

甘巴朗气疯了："你撞在我们的枪口上了，我们想判你还愁没有理由！告诉你，偷税漏税是罪过，诅咒总统不能连任也是罪过，就该判你！"

这一手果然奏效，陈树藩一听心神大乱，当场泄气了，眼睛直勾勾地盯着甘巴朗打量了半天。

甘巴朗说话非常直白，看来对方不是一个喜欢拐弯抹角说话的说客，而是一个登门入室的强盗。

现在他的心里也是一团乱麻。用猴票换生命什么的，陈树藩是绝对不相信的。即使这个政府再腐败，也不敢为了集资而要了他的命。但是不拿出猴票就让他走出这个小黑屋，陈树藩也清楚这是不可能的，也不会有这么便宜的事！

可怜的陈树藩，心也碎了，泪也干了……

思来想去想明白了，有种无耻叫"捐献"。

"呃！我都在想些什么？我来这个世界是要好好享受人生的。既然出不去，那就让步吧！破财免灾是唯一的选择。"他赶紧梳理一下思绪，排除了不必要的杂念，以免自己成为悲剧式的人物。

"甘巴朗先生，我想你们这么一闹腾，全牛尼拉都会知道我拥有1200版猴票，我在牛尼拉就很难有宁日了。这样吧，我捐献出一部分猴票，但是我有条件！"陈树藩思索了一会儿，作出了这个模棱两可的回答。

看来第二次“围剿”取得了初步成果！

甘巴朗从陈树藩的话语中已经听出了真正的含义，他整个面部表情一下子由阴转晴，心里暗暗地笑了，心想自己的差事有希望完成了。不过，对方还有条件，他会提什么条件呢？

于是，他笑吟吟地朝陈树藩点点头，说道：“条件？什么条件，说吧！”

就在甘巴朗和陈树藩说到最关键的时候，门突然被推开了，进来的是贝克尔。他一直在外面偷听两人的对话，从陈树藩的话语中听出了一些端倪，似乎现在坚持不住了！他本来就是抓捕陈树藩幕后的推手，自然可以不用敲门就进来的。

他先朝着甘巴朗微微一笑，才转身对陈树藩说：“陈树藩，你在说条件之前，要说一说能捐献多少？”从后台走到前台的贝克尔，看上去倒还是蛮镇定的。

“狼狈组合”同台献技！

甘巴朗“哦”了一声，说道：“对，对，要先说捐献的数量！”

本来自己出面已经有了结果，这位贝克尔却出来横插一杠子，甘巴朗顿时就“鼻子不是鼻子，脸不是脸”的了。可是偏偏又不好在贝克尔面前显露出来。他现在也明白了，自己谋划了半天好不容易营造出来的陈树藩“妥协”的形势，又被贝克尔利用了，或者说是正中了他的下怀！看来这次的功劳要分给这个贝克尔一半了！想到这些，甘巴朗一时不知要说些什么了，只能沉默以对了。

其实，甘巴朗也不敢开罪贝克尔，谁都知道贝克尔现在既有第一夫人这个靠山，又是两头下注：一来敲陈树藩一笔，在总统和第一夫人面前捞取政治资本；二来即使总统不能连任，他的后路也早就想好了，这批猴票也可以窃为己有。

“好吧！我就先说捐献的数量……”陈树藩痛苦地咬着牙齿，瞪着对面的两个人，目光中还流露出一点鄙夷的神色，“我捐献 300 版可以了吧？”

贝克尔这条老狐狸对此却不冷不热的，似乎没有多大兴趣。大概是注意到了贝克尔的目光，甘巴朗露出一脸的不屑，冲陈树藩微微一笑：“300 版似乎少了一些，怎么也得加一些，这才能表达出你支持现任总统连选连任的诚意！”

这话一出口，在场的贝克尔连声附和：“就是，就是，这 300 版是过不了关的！必须再增加一定的数量！”

这个语气不容商议，似乎是在命令。

甘巴朗还觉得自己的话力度不够，又说：“我的立场是一贯的、明确的。你陈树藩固然对你手中的猴票拥有主权，可你又归总统管，因此猴票的主权是重叠的。我的主张是你手中的猴票我们共同拥有，共同使用！”

陈树藩神色不动，只是抬眼看了二人一眼，知道这两个人是在唱双簧。

甘巴朗哈哈一笑：“你赶紧再说一个数！数量通过了，就能回家同夫人团聚了。要不，你做不了主，我们把你的夫人请来？”

第三次“围剿”来势汹汹！

还要抓我夫人？陈树藩一听沉重地站起来，在房间里踱着步子。他心里清楚，这两个人一个是人渣中的极品，一个是禽兽中的禽兽，什么事情都能干出来！

陈树藩一咬牙一跺脚：“别请我夫人了，千万别请！我捐献 600 版总算可以了吧？这 600 版的市值我算过了，超过了 3000 万比索。”

3000 万比索好像可以交差了！贝克尔一听喜出望外。其实，他心里清楚，即使陈树藩一版猴票都不捐献，也拿他没辙，长期圈着不是回事，秘密处决掉可就更不妥了，就算要除掉陈树藩，也不是现在就能下手的。毕竟总统大选在即，这样的丑闻传出，总统连任岂不泡汤了？

贝克尔还有另外的小九九：总统大选胜负难料，可不能让外人觉得他是个心肠歹毒的人。至于让人觉着有点小贪，倒也不是什么大问题。

甘巴朗看到这个场面，已经有些按捺不住了，刚想表态，贝克尔已经痛快地点点头："陈树藩，这个数量我觉得可以。说一说你的条件吧。"说完又看了看一直翘着二郎腿、坐在一张椅子上面欲言又止的总局长，意思是"这件事情我做主了"！

陈树藩咬着牙听他把话说完，脸色更加阴沉了："这第一个条件是猴票捐献不能说是帮助总统竞选连任，只能以捐献拍卖的名义！"

贝克尔被陈树藩这番话给说糊涂了，于是问："两者有什么区别吗？"

精明的陈树藩回答："当然有区别，捐献用于拍卖和捐助总统竞选是完全不同的概念！前者不过是我财大气粗，把自己收藏的猴票拿出一部分来拍卖，所得款项捐献社会，捐献公益事业，同政治没有一点瓜葛！而捐助总统竞选就不一样了，我陈树藩只是一个小商人，我不想同政治联系在一起，不管以后谁当这个总统，我们都要依靠'名声'活着。"

贝克尔听到这里，马上回答："无论你给出什么条件，只要捐献的猴票到我们手里，什么名义都行！"他用眼角的余光扫了一下总局长，脸上有一丝掩饰不住的热切。然后万分得意地看着甘巴朗说："总局长，您说呢？"

大胖子甘巴朗的脸上闪过一丝敬佩的眼神，心里想，这陈树藩比自己有骨气，不向权贵低头，在乎自己的名声。他随即点了点头："我看可以。"

贝克尔冷哼一声："陈树藩，第一个条件同意了，赶紧说第二个！"

"第二个条件是我要移民！"陈树藩坚定地说，"这个国家我是实在不能呆下去了……"

"移民？"贝克尔笑着点点头，又抬眼扫了一下气鼓鼓的陈树藩，心道："这正是我求之不得的好事，你一移民，猴票捐献这个丑闻谁都不知道了。"

于是，他眼睛一转，脸上的笑容也多了起来："移民？我想没什么问题，你捐献之后就可以马上办手续。"

听到这番话，陈树藩绷着的脸儿也缓和下来，心想，赶紧离开吧，眼不见心不烦！

就在陈树藩想着心事的时候，甘巴朗的声音又在他耳边响了起来："陈先生，条件谈妥了就赶紧出去吧！这个地方还没有待够吗？"

贝克尔站起身来笑道："就按照陈先生的意思办，我们现在就去集资委员会办个手续。哦，这样吧，陈先生辛苦一下，跟我们走一趟怎么样？"

贝克尔看了一眼胖胖的甘巴朗，低声与他商量道："这陈树藩虽然捐献了猴票，也不是心甘情愿。他还对总统连任颇有微词，影响稳定，破坏总统大选，损坏总统形象。为此，还是不能轻易放他出去，判他几年。"

甘巴朗："你考虑没有，关的时间越长越会引起媒体的注意。他既然愿意移居国外，最好放他一马。"

贝克尔："总局长，听您的。等陈树藩回到了家，我就派人把他看起来，移民前不许他和外界接触。要是这件事让外界知道了，咱俩可是吃不了兜着走！”

“哦。”甘巴朗轻声应答了一下。贝克尔的这番安排，大概也是眼下最合适的办法了……

第十六章 香港卖“猴”

事情办妥之后，甘巴朗的心情好得出奇，一张一贯比较贪婪的脸庞上，堆满了春风一般的笑容。

那边的贝克尔也没有了压力，自己一出马就旗开得胜，拿过来600版猴票，正在考虑如何变现呢。不过正巧，此时手下人通报：“总局长甘巴朗来了。”

听了手下人的通报，贝克尔眼珠一转，知道这个家伙又有什么坏注意了，于是呵呵一笑：“有请，有请。”

有请？居然不亲自到大门口迎接。甘巴朗稍稍压下心中的不快，懒得和贝克尔这个无赖计较。他过来的主要目的是商量如何将那600版猴票变成现金。

甘巴朗晃动着肥胖的身躯，很快地走到集资委员会的会议室，贝克尔正站在门口笑呵呵地迎接。

“总局长先生大驾光临，本人有失远迎，恕罪，恕罪。”贝克尔表面上非常尊重甘巴朗，但内心并没把他当回事，尤其是上一次，还给他使了一次“潜规则”，彰显出他“下三滥”的本色。

宾主落座以后，双方的谈判便进入正题。甘巴朗说：“眼下猴票捐献的事情解决了，对陈树藩你准备如何处理呀？”

贝克尔犹犹豫豫地说：“我还想请示一下第一夫人，是不是要放他出去？他出去要是把消息泄露了，我们可就被动了！”

甘巴朗动了恻隐之心，于是说：“我看不会吧！他捐献的条件就是拍卖，即使消息传出去，社会和舆论也不会相信。另外，在捐献这件事上，陈树藩总体上还是配合的，我们没有必要为了一个小商人而因小失大！”

这话说得不错，陈树藩又不是在野党候选人。他何苦为了一个普通的商人冒风险？只要陈树藩人不知鬼不觉地移民国外，这个捐献的秘密就石沉大海了。

“所以我们还是应该尽快地让陈树藩移民出去！”甘巴朗在一旁建议道。

一开始，甘巴朗对陈树藩也抱有敌意，特别是贝克尔第一次找他捐献猴票遭拒以后，觉得他不识抬举，不识时务。可是后来陈树藩提出捐献的条件，又觉得这人很有骨气，是条汉子，不由地心生敬意。于是，也想帮帮他尽快移民。

听了甘巴朗的话，贝克尔长出了一口气：“好的，就听您的，让他移民算啦。过一会儿我就亲自去布置一下……没想到您总局长还真是运筹帷幄之中、决胜千里之外的人物！先是出了一个好主意，又是您说服了陈树藩。当然了，我也从中做了点工作！”说到这，这位骄横的贝克尔又谦虚起来了。

甘巴朗听到对方在表扬自己，满意地笑了笑。他确实也很得意，一个本不是政府内阁成员的邮政总局局长能通过总统大选与第一夫人结成同盟，可太值得了。总统一旦连任，自己的前途可就光明了。只是目前总统连任的路途还很艰辛，目前能帮上忙的也就是集资这一项。

这时，贝克尔捧着几版陈树藩捐献出来的猴票，小声说："这些猴票是到手了，可是如何变现呀？"

他们事先只是考虑到猴票如何值钱，倒是从来没有考虑过怎样变现。这些猴票在不集邮人的手里一文不值。

贝克尔想，这位邮政总局长一定有办法，他是业内人士，应该懂得如何变现。

"就是呀，事先我们考虑得不够周全。中国的猴票只有在中国有价值、在集邮爱好者手中有价值，咱们国家收藏中国邮票的没有多少人，还真是不好出手。贝克尔先生，还是你想想办法吧！"

贝克尔知道甘巴朗这话是言不由衷，心想，这个老狐狸关键的时候留一手。于是淡淡地笑了，素来严肃的面容上甚至还隐藏了一些嘲讽。

"总局长，你的这种话骗骗外行人也就算了，本人可是在官场、商场摸爬滚打多年的，什么人都见过，什么事都见过。处理邮票的事情你肯定门儿清！"说完，他重重摇了摇头，语气郑重地道："有什么想法就说出来吧，用不着藏着掖着的。"

甘巴朗听后，心想，既然他和贝克尔已经成为第一夫人的走狗爪牙了，这件事没个眉目在第一夫人那里也没法交差。他的脑筋顿时飞快地跟着贝克尔的思路转了起来，很快就琢磨出一个把猴票变现的办法。

"贝克尔先生，你说这些猴票在哪儿最有市场？"

"哼，那还用说，当然是中国了！"

甘巴朗看着贝克尔，缓缓地说出他的计策："贝克尔先生，那我们就把猴票拿到中国去卖！中国的市场大，变现也快……"

贝克尔闻言却微微蹙眉，反问道："中国是大，没错，可是咱俩不能去中国吧！我可是半句中文都不会说。"

甘巴朗一听也反应过来："你提醒得对，在中国卖只能收回人民币，人民币拿回来没用呀。再想想别的办法吧！"

事情分析到这个地步，甘巴朗和贝克尔都认为把猴票拿到中国销售已经不现实了。还要找一个中国邮票需求较大的市场，中国内地不行，现在只能退而求其次了，香港怎么样呀？

甘巴朗提出将这些猴票销到香港，贝克尔沉默了一会儿，重重吐了口气："看来也只能如此了，香港市场也大……港币拿回来可以用。"想到这里，他又迟疑了一下，看着甘巴朗："总局长，是不是要通过一位中间人销售呀？"

"当然要找个中间人！"甘巴朗说道，"这么一大笔交易，咱俩都不能露面的。"说到这里，他又放低了声音："贝克尔先生，你以前是开鞋店的，我就不信香港的鞋店你没有熟人！"

"您是不是在开我的玩笑？"贝克尔横了甘巴朗一眼，"香港我是认识很多鞋店，可是鞋店不是买卖邮票的场所！"

甘巴朗一怔，他倒是真没有想到这一层。在他看来，派贝克尔去一趟香港，给每个他认识的鞋店几十版猴票，等人家卖完了，把钱收回来就行了。可是鞋店是卖不出邮票的，他甘巴朗还真欠考虑了。

贝克尔却淡淡一笑，神色中带了一丝疑问："我倒要看看您是不是真心的！您一个邮政总局局长在香港就没有一点关系？"说着他又瞧了甘巴朗一眼，"总局长，邮政总局在香港就没有个代理什么的？"

"还别说，你这么一提醒，我还真想起来了！刚才一着急，把事情都给忘了，香港有邮政总局的邮票代理，怎么把他给忘了！"于是连忙做恍然大悟状，大声地说："有，有，有我们的邮票代理！"

贝克尔满意地点点头。眼前的这个“合作者”是难得的人才，不仅有才，还是个做事情的人，最要紧的是人脉关系还很广！

贝克尔正想着事呢，就见甘巴朗冲他招了一下手，把他叫到跟前，压低了声音道：“贝克尔先生，你看这样好吧，你亲自去一趟香港，到我们邮政总局的邮票代理商那里，让他再转卖给经营中国邮票的香港邮商。这样，人不知鬼不觉，就能把猴票卖了，而且我保证还可以卖个好价钱！”

“太好了。”贝克尔露出一脸的喜悦，“好好，我马上亲自走一趟。”

甘巴朗笑着摆了摆手：“这个不急，我要先给我的代理商打个电话，再写封信。是不是也要给人家提一点成呀？人家不能白忙活吧？至少百分之三的费用！”

贝克尔一听，叹了口气，苦笑道：“总局长，不瞒您说，给代理商提成我没有意见，可我也不能白跑吧……”

“我知道，你也拿百分之三的提成吧！”

贝克尔笑着点点头，表示认可：“总局长，这提成的事一定要注意保密。谢谢了！”

“明白了。”甘巴朗点点头，然后扬起了一只手笑道，“你甭谢我，希望早日听到你大功告成的好消息！”

听了这话，贝克尔苦笑了一下，说道：“提大功告成还早点，总统连任成功那才叫大功告成！”

在甘巴朗的安排下，贝克尔很快就出现在香港。走出机场的时候，他身后还有两位五大三粗的随从。

这两个人都是总统集资委员会的工作人员，眼下他们的身份是贝克尔的跟班，同时兼任贝克尔的保镖。保镖甲叫唐纳，长得凶巴巴的，经常带着双截棍，不过没人见他使过，倒是警觉性蛮高的；保镖乙名叫马修，据说武艺精熟，是个练家子，以前在牛尼拉的一家公司当过一阵子保安。

为了躲人耳目，贝克尔这次北上香港本不想带手下的人，不过甘巴朗不同意——手里拿着那么多的猴票，还要为安全考虑！

“呦，瞧您这个着急的样子，哪里像总统竞选集资委员会的主任！”唐纳看一眼急三火四的老板，微笑着道，“主任，总局长都已经安排好了，他们邮政总局在香港的代理，一个名叫史迪生的会主动找我们。可是这位史先生住在何处，如何联系我们，总局长可没说，我们只能等了！”

三人带着一脑袋的问号——这个人是谁？为什么这么神秘？夜色已晚，必须尽快找到住处，贝克尔知道手中的600版猴票价值几千万比索，不能有半点差池！

他们很快找到事先订好了的一家饭店住下。一进房间，贝克尔随便找了张椅子就大大咧咧地坐了下来，摆了摆手，苦笑道：“嗨！也不知道这位史先生知道不知道我们住的这个旅馆？”

不到一个小时的工夫，就听见门外一阵急促的脚步声，再看那唐纳、马修立马成思考状：“有情况！主任，会不会是史先生到了？”唐纳不动声色地问，又看了一眼坐在马修身边、显得有些拘谨的贝克尔。

贝克尔知道可能是史迪生来了，赶忙站了起来，整了一下服装，走向屋子门口迎接。门一开，就看见一个穿戴整齐、身材枯瘦、两眼透着谨慎目光的中年人走来。此人正是香港本地邮商，马来西亚邮政在香港的代理史迪生。

20世纪80年代初的香港，集邮市场要比内地活跃得多，邮商就有百十来个，个个呼风唤雨，其中这位史迪生就是重要的一位，他不仅经营着自家的邮票店，还代理着几个国家邮政的邮票。

史迪生一眼看到贝克尔身边的两个大个子随从，愣了一下，脸色顿时就阴了下来，瞥了一眼屋子里的贝克尔，沉声问：“先生，这是怎么回事？”

贝克尔冲着史迪生抱了个拳，微笑道：“本人贝克尔，这两位是我的亲戚，没来过香港，我带他们过来看看！”

而唐纳、马修两位现在则恭恭敬敬地站在自己的主人身旁，一左一右，一动也不动，只有四只眼睛贼溜溜地乱转，警惕性蛮高的。

“哼！太不靠谱了，这种事情，能带这么多人吗？”史迪生深深地吸了口气，把贝克尔一顿痛扁，就差说他“脑袋给鸭子踢了”，然后对两位听差道：“你们都回避一下吧！”

两个随从是见过世面的角色，没把史迪生这么个小人物放在眼里。他们微微抬了下眼皮，满脸的不屑，哪儿能听一个陌生人的指使，所以就立在那里没动。

贝克尔看到史迪生如此生气，就赶紧岔开这无比尴尬、无比凝重的气氛，急忙对唐纳和马修挥挥手：“你们下去吧。”

两位随从离开后，有点小尴尬的贝克尔就和史迪生面对面坐了下来，一双祈求的目光紧紧盯着眼前这位本地邮商，弱弱地说了一句：“史先生，你谨慎，我也要小心。毕竟手中的东西价值不菲呀！请勿见怪！”

史迪生苦苦一笑：“如今‘见怪’的事还少吗？谁能想到我们的总局长大人手里头有中国邮票，而且还是猴票。我甚至怀疑这些猴票的来路不明！”

贝克尔一惊，忙笑着摆了摆手：“来路肯定没有问题！”

房间之内，已经出去的唐纳让服务员端进来几杯清茶，屋里顿时飘散出馥郁的芳香。

两人天南海北地聊了一会儿，贝克尔看着要离题千里，就赶紧把话题拉回到猴票上来，他还指望眼前这位邮商帮忙呢。他将甘巴朗的亲笔信拿了出来，双手递给了史迪生，笑道："这是甘巴朗总局长给你的亲笔信！"

史迪生迟疑了一下，才把信封接了过来，当着贝克尔的面撕开封口，取出信纸，一字一句细细读了一遍，脸上也阴晴不定，过了半晌才一脸凝重地点点头："总局长的意思我已经明白了，只是不明白他手中怎么会有这么多的中国的生肖猴票……这枚猴票五年前不起眼，现在可是炙手可热的邮票，价格也是翻着跟头地往上涨呀！"

贝克尔急忙打消对方的疑虑，笑着说道："史先生有所不知，这些都是总局长多年的存货，这不最近手头有点紧，需要钱花，要不还真舍不得出手呢！这次我受总局长委托，专程来香港出手猴票，可就要拜托史先生帮忙了。"说着他站起身，郑重地向史迪生行了个大礼。

史迪生心中的疑虑仍然没有打消，可也不能老纠缠着这件事不放，他淡淡一笑："贝克尔先生，这600版猴票可是很大的数额，我史某人还真是吃不下。"

"正是，说得有理。"贝克尔冲着对方拱了拱手，笑道，"那就拜托史先生在香港找几家有实力的邮商。"

"这个容易！"史迪生笑道，"贝克尔先生，你只管放心，老弟别的不敢说，香港的邮商我还是认识一些的。"

贝克尔满意地笑笑，心道："这样就好……能结交上你这条地头蛇，可就方便多了。"

"呵呵，有一句话不知道当讲不当讲？总局长可能对中国的集邮市场不了解，现在内地的集邮市场一路高歌猛进，而市场的领头羊就是这枚猴票！总局长怎么能在这个时候抛出这么多的猴票？猴票的价格涨势可是不得了，一版突破一万元人民币指日可待！”史迪生在桌子上面敲了敲，给贝克尔描绘着未来生肖猴票的大好前景。

“养家糊口自然是离不开一个钱字，别的部门是什么样的规矩大家都知道，我也不多说了。可是邮政总局是个清水衙门，一个个都苦哈哈的，总局长自然也就没什么钱！”说到这里，贝克尔目光凝重地扫视了对方一眼，加重了语气：“现在我们那边的形势也不好，总统大选在即，现任总统能否连任难以预料，你说总局长身边能不留点零花钱吗？”

史迪生听后，显出极为吃惊的样子：“什么，总局长变现这600版猴票就是为了零花钱？这点零花钱在牛尼拉可以买三栋豪宅。就是在香港，我敢说就是在太平山上买一栋别墅也是没问题的！”

看到史迪生的脸上大为不解的表情，贝克尔淡淡一笑，对他说道：“史先生，也许这600版猴票不全都是总局长的，也许是总局长和几位朋友一起凑成……总之能不能把这些猴票卖出去，你可是个关键啊！”说着他将声音放沉了些：“史先生，总局长可是答应这里面有你的好处，卖出去之后，你有百分之三的提成！”

史迪生拍着胸脯道：“贝克尔先生，您就放心吧！这些猴票我肯定能帮您卖出去。我就是觉得，这个时候卖这些猴票有些可惜！”

史迪生说这番话令贝克尔很是感动，受人之托，忠人之事，他是三番五次强调这个时候出手这些猴票不是机会。想到这，贝克尔的眉毛已经微微拧了起来，他深知这次带到香港的猴票必须出手，集资委员会等米下锅呢！但是，既然猴票如此炙手可热，能不能卖出一个好价钱，这里面是大有学问的，也要找一找窍门!

想到这里，贝克尔又低声试探道：“这600版猴票你准备怎么在香港出手？”

史迪生笑道："香港现在有不下一百家邮商，我挑几个大邮商问一问，看他们能吃进多少。"

"这样不行。"贝克尔微微皱眉，说道，"你让人家认购，人家还不杀你的价吗？这样一来猴票就卖不出好价钱了！"

史迪生听了却是哈哈大笑："贝克尔先生，要想卖出好价钱也容易。您就放宽了心吧，明天我给日本、新加坡几个地方的邮商朋友打个电话，每家最多卖他们十版，剩下的再卖给香港的邮商。"说着他悄悄往贝克尔身边靠了一下，"贝克尔先生，您可能不知情，香港的生肖猴票极为稀少，五年前的1980年，据说从牛尼拉来了一个珠宝商，趁当时猴票的市场价格不高，用极低的价格把市面上的猴票全部收光了……"

贝克尔低头不语，他知道五年前的这档事就是陈树藩干的。

史迪生看着贝克尔的笑模样，又道："贝克尔先生，您看我这么卖力，把总局长的事当成自家的事来办，你们的提成能不能再高点，百分之五如何？"

一听到史迪生已经有了猴票的销售策略，贝克尔自是笑得合不拢嘴，连声答应了。

两人挥手告别时，史迪生还反复叮嘱贝克尔："回去转告总局长，真是可惜了，现在集邮市场的局面大好，生肖猴票的价格也攀升，再过几年猴票的价格还会更好，怎么能在这个时候出手这么多的猴票？真是可惜，可惜了……"

这史先生的话音刚落，贝克尔也叹了一声，接过了话题："你说的在理，我回去后一定转达给总局长。可是没办法呀，他急等着用钱，不出手不行呀！"

临行前，贝克尔轻轻地拍了拍史迪生的肩膀，小声道："总局长反复叮嘱，这些猴票的来历一定要保密，明白了吗？”

“明白了，先生！”史迪生表面上说“明白”，但是心里面不明白，这些邮票的来路肯定有问题！他的脸上虽然是一副唯总局长马首是瞻的表情，可是心里面却画了一个大大的问号。

第十七章 阳光总在风雨后

贝克尔去香港的当天晚上，陈树藩才身心疲惫地返回家。走在街上，暗黑一片，宽阔的大街上见不着几个行人。他高一脚矮一脚地走着，蒙蒙细雨中，一副让人可怜的狼狈相，迷离的眼神模糊在未散去的雨雾中。

风夹着雨迎面扑来，陈树藩觉得整个世界都跟他过不去。他的脑海中出现了这么一幅画面：一间黑色的小屋，两张狰狞的面孔，自己在一旁哭泣，只有火红的猴票在熊熊地燃烧。一刹那他脑袋轰鸣，呆怔片刻，慌忙朝自己的房间跑去。进了屋，把门关得死死的，生怕那两个人把他们那长长的指甲从门缝里伸进来掐在他的身上！

陈树藩泪奔。路口有个超市，正巧在播放音乐："那是一个秋天，风儿那么缠绵，让我想起了她，那双无助的眼，就在那美丽风景相伴的地方……黑暗中泪水沾满了双眼……"

陈树藩知道这首歌叫《天亮了》，可是天还是这样的黑，他无限悲怆地喊道："老天呀，你为什么不睁开眼？"

走到自家门口，陈树藩用力"砰，砰，砰"敲了几下门。

进家后，他一屁股跌坐在沙发上，双眉紧锁，一双眼睛深深地愁郁着，不禁一声长叹。

看到丈夫这个样子，妻子潘倩侣不由得吓了一跳。她慌忙伸出一只温热的手，轻轻地摸着他发暗的额头，用柔柔的语气疼爱地问道："树藩，怎么了？这些天你去哪儿了？我好着急呀！"

陈树藩痛苦着，不安着，无法挣脱出来。他采取了他一贯的作法，叹气，闭上眼。

妻子的眼神异常地温柔地看着他，托起了他的下巴，深深地凝视着他："树藩，到底发生了什么？你倒是说话呀？"

陈树藩强压着心中的怒火，稍微舒缓了一下口气说："别提了，真是没法活了！'猴王'、'猴王'，我那些猴子都亡了！"

妻子一惊："什么事情就没法活了？"

陈树藩摸摸八字胡，悲痛地说："我的那些猴票出事了。"

妻子不解地问："那些猴票不都在公司的保险柜里吗？怎么能出事呀？"

陈树藩咬牙切齿地说："还能有谁？贝克尔、甘巴朗这群挨千刀的。"

妻子还是没弄明白："贝克尔是总统竞选集资委员会的，这甘巴朗是邮政总局长，他们俩怎么弄到一起了？"

于是，陈树藩就把事情的前前后后向妻子叙述了一遍。

说完，他猛然扑进她的怀里，大声地哭泣起来。妻子任他哭着，没想到一个大男人会哭成这样，心里一定很苦。等他情绪稍微平静，潘倩侣才仔细地打量着他，仅仅是几天没见，丈夫似乎老了很多，眸子里流露出来的是愤怒和不安。她不禁怜惜地摸他的头发说："没什么，人好好的比什么都好！不过，这事蹊跷，咱家的猴票，你知我知，孩子们都不知道，但外人焉知？”

陈树藩一肚子委曲：“都怨我，没事的时候干吗在第一夫人面前提什么猴票……还告诉人家有多少多少版。下雪的时候，不知道有狼啊……他们把我关在小屋里，真是叫天天不应叫地地不灵呀！他们还要把你也一起抓进去……”

“树藩，真不知道他们如此恶毒！”潘倩侣气愤地说，“有这样捐献的吗？”

他们心里清楚，这其实不能叫捐献，基本就是很公开的抢！

陈树藩无奈地说“认命吧！他们的后台是第一夫人！”

潘倩侣眉毛打了个结：“你也是，臭显摆什么……”

陈树藩：“别说了，居然躺着都能中枪，我肠子都悔青了。”

听了丈夫这句话，妻子的脸色一下就凝重了起来，口中喃喃地道：“此刻，我能想到的最现实的事，就是和你一起面对现实！”于是，两人愕然地坐在一起，半晌没有说话。

已经夜深人静了，泛着层层晕圈的月亮一会儿钻进云层，一会儿又跳跃出来，可是陈树藩怎么也睡不着，他一直心有不甘，手中的猴票就这样被强盗抢了去！

在一旁陪他的妻子也一直睁着眼睛，漫无边际地想着心事。

知道丈夫也睡不着，潘倩侣就同丈夫聊了起来：“树藩，你想怎么应付这件事？”

陈树藩心烦意乱地说：“还能怎么想，认命吧！我有一个很不好的预感，猴票说不定让他们变现了！”

潘倩侣嘴一撇说：“为何放弃治疗？你要成为‘陈坚强’才对！”

陈树藩摸摸八字胡，皱了皱眉：“邮票都让人卖出去了，坚强不起来！”

妻子耸了耸肩："不一定，牛尼拉没有这么大的市场，谁能吃下600版猴票？"

"那他们会把猴票卖到什么地方？"陈树藩的脸色显现出着急的神色。

"这个我能猜出来，十有八九是香港市场。"潘倩侣脸上又露出自信的神态。

陈树藩十分感激地看着妻子，说道："还真有可能！"

妻子的一番分析，至少有两点是说中了的。那就是他们手中的猴票一定会出手，也一定会销往香港！

"要是到了香港就好办了！"

"怎么讲？"

潘倩侣耐心地解释："树藩，你想一想，这么大数量的猴票，谁吃进时都要问一下货源来自何方。假如人家知道货源来自牛尼拉，谁还敢接？"

陈树藩无比狐疑，两眼满是问号："这有什么关系？"

"关系大了，谁不知道我们这里在总统大选，货源又出自总统竞选集资委员会。关键的问题是，总统在大选中败北就是这两天的事情，就更没有人敢接这批货了！"

这话一出，陈树藩怔住了——有妻如此，夫复何求！跟妻子结婚二十多年，关键的时刻，妻子就有这两下子，料事如神，这简直是孔明在世！

陈树藩微微一笑，连日来的忧郁在这一刻已淡扫而去。他那俊朗的面孔上露出了会心的微笑。他用一种亲昵的口吻问道："亲爱的，我们下一步怎么办？"

"阳光总在风雨后，有彩虹！我们要学会自救！这件事很容易，找香港的邮商，把这批猴票的来龙去脉披露出去，相信谁都不敢接这批货了！”

“把消息披露出去很容易。可是，要是贝克尔、甘巴朗知道是我们透露出去的，还会找我们茬的！”

“这个不用担心，等他们知道了，也是总统倒台后了。他们自己还自身难保呢，哪儿还有精力管这些猴票的事情？心放到肚子里吧！你就放心地披露这个消息吧！不过这事要快，不能耽搁，要和时间赛跑！”

陈树藩：“这件事情好办，香港《集邮世界》杂志的总编辑牛仝是我的好朋友，他就可以办这件事情！嗨，我马上就打电话。”

潘倩侣：“等一等，现在是半夜两点了，还是等天明了再打吧！”

两个人只好又躺下，陈树藩道：“倩侣，我睡不着，咱们数鹅可好？我先数，一只鹅，两只鹅，三只鹅……”

潘倩侣：“四只鹅，五只鹅，六只鹅……”就这样，潘倩侣睡在床上、陈树藩睡在沙发上，数起鹅来……那陈树藩心急火燎，就盼天亮。“夜半三更哟盼天明，寒冬腊月哟盼春风……”

天刚蒙蒙亮，陈树藩一骨碌从床上爬起来，从皮夹里翻出牛仝的名片，电话立马打到了香港。

得知事情真相后，素有豪杰之气的牛仝此时却没有一口答应帮忙，他是极有主见的人，不会轻易相信一件事情，即使是朋友说的……但是拒绝别人的要求，也不是他一贯的作风，毕竟牛仝对陈树藩太了解、太熟悉了，他知道陈树藩对猴票投入了极大的感情和财力，那就是他的生命。他也由衷地佩服陈树藩的市场敏感性，即使从他手里买的那批猴票马上升到了很高的价位，牛仝也没有后悔，他知道当初他就没有陈树藩的预见性，这一点他是心服口服！

牛仝冲电话另一端的陈树藩微笑道："陈先生，你介绍的情况我完全相信，也相信在牛尼拉的地盘上绝对会发生这样的事情。陈先生，不过你给我一天的时间，我做个调查。你放心，这些猴票到了香港，只要买家知道猴票是这样的背景，谁都不敢接，这一点我敢给你打保票的。"

这话说得没错，香港是个法治社会，搁在牛尼拉不算事的事情，要是搁在香港这儿，还真是大事。

牛仝没用一天的时间就找到了史迪生，也非常好找——他从邮政总局甘巴朗局长理出了线索，史迪生就是甘巴朗的代理。香港的集邮圈子不大，找个人不费什么力气的。

牛仝大喜，他马上去香港廉政公署把情况汇报了，公署的人没见过这样的案子，不知道如何处置。

牛仝赶紧说："亲爱的长官，这件事的主谋虽然不是香港人，但牵涉到牛尼拉总统大选，而且数额巨大。如果诈骗来的猴票在香港销赃，也涉及到香港的名誉，廉政公署一定要管……"

廉政公署官员道："牛先生，我可以配合你追查这件事情。你有什么要求就提吧！"

"我想请你们终止这些猴票在香港的销售，把猴票归还给失主！"牛仝说。

廉政公署官员："没问题，前面带路！"

正准备去史迪生家，牛仝喊了一声"Stop" 。

廉政公署官员："干啥？"

牛仝："白天容易走漏风声，还是晚上行动比较靠谱。据气象台报道，今晚有好大的月色，极宜行动……"

廉政公署官员："牛主编，你考虑得很周全……那就晚上行动！"

牛仝带着廉政公署的官员去史迪生家。此时已是半夜，牛仝他们“噼噼啪啪”地敲门。

史迪生被半夜的敲门声惊醒，用颤抖的语调问道：“谁？我是问，找谁呢？”

“廉政公署，再不开门我们就进去了啊！你这门没关。”

“廉政公署？这半夜三更的，什么事情？都是守法公民，本分的纳税人……啊，门真的没关，你们进来了！”

史迪生调整了一下自己的情绪，表情很无辜、激愤：“我要请我的辩护律师。我郑重警告你们，你们私闯民宅是违法的！”

牛仝：“从牛尼拉拿过来的猴票你也敢卖啊？起来，问你呢！”

史迪生头大了，嘴皮依然很硬：“你说的什么，我听不懂。你们廉政公署难道就可以随便诬陷好人吗！”

廉政公署的官员屋里屋外地转悠，有人发现史迪生的书柜里放着一个大纸箱，打开一看，全是猴票，有近百版……

牛仝：“说呀，这是什么？”

你说史迪生这个智商，就知道把猴票放在书柜里，方便晚上数……然后带着幸福欣慰的心情睡觉……

史迪生傻眼了：“猴票我是有，可所有权不是我的！”

牛仝鄙夷地扫了史迪生一眼，声音还是那么严肃，不过话语中却充满了揶揄的味道：“史迪生，你知道你出大事了吗？这些猴票可来路不正呀！这些猴票是有人从陈树藩处巧取豪夺来的！”牛仝不动声色地想套套史迪生的话，凭牛仝的机敏自然能看出反常了。

史迪生半信半疑地问：“来路不正？对不起，您说的这位陈树藩先生我不认识。我只知道这些猴票是贝克尔先生从牛尼拉拿过来的！”

“史先生，证明这件事极其容易，都不用陈先生到场。你不知道，我和陈先生相识多年，当年他的这些猴票一小部分是从我的编辑部买走的，另外的大部分是在香港市面收购的。”说到这里，牛全忍不住用眼角的余光瞥了一下史迪生。

一席话说得史迪生眉头紧皱，他目光呆滞地望着牛全：“我不相信，我不相信，您有证据吗……我倒是听人说过，1980 年有一位牛尼拉的珠宝商收光了香港邮市上的所有猴票，难道他就是陈树藩？”

被史迪生这样一问，牛全的脸上顿时挂不住了：这家伙还真是不相信我！不过转念一想，这个史迪生不相信的确情有可原，毕竟这些猴票价值连城！

牛全点了点头，厉声说道：“史迪生，真是巧了，这些就有当初陈先生在我们编辑部购买的猴票。你要不信，我给你背几个版号。这些猴票在我的编辑部里放置了好几个月，我对它们真是太熟悉了！”

“啊？你真的能背下来吗？要是能背下来，我就认了。”史迪生想挑战牛全的记忆力。

看到牛全如数家珍地背出了其中的几个号码，史迪生一怔。这家伙狡猾狡猾的，一听心里一下子就全明白了！

看到气氛缓和下来，牛全也稍稍松了口气，他一开始还真担心史迪生不认账！

史迪生掏出手绢擦了擦汗，微微挤出一点笑容：“不过，牛先生，你们来晚了，我已经卖出去 500 多版猴票了。去向分别是日本、新加坡等地。剩下的都是当初内地的集邮爱好者寄给牛全换杂志的八方连、二十方连的猴票。”

牛全一听，赶紧对廉政公署官员说：“几位，我们下一步的行动怎么办？是到日本、新加坡几个地方去追？”

几个人纷纷道：“追你个头呀！这个不好搞，这么多地方，天涯海角、沧海茫茫的，我们这两三个人，去了顶什么事？这要没个二十几号人，还真不行！”

牛仝想想也对，就说：“追不上就算了，只要这500版猴票的货款回来就行，这样损失就降到最低了！”

史迪生：“牛先生，我相信这些货是陈先生的。当初，尽管贝克尔没有介绍，我也知道这些猴票肯定来路不正。但是，毕竟我是受人之托，我还是要给甘巴朗总局长打个电话当面澄清一下！”

“打给总局长？没问题。”牛仝爽快地说道，“我想，这个时候，他总局长‘潜水’还来不及呢，哪儿敢‘冒泡’，未必接你的电话。你还不知道吧？现任总统在大选中输得很惨，结果马上就要出来了，他还不考虑考虑自己的出路？”

听到牛仝的分析，史迪生尴尬地笑了笑，目光当中闪过一丝犹豫，最后还是咬了咬牙道：“当初受甘巴朗之托时，就有所考虑……这些猴票在我这里好多天，我犹豫再三，就怕东西来路不明，将来承担责任。”史迪生说完，心道：“这现任总统在这次大选中能否胜出还真是凶多吉少了，要是他选不上，贝克尔和甘巴朗都没有好果子吃！”

史迪生知道鸡蛋不能碰石头的道理。独裁统治在牛尼拉不得人心，在香港更是不得人心。史迪生从小生活在香港，这点民主和法制的意识还是有的。

很快，史迪生先给甘巴朗打了电话，没想到人家还真接了，很明显，总局长还很从容！

史迪生拿起茶几上的咖啡胡乱地喝了一小口，然后急赤白脸地问道：“总局长，贝克尔先生拿过来的猴票是怎么回事？人家事主追上门了！”

大胖子甘巴朗明显地一愣：“是谁呀？”

“是牛尼拉的陈树藩先生。人家出示了足够的证据，说明这些猴票是属于他的。”

不过，甘巴朗心存侥幸，不想把猴票拱手让人，还是打算试探一下，他问：“能不能不给他呀？”

史迪生满脸遗憾地摇了摇头说：“我这里是顶不住了，香港廉政公署的人都过来了，而且人家提醒我说总统大选已成定局了，这件事要是交给新政府，我可承担不了责任。”

总统在大选后下台的消息甘巴朗已经知道了，他用脚指头也能想到自己的命运如何。自己现在已是泥菩萨过河自身难保，还有闲心管这些猴票的命运？

“那你看着处理吧，我可顾不过来了！”甘巴朗有气无力地狡辩说，“这件事情主要是贝克尔办的，他是第一责任人！”

史迪生一听有些哭笑不得：“可是据说您是他的朋友啊！另外，这件事情也是您亲自介绍过来的，这是事实吧？”他紧皱着眉头问道，话语里明显带着几分对甘巴朗的不满。

听到此甘巴朗也是一脸的无奈，他勉强地笑了笑说：“那你就把东西还给人家吧，这样我也能减轻点责任！”说完，他就把电话挂了。

听到甘巴朗同意，史迪生轻轻松了口气。他放下电话站起身，走到书桌边上，拉开抽屉，从里面拿出一张支票，冲着面前的牛仝挥了挥：“嗯，牛主编，我相信你的话是真的。好在售出去的500多版猴票的款项都在，我一分钱都没动，还有就是这些八方连、二十方连的猴票也在这里。我们就一起在这里等牛尼拉的陈先生来取这批货吧！这也叫‘完璧归赵’吧！”说完史迪生冷冷一哼，又道：“贝克尔、甘巴朗也真是，竟干这伤天害理的事情，我也差一点吃了瓜落儿！”

牛仝看着眼前的支票说：“这才是你应有的配合的态度。不过……”

说到这里，他又欲言又止起来。

史迪生望了牛仝一眼，避开了他如锥一般的目光，说：“不过什么啊？”

“史先生，你要感谢我呀。”

“感谢谁？”

“是我是我，还是我！是我及时地制止了你啊……要不然，在野党上台后，你可能就是被追查的同案犯了。”

听到牛仝如此分析，史迪生也机灵，一见不对劲，好在上学时演过戏，他发挥了这一特长。他一把鼻涕一把泪地哭诉：“这不能怨我呀，我是无辜的，事先我不知情的。”

廉政公署的几位官员：“史迪生，从你的名字来看像是一开始为‘敌人’而生，现在知道了，你也是受害者啊，而且又十分配合，猴票基本上没丢，卖出去的猴票，货款都在！我们就不追究你的责任了，就放过你吧！”

太戏剧化了。

史迪生一听人家这样说，自然是千恩万谢！看到牛仝拿起电话，史迪生惊讶地问：“人家廉政公署说好放我的，做人要讲诚信！”

牛仝自然不去理会他，而是转头打电话给陈树藩，大声通报：“树藩，你的运气超好！猴票找到了，只是猴子少了不少根‘毫毛’！不过出售猴票的钱还在，你损失不大！你赶紧来趟香港。”

“牛主编，不要开玩笑！”陈树藩在电话的那一边摸摸八字胡，一脸的不可思议，当得到进一步肯定的答复后，他激动地站了起来，吩咐妻子道：“倩侣，猴票找到了，赶紧订两张机票，咱们一起去香港！”接着他又对牛仝说：“牛主编，简直令人难以相信，或许是冥冥之中自有天意，说什么好呢？谢谢！”

“陈先生，跟我还这么客气呀！怎么样，虚惊一场吧？”

“这节奏跟坐过山车没有什么区别！这可在考验我的心脏承受能力，你在电话里是听不到我的心脏都快要跳出来了？”

“咱们可是多年的好朋友了，我太了解你了。这么大的一笔财富没丢，你的运气真好！”

耶！云开了，雾散了，陈树藩摸着八字胡大喜过望。

大恩不言谢，可是陈树藩却说不尽的道谢，牛仝则是没完没了的“不客气”。房间里，只有史迪生不动声色，远远地在看着他们在电话里神聊，过了半晌才微微摇头：“幸运呀，幸运呀！”

不到半天的工夫，陈树藩和潘倩侣就赶到了香港。

牛仝发现，陈树藩坐在那里仍然心有余悸。

陈树藩抖抖索索地捧着茶杯道：“各位！……怎么找回来这些猴票的……说来听听！”

于是，牛仝叙述，廉政公署的几位补充，史迪生插言……

陈树藩听毕，心里骇然，口里道：“大手笔，果然英雄，我要点赞……我要向你们表示敬意！”

牛仝痛心疾首：“树藩，不是我说你，你好好的珠宝不卖……弄这些猴票……弄就弄呗，还到处显摆……你要不显摆甘巴朗他们怎么知道这事？多悬呀！”

陈树藩：“唉，现在说什么也没用了。我无意中在第一夫人面前显摆了一下，差点惹出杀身大祸，教训呀……这是对冲动最好的惩罚。”

几个人办理好交接手续后，陈树藩这时突然长叹了一声，将手中从飞机上带下来的报纸“啪”地丢在了桌子上，眉毛紧紧皱着，好像在思索着什么事情似的。

牛仝拿过报纸瞧了眼，只看见头版上赫然登载着“总统大选结束，在野党大获全胜”的消息。他朝陈树藩笑了一下：“陈先生，这样的结果你如愿了吧？”

陈树藩抬眼看了一下一脸不以为然的妻子，微微点了下头：“其实，这本是我们预料之中的事情！”

潘倩侣微笑道：“牛先生，眼下我们关心的是在这个国家如何生活。”

牛仝脸上滑过几分诧异，脱口道：“陈先生，据我观察，牛尼拉的环境已经不适合你们了……不如换个地方！”

陈树藩问道：“牛主编，您说哪儿合适？”

“合适的地方倒也不是没有。”牛主编想了想，笑道，“马来西亚就是个不错的地方，你们福建的老乡在那儿有不少人呀！”

陈树藩嘿嘿一笑，心里面大松了一口气——看起来想到一起去了。

两个人依依惜别。

陈树藩：“牛主编，我差点在这里栽跟头啊！”

牛仝：“是啊，是啊，‘看成败，人生豪迈，只不过是从头再来’！天生我材必有用，你现在拥有的猴票也不算少了，努努力，很快就可以恢复你往日‘猴王’的美名！”

叫“猴王”毕竟拉风些，所以陈树藩喜欢别人称他为“猴王”！

陈树藩眼里闪着泪花，他一把拉住牛仝的手：“牛主编，我欠你一个情，这个情我早晚都会还的！”

第十八章 “猴王”还是那个“猴王

陈树藩很快就办好了移民手续，带着妻子、带着剩下的700来版猴票离开了伤心之地——牛尼拉。

“走走走走走啊走，走到九月九。”陈树藩走到吉隆坡时正好是1986年的9月9日。

新的环境相当不错，豪华的别墅区外有一排碗口粗细的杨柳，树龄应该有个五六年——“根儿深，干儿壮，微风吹得绿叶沙沙响罗喂，太阳照得绿叶闪银光……”

新家让“猴王”彻底放松，他时常收听刘欢唱的《温情永远》：“家就像个港湾，心却总是相连。你太累了，也该歇歇了，给自己一点时间！”

不过，“猴王”却不这样想。到了一个新地方，不能坐吃山空，作为一代“猴王”，总要体面地生活下去！

他找到了当地的商会，想成为商会会员，这样可以在当地拿个营业执照，踏踏实实地经商。可是当地的商会还很排外，说他在牛尼拉失业下岗，得自己找个差事干出业绩来再予以考虑。”

可怜我们敬爱的“猴王”，过去要不就跑街穿巷收购珠宝，要不就在自己的店铺里打理生意，整天忙忙碌碌的。现在呢，待在家里，除了看电视，无所事事，业余爱好只剩下一门——睡觉！

睡觉之余，他不禁陷入了思考。考虑来考虑去，还是想到了猴票。这些猴票虽然是笔飞来横财，可是陈树藩却不能把它们放到保险柜里让它们和自己一样睡大觉。

顺便说一句，我们的这位“猴王”虽然不是什么经济学家，但从“钱生钱”的古训中领悟到“邮票可以生钱”的道理。

万丈高楼平地起，辉煌只能靠自己！下一步如何走？陈树藩思考了良久，思路经过梳理大致如下：

“这步棋名叫‘生肖邮票艺术品化’！打的是生肖邮票的旗帜，走的是生肖邮票与艺术品结合的路线！”

这想法使他异常兴奋！心智变得更坚毅的“猴王”竭力让自己平静下来，最后决定把邮票与艺术品结合的想法告诉妻子。

他慢慢描述了自己的想法，然后热切的目光注视着自己的妻子。

“什么！树藩，你不是在开玩笑吧！你到底想干什么？”听了陈树藩的话，妻子一下子就跳了起来，两眼瞪得圆圆的，死死盯着眼前的他。

陈树藩却是一脸的风轻云淡，微微一笑：“倩侣，你稍安毋躁，听我慢慢解释。”

潘倩侣面带着几分凝重，心里面却是一片翻江倒海：“有什么好解释的！咱们这剩下的这点猴票你要再折腾可就折腾没了！”

那个时代的女性，一般都待在家里相夫教子，可是潘倩侣不一样，脑子极为清楚，好多经营上的想法是男人所不及的。在吉隆坡的这些时日她也留心观察过，说实话，这里的环境要比牛尼拉好很多，她也

希望自己的丈夫能振作起来，重打锣鼓另开张。

而我们的“猴王”对自己的妻子当然也只能客客气气的。他一把拉住拔腿准备离开的潘倩侣，满脸堆笑地，一字一顿地道：“难道我们就整天看着整版的猴票在保险柜里睡大觉不成？”

陈树藩此言一出，潘倩侣微微摇了摇头，喃喃道：“不让它们睡大觉还能干嘛？邮票不是越放越值钱吗？”

陈树藩摸摸八字胡笑道：“这个观念不对，猴票升值我们看好了，可是名画家的画也升值，两者结合在一起，那升值的幅度不就更大了吗？倩侣！我的夫人呀，你就听我一言吧！这个办法可是让我们手中的猴票不断升值的关键一步啊！”

“关键一步？怎么回事？”潘倩侣被丈夫说得一愣，缓缓地又坐回了椅子上。陈树藩笑了笑道：“倩侣，其实我们有这么多的整版猴票，保不齐别人有比我们更多的猴票。从目前猴票的市场价格来看，再从市场里收购，我们的财力可能就有问题了，因此，我们需要用一种新的方法增加附加值！”

听了这套理论，潘倩侣的脑筋顿时飞快地跟着陈树藩的思路转了起来。

“你把整版邮票撕开，本身就降低了猴票的价值，再把单枚票贴在信封上盖销，价值又损失了一次。遭受双重损失，你的猴票还想升值？做美梦去吧！”潘倩侣缓缓说出自己心中的担忧。

正当陈树藩内心升腾起一种新的雄心壮志的时候，妻子迎头给他泼了一盆冷水！

“不会！我们做的这种封不是纪念封，也不是首日封，而是大画家画的手绘封，又贴的是猴票，再加盖庚申年猴票的纪念邮戳，你说珍贵不珍贵？”说着陈树藩耸了耸肩，“我相信这种封全中国谁都没有！独此一家！”

“这可咋整？你到哪里去找这些大画家？”

陈树藩摆了摆手，又挤出一句话来：“事在人为，总会有办法找到的。”

听了丈夫的这番话，妻子缓缓地点着头，眉头皱着，一副若有所思的样子。她多少有了些茅塞顿开的感觉，而且也觉得这个方法很容易操作。

“你的这个方法有点理财的味道，亏你想得出来！”潘倩侣从心底由衷地赞叹道。

陈树藩得意地一点头：“这种方法只有你老公我想得出来。老话说得好，‘有理财就不穷，有计划就不乱，有准备就不忙’。”说着他又扫了妻子一眼：“你看，我们有了方法，也计划周全了，下一步就等着实施了！”

陈树藩如果不收藏猴票，估计会去做股票生意，他的一切智慧和经验似乎都适合去投资。他把自己的新计划和理财联系在一起也非常恰当，差不多就是这么个意思。

听了丈夫周密的计划，妻子的内心只能用欣喜若狂来形容了。“这个我知道，我们策划得很周密！”妻子频频点头。

陈树藩笑笑，又道：“这事还得保密，以后就咱俩去。”

两人之间相互启发。“猴王”还是那个“猴王”，内涵已经变了！

下一步的事情就这样定下来了，虽然心里面感觉踏实多了，但这些天心力交瘁，乱七八糟的事情太多，脑子老走神，陈树藩有些身心疲惫，心想应该出去散散心了。

有时候，人生就是一场又一场的索然无味的行走，要紧的是尽量忘记无味，记得行走。

两人商量了一下，那就马上去中国走一走！人家说世界上最浪漫的事情就是实现一场说走就走的旅行，他们两个想实践一把！

这天晚上，两人度过了又一个难眠之夜。自从来到吉隆坡，两人就没有睡过一个好觉，不知道能不能适应新的环境、新的生活。不过今夜两人却是在憧憬着美好的未来，因为他们现在已经找到了使自己手中的猴票继续升值的办法了！

……

到北京一定要看看儿子，儿子陈季成正在中央美术学院学美术教育学。不知不觉中，他在美院留学已经三年了。

北京机场。

夫妇俩很快就在机场见到了接机的儿子陈季成。“爸，妈，呃……您们怎么想到来北京了……”儿子对父母在这个时节来北京多少有些不解。

“季成，爸妈想你了……”瞧见儿子穿着一身学生服，父亲自然是高兴坏了。

“嗯，你小子现在也出息了，堂堂的留学生，不错，不错！咱老陈家这下想不发达也不成了。”陈树藩不由地感叹道。

他把大包小包统统丢给儿子，然后挽起妻子的手臂走出接机厅。

到了学校，也就到了午饭点儿。

“我想我们可以先用餐。”陈季成对陈树藩说，他从口袋里掏出一叠饭票之类的东西，“爸，妈，学校食堂的伙食还是不错的，价格也不贵。”

听到儿子要请他们在食堂吃饭，陈树藩就皱了一下鼻子。不过一想，儿子继承了自己节俭的传统是好事呀，心里不由得高兴起来。

也没什么办法，陈树藩夫妇现在也只能入乡随俗，和陈季成一起走进了一间吃饭的人最少的食堂，这间食堂布置得相对考究。

旁边一条标语，赫然写道：忙时吃干，闲时吃稀，不忙不闲时半干半稀。

陈树藩瞅着瞅着觉得不对劲："啊？……这是十年前的标语吧！"

儿子表情复杂："是的，过去的标语。"

正说着，饭菜就端上来了。有土豆丝、土豆片、白菜炒粉、地三鲜之类，就是没有荤菜。

在潘倩侣目瞪口呆中，陈树藩"嘿嘿"地冷笑着，摇晃着身体去一间小包厢观望。

陈树藩经过小包厢时停住了——因为透过玻璃窗，他看到里面摆了酒席，一桌子都是四时八珍，当间儿一个羊肉火锅翻腾着白浪似的水花，还有牛栏山二锅头摆在那儿，正是最热闹的时候。

陈树藩"咕咚咕咚"地咽口水，关键是差距太大。他对门口站着的服务员喊话："这是怎么回事？"

服务员回话："什么怎么回事？人家是老师，正在聚餐……"

陈树藩那个气，没等服务员把话说完就喊："我不管，把这些给我们也弄些来！"

服务员正不知如何应对，但见里面闪出来几位老师。

吵吵嚷嚷间，陈季成赶了过来，他一边陪着笑脸一边解释："对不起，各位老师，这是家父，刚从吉隆坡过来，不了解中国的情况！"

几位老师一瞅："陈季成，是你啊！"

原来这些老师都认识陈季成，几年来他们建立了深厚的师生情谊。听到陈季成的父母从吉隆坡过来，就把他们请到小包厢里。

陈季成挨个给陈树藩介绍："这是教我世界美术史的教授，现在是油画系的系主任……这是教我中国画的教授，现在调全国美协了……这是我以前的班主任，现在在教导处当处长……”

陈树藩：“好了，别介绍了，先喝酒吧！说好了，一会儿我买单。”

换到这里，陈树藩满意了。大家一起喝酒，一起涮肉，盘子上的食物在飞速减少。酒席上，陈树藩把自己的想法向他们详细地叙述了一遍。

就听杯盘一响，一位老师当先站了起来：“这算什么事呀，这种小画我们手到擒来，交给我们了！”说完他便冲陈树藩微微一点头，举起酒杯先干了。

陈树藩心想，这位老师的话倒也并非完全是客套话，画个大画自然是不指望，不过画这种小画应该不费什么力气。

还有位老师表示：“都是中国人，都挺不容易的。愿意给几个钱，我们照单全收；不给钱，也没关系。”

陈树藩似乎从梦中惊醒一般：“几位老师，不带这样的，咱们的稿酬执行北京最高标准！”

那个阵势，那个拉风！

老师们个个眼睛里放出光芒，纷纷表态要多少就画多少。

老子凑到儿子的耳边，低声道：“儿子，你就负责联系这些老师，”

陈季成顺口问了句：“您要那些画有什么用，还是小画？”陈树藩一脸无所谓地道：“越多越好，你不用管，我有用就是了！”

母亲潘倩侣笑了笑，一脸得意：“儿子，你就不用管那么多了，你爸爸早就策划好了！”这话听着怎么那么深奥啊！年轻的陈季成一直没弄懂。

尽管刚到北京，没想到这项工程进展顺利，整个形势一片大好，非常喜人。

陈树藩摸摸八字胡呵呵大笑，凝眉思索了一下：“我们应该成立一个小组，季成负责联系画家，你妈妈负责财务……嗯，我吗，负总责！你们觉得如何啊？”

听了陈树藩的话，都觉得这是一个不错的主意，但是潘倩侣却感觉到一些不妥，这个学校的老师固然都是一些有名的画家，但是名气还不够大，特别是猴票设计者黄永玉先生还没有联系到！

“结识大画家黄先生很不容易，我来北京三年只见过一面，还是听他的讲课。但是黄先生也容易找到，北京的画展很多，说不定在哪个画展上就能看到他老人家的身影！”儿子陈季成帮助出主意。

潘倩侣满意地点点头，又把目光投向陈树藩。陈树藩眨了眨眼睛，也点头道：“倩侣，我明白你的意思，咱们到画展上碰一碰运气。不过，有一条，你要陪我一起去，你在，我才有勇气！”

潘倩侣：“没有问题！但是，你要事先做一做功课，比如对猴票的评价呀，等等。”

陈树藩：“那是自然的，对猴票的评价我张口就来。”

陈季成看到父母你一句我一句的，也再没有什么话好说。

潘倩侣：“还有一个事情可能更不好解决，按我们现在的安排，手绘封应该没有大问题了，猴票我们自己有，贴在手绘封上就行，可是盖销猴票的庚申年纪念邮戳我们到哪儿去找？”

说完这番话，潘倩侣又把目光投向了陈树藩，好像在问“这个问题你考虑过没有”？陈树藩和妻子对望了一眼，就明白了对方的意思。这个问题原来还真没有考虑过——看似简单，实际上最难。请画家画手绘封，请谁都可以，画什么题材都没问题。可是这个纪念邮戳只能加盖集邮总公司的。要是没有这个纪念邮戳，这个手绘封就少了“点睛之笔”，艺术价值和市场价值都会大打折扣！

陈树藩凝眉思索了片刻，才缓缓提出了一个人选：“去年，在牛尼拉举办建交十周年邮展时，我认识了集邮总公司代表团的吴凤岗团长，他也许能帮上忙！不过我听说他参加邮展回国不久就退休了，不知道能不能找到他。他的名片我带来了。”

陈树藩端起茶杯喝了一口水，又看了一眼表情有些复杂的陈季成，点了点头道：“儿子，你安心学习，刚才说的这些事情，我和你妈来干！你看出来没有，集邮这事可有的干，你学成后回到马来西亚，要是能到马来西亚邮政干集邮最好！”

陈季成郑重地点了点头。

第十九章　中国红，大写的优雅

1986 年，北京的第一场雪比以往时候来得晚一些。天地间是一片白茫茫的，这种天气中，却还有一男一女在通往中国美术馆的便道当中艰难地行走着。

这一天有一个当代美术家画展在美术馆开幕。

而这对夫妻，就是“猴王”和他的妻子潘倩侣。与其他的东南亚游客不同，人家都是在十月金秋游玩京城，可他们却偏赶着冰天雪地的天气来到了北京！

漫天的风雪中，两口子出门了。

“倩侣，”陈树藩突然停住，靠近妻子的身边大秀恩爱，“亲，冷不冷？这么大的雪真是难为你了！”

潘倩侣蹙了下黛眉，压低了声音对丈夫说道：“亲，你听过卖火柴的小女孩的故事吗？”

“听过！”陈树藩露出了微笑，“勤劳的人都是在雪天里干活！”说着他眼睛里闪过一丝期盼的眼神，“雪下得这么大，人家一小姑娘，愣是把火柴卖光了。”

“呵呵呵……借你吉言！”潘倩侣咯咯笑了一阵。

雪在纷纷扬扬地下，他们的心里也是漫雪纷飞。

两人走到中国美术馆前面，天色已经大亮。

美术馆大厅前已经聚集了很多人，不知道什么原因，他们都在通往大厅的台阶上等待。他们都谨守着艺术家的雍容气度，脸上挂着淡淡的微笑，矜持地低声谈论着什么。

“呦，展厅的大门还没开！瞧这个架势是等哪位美协的大人物来参加开幕式啊？”有好事的参观者纷纷议论起来。

“瞧瞧，瞧瞧！那边儿，一大堆人应该都是美协的。你知道吗，美协有十几位正副主席呢！”

“什么呀，那些都是画家。”

“那位是谁？是大画家黄永玉吗？”

“好像是呀，不过也不像！”

冷风一吹，陈树藩想起自己在牛仝的《集邮世界》杂志上见过黄先生的照片，因此他一眼就认出了站在大厅外面等着进展场的黄永玉先生！在男士的清一色的西服革履中，只有他穿得很随意，举止也颇有气派，一眼就能看出大画家的风采。

看到大画家活生生地站在自己的眼前，陈树藩的眼中竟有些湿润了，这或许和他收藏猴票的经历有关吧！只见先生谈笑风生地和别人说着什么，看上去比照片上要神采奕奕。

陈树藩心里一阵狂喜，急忙走上前去：“黄先生，冷吧？这雪这么大，看落了一身的雪花。”

黄先生赶忙答道：“还好，还好！”然后抖了抖身上的雪。

陈树藩：“我来，我来！”他赶紧抢上前去。

黄先生：“不用，不用；客气，客气！您们是？”

陈树藩："黄先生，您好，小弟来自吉隆坡，叫陈树藩。"

黄先生没有一点大画家的架子："陈先生，幸会。来自吉隆坡，看来你是华侨了。"

陈树藩冲着黄先生微微一笑："您画得那枚猴票，小弟可收藏了不少！"

黄先生一听很吃惊，以前他就遇到许多邮迷找他签字。一听这位华人喜欢自己设计的猴票，他微微一笑，露出几分慈祥的神情，忙问："说说，喜欢它什么？"

陈树藩一想，在先生面前不能说价值，这样会显得庸俗。他想了想，还是应该从设计的角度说比较稳妥："底色，中国红，大写的优雅！黑色的猴子，突出、灵动！金眼点缀，颇显华贵！"

这几句话倒是句句发自肺腑，让黄先生感到震撼。猴票发行后，许多人当面奉承先生说这枚票设计得如何如何好，但是这几句点评的话是最受听的，也是最经典的点评。

黄先生对陈树藩不由得刮目相看。他和陈树藩相视一笑，都将对方印在了自己的脑海之中。能被黄先生这样泰斗级的人物如此对待的，想必这陈树藩的谈吐也一定不凡吧？ 黄先生不无感慨地说："点评很到位。不过，陈先生，依我的观点，猴票的成功主要取决于印量，同我的设计有一定的关系，但是关系不大！陈先生，这次来参观展览有什么想法？难道和你收藏的猴票有什么关系？"

"正是！本人几年前，在香港收购了很多猴票，就是您设计的1980年猴票。"陈树藩在先生耳边轻声说，"机会赶得好，收购了有1200多版。"

先生一听居然有这样的事情，便忍不住说道："是吗？这么多版，你这是'猴王'了！"

“先生，实不相瞒，在牛尼拉确实有人这样叫。”

“嗨，‘猴王’这个称呼好像听人说过，到底是谁说的记不得了。”黄先生不敢相信眼前这个看上去不起眼的中年人居然就是那个“猴王”。

“先生见笑了，我陈某人只不过是运气比较好，觉得您设计的猴票具有投资价值，才有了这个局面。”确定对方认可了自己以后，陈树藩觉得这“猴票艺术品化”有了一多半的保障，心情愉快了不少。

“陈先生，你收购的这些猴票近些年卖出去了吗？”先生设计的猴票，自然对陈树藩手中的猴票的命运有点关心。

“先生，我运气好得令人难以相信，这些猴票一直在我手里没有出售。”说到这里陈树藩是一脸的侥幸，当然被贝克尔和甘巴朗敲诈去的那500版猴票他就不便说了。

“呵呵，那你可赚大发了！”先生半开玩笑地说，“现在你可是百万富翁了。”20世纪80年代，大陆只有“万元户”，鲜有“百万富翁”。

“百万富翁？”陈树藩微微一愣，不过很快就明白过来了，说：“这要感谢先生您啊！没有天哪有地，没有您哪有我，多亏您设计的猴票，才有我的今天啊……”

“也不全是，还是你抓住了机遇！”先生的一番话有些感慨。的确，自己当初就没抓住机遇，虽然他也留了几枚，但后来也都送人了。

听了陈树藩的话，先生自然而然地想到了“机遇”，眼前的这位陈先生不就是抓住了机遇吗？想到陈先生手里有那么多的猴票，他也就有了疑惑了：“陈先生，你那么多猴票就这么放着？”

“先生应该是问这些猴票在我手里还能不能继续升值，对吗？”陈树藩微笑着问道，“我倒是想到一个办法。”陈树藩就把自己“猴票艺术品化”的设想简要地向先生勾勒和描述了一番。他的这个计划倒是透着几分机敏，一下子让先生对他增加了不少好感。

黄永玉听出端倪，一寻思，说道：“陈先生说的是，这倒是一个好办法！此事我可以帮你一点小忙，介绍几位画家给你。”黄先生迅速权衡了一番，很快就做出决定。

陈树藩涨红了脸，眼中滑过一丝喜出望外的表情。他笑道：“对了，黄先生，我想看看展览，可是没有请柬，您能不能把我和我夫人带进展场？”说完从口袋里掏出一张名片递给了黄先生。

先生笑眯眯地接过来，看了看就塞进了自己的口袋：“陈先生，这个没问题，请配合演个戏，台词就一句：‘黄先生带我来的。’请背好台词。”

陈树藩说自己小时候就学过声乐，登台演出过，也很想当演员，群众演员的戏还是可以接的，一句台词没什么问题。

“跟我走吧，现在就出发。”说完，三人便三步并作两步一起走向了展场。

正行进间，就听旁边有人吼了一嗓子：“先生，女士，请出示您们的请柬！”

夫妻俩抬头向一旁望去，就看见有两个戴着红箍的工作人员把他们吆喝住了。

先生走向前，冲着两位工作人员小声说道：“这两位是我的朋友，请他们进去吧！”

“您是？”工作人员显然不认识大画家黄先生。

“我是……”没等先生回答，就听见一声大喊：“黄永玉先生到！”看到黄先生进来，大厅里顿时掀起了声浪，有给先生问好的，有询问先生有没有作品参加画展的，七嘴八舌的，大厅里顿时就乱了起来。陈树藩夫妇也借势跟着黄先生一股脑地“混进”了大厅。

两位工作人员一大早就守在门口，伸着脖子在等着见黄先生，没想到先生就站在面前，今儿总算是如愿以偿了，也就没工夫拦住先生带进来的陈树藩夫妇了。

陈树藩是个“新演员”，站在一旁手心里还是捏了一把汗！黄先生刚才教的台词也没顾上表演。

看到一屋子的画家都冲着自己打招呼，黄先生笑了一声，也抱拳还礼：“见过各位了。”

站在黄先生一旁的陈树藩和潘倩侣也四目流转，笑吟吟地向大家伙儿见了礼，好像和人家挺熟似的！

不一会儿，陈树藩就陪黄先生转悠到一幅作品前。陈树藩站在这幅画前不住地点头：“好画！真是好画啊！”这幅画正是黄先生的作品！

围观的众人评价纷纷，大多是一副既羡慕又佩服的模样。听起来这几位好像都是懂画之人，有人赞扬这画“运笔流畅，色泽圆润”；有人点评这画“画中之人、之景、之一草一木，就足以让人流连忘返，徜徉其中”。

不过黄先生面对赞扬之词矜持得很，脸上表情淡淡的，看来没把这些话放在心上。

他轻轻咳嗽了一下，又扫了陈树藩夫妇一眼，从兜里掏出一张名片，低声道：“你们看吧，我还有事要办。这是我的名片，以后想去见哪位画家，拿着我的名片，也许管用！”

一席话算是说到陈树藩心坎里去了，他现在最大的愿望就是多结识国内的画家，而且是越多越好，于是抱拳行礼：“谢谢先生！相信我，不会乱打您的旗号的！”

先生忙优雅地拱手还礼，连连道：“对，对……不过，我也有话

说在前面，你要找画家的话，就要找真才实学的画家，沽名钓誉的画家不要找！‘字画名人’，‘名人字画’，怎么也要占一头！”

黄先生说完，慢慢踱着步消失在参观的人群中，剩下陈树藩夫妇独自在那儿沉思。

中午过后，聚集在展厅的参观者大多已经散去了，只剩下陈树藩夫妇两人还在展厅门外低声交谈着什么。

“今天的收获不错吧？”陈树藩的话音刚落，妻子就在一旁答道：“当然了，我们结识了这么多的画家。还有，黄先生那么大的画家，一点架子都没有，多平易近人呀！真优雅！”潘倩侣今天一直没说话，在观察黄先生，她的大眼睛看人还是有几分透彻的。

陈树藩掏出那张名片：“倩侣，先生还给我们留了名片！”

还别说，在接下来的日子里，先生的这张名片还真起了很大的作用。

在匆匆参观了一番画展以后，陈树藩夫妇就在美术学院附近找了一个小旅店安顿下来。从此，他们在旅店里，过着白天找画家、晚上与在美术学院上学的儿子聊一聊的逍遥而自在的日子。

陈树藩在小旅店里呆呆地坐了一会儿，就接到儿子打来的电话：“爸爸，画展看得怎么样？”

“不错，还结识了许多画家，也见到了黄先生！”

虽然这几句话父亲说得很慢很轻，可是儿子仍然捕捉到了父亲抑制的内心的激动。

陈季成缓缓地说道：“父亲，见到黄先生就好，万事开头难，千万别着急！”

父亲激动地说：“我很高兴，我不急。你那边进展得怎么样？”

“我现在并没有十足的把握，但也没有遭到拒绝。”

“没有拒绝就有希望。季成，大胆地去做你要做的事。一切都会有转机的，你要相信你自己！”

父子俩相互鼓励着。

在小旅店里安顿了一番之后，陈树藩就把自己里里外外梳洗了一番，换上笔挺的西服，假装优雅一下，拿出先生的名片，包了一辆出租车，“业务”就这样开展起来了。

不过，对美术界两眼一抹黑的陈树藩来说，却觉得先生的这个名片是唯一能攀附一下的大树。在他看来，眼下的其他名家，不要说见名家本人，估计连人家的大门都进不去！

不久，陈家夫妇慕名去拜访一位教授画家。一进人家的院子，就见宽敞的院子里迎面走出来的是画家的小保姆。说明来意后，保姆说：“教授在睡午觉，你们略等片刻。”

陈家夫妇静悄悄地站在大门口，大气都不敢喘一下，只是用眼角的余光不住打量着正房的那扇门。

可自打他进了院，主人却不闻不问，也不让他进屋，两人只好在寒风里等着。

这一等，就是半个多小时！陈树藩心想，这会儿，教授也该醒了，也不知道教授下午是不是有课，这眼瞅着都快下午两点了，还没睡够？

终于，那位短小肥胖的小保姆急急忙忙地走出来，见着陈树藩，假笑一下，道：“教授醒了，请您们进去说话，跟我走吧。”说着做了个“请进”的手势，就在前面带路。

潘倩侣平日总会在丈夫情绪低落的时候鼓舞士气，不过今天吃了半个小时的“闭门羹”后心情糟糕透了。她动也不动，只是冷冷地道：“我不进去，你进去吧！”

“别耍阔太太脾气！”那陈树藩刚想发作，又改口道，“倩侣！

你经常劝我要忍一忍的！把这件事办成了，我们可就有了本钱！”

说到“本钱”二字，陈树藩富有深意地看了妻子一眼，似乎在提醒她，这些手绘封是他们利用猴票理财的本钱，是不能有闪失的。

妻子只好让步。进了屋，一见到教授，夫妻二人立马都矮了一截，口中齐声呼喊道：“教授好！”

“你们好，坐吧。”画室里的陈设非常简单，几乎没有什么装饰，只有一张红木的画桌和几把椅子，教授优雅地坐在画桌后面闭目养神，似乎中午这个觉还没睡好。

“您好，教授，打扰了！”

可教授却只是淡淡一笑：“还真是打扰我了，搅得我午觉都睡不成！”

陈树藩被抱怨了一句，但神色丝毫没变，冲着教授抱了抱拳，笑道：“教授，都是我们没经验，不知道教授有午睡的习惯……”说着他从身旁潘倩侣的手中接过黄永玉先生的名片，恭恭敬敬递到教授手上：“我们是黄先生的朋友，他介绍我们来见您，说您德艺双馨，画界的翘楚。”

其实人家黄先生从没说过什么“德艺双馨”、“翘楚”一类的话，这些话都是陈树藩事先想好背熟的。陈树藩别的本事不大，话还是很会说的，一番话说得教授都有些飘飘然了。

教授接过名片一看，立刻有了笑模样，语气有点热情：“黄先生的朋友？我想起来了，昨天的画展开幕式，你们和黄先生一起到的。我当时也在现场，就站在你旁边。你们过来有什么事情吗？”

陈树藩就从口袋里掏出几枚空白封交给教授：“请帮忙在空白封上即兴画几幅画，什么图案都行。”

教授一听笑了：“就这事？容易得很，明天来取吧。”

陈树藩摸摸八字胡，刚想再说几句什么“感谢”之类的肉麻话，教授却微微点了下头，然后也不和他们废话，优雅地挥挥手让他们离开了。整个过程前后也不过几分钟。

几分钟之内如此大的变化，陈树藩惊呆了。他做梦都没想到，黄先生的名片有这么大的面子！

不过和这样的人打交道倒也简单，请客送礼、溜须拍马的那一套根本不管用，显示出自己的求贤若渴的态度才是最关键的！而这一点，也是现在的陈树藩唯一能做到的。

……

“呵呵，总算凑足一百位画家的作品啦。尽管这一百位画家中有一些还默默无闻，可是今后的发展潜力很难预料。这些作品我们要是保存好了，咱们就算是有了另一份安身立命的本钱了！我这个猴票理财的想法也算兑现了！”

陈树藩一边欣赏着手中的作品，一边向妻子描绘着猴票未来的走势。

这次陈树藩的北京之行，效率自然是出奇得好，和上一次香港之行收购猴票有一拼。最大的特点是名家、名画不少。毕竟那个时候收购名画的人不多，更没有人想到能和猴票结合在一起。对这位陈树藩陈大“猴王”来说，算是平白增加了许多资产，而且是升值空间更大的资产……

陈树藩、潘倩侣夫妇开始了他们生活的新篇章。想到他们将来的小康生活，不禁喜上心头，唱道：“很高兴有缘分再一次遇到，很高兴我们能像这样聊聊，很高兴眼里的泪被忍住了，关于幸福我们还是各自去寻找！”

第二十章 奠基人“大老宋”

这里说的“大老宋”可不是隔壁家的二伯“大老宋”，是讲的新中国集邮专业的创始人——宋兴民总经理。那为什么要说是“奠基人大老宋”呢？因为突出“奠基人”，就有一种吃水不忘打井人的味道……你说“继承者”和“奠基者”哪个做标题更抓人？一听就出来了。

中国集邮的历史不长，要讲发展快的这些年，也就是近三十年的事。中国人很有创意，活跃着和实践着三种不同的集邮方式。这三种方式基本上可以简单地概括为“收藏”、“投资”、“投机”三种。

其中，建国后到改革开放之前走的是“收藏”，有很大一部分人收藏盖销票，把邮票作为一种艺术品来欣赏，老话叫“陶冶情操”。

而改革开放一开始，那些邮票收藏队伍还在，不过在此基础上派生出了邮票投资、投机的群体。投资和投机的人群一下子很难分清楚，一般是你中有我、我中有你。如果非要分一下的话，前者购买邮票就等着升值，即使自己手中囤积的邮票市场价格起来了也不一定出手。后者则不然，有点蝇头小利可能就马上抛出去，然后再买其他品种继续投机……

当然了，这三种方式各得其乐、相互依存，每种都有很强的生命力，且都是经过市场检验的。

不过，国外的集邮与中国大为不同，集邮的目的极为单纯，就是为了收藏。主要的原因，一是没有投资环境这个具有“特色”的土壤；二是缺乏中国那样遍布各地的二级市场，邮票的交易平台没有发挥出作用；三是缺乏中国式的三级营销网络的支撑。所以，你到国外参加集邮展览，现在一般只能看见老头和老太太，集邮队伍青黄不接、后继乏人的现象比较严重……

不过中国集邮很好地解决了这个令世界集邮界十分头疼的队伍问题。收藏、投资、投机三支队伍交织在一起，三者互动，形成了中国集邮蓬勃发展的局面。

为形成这个局面做出巨大贡献的是上个世纪80年代的集邮领军人物——人称“大老宋”的宋兴民！后世所有的中国集邮人都应该牢牢记住这个名字，因为中国集邮三级营销网络，以及邮票收藏的“物以稀为贵”、发行数量要保持在“八成饱”等集邮业务的发展理念，最早都是他老人家提出来的！第一枚生肖邮票发行，他也是一位坚定的倡导者和支持者。

大老宋所提出的主意主要有以下几点：首先是收藏的理念。大老宋已经注意到了邮票的使用功能今后会逐渐降低，使用邮票的人会越来越少，以后邮票的首要功能就是收藏，为此要以满足收藏为中心。还不是一百年不动摇，而是永远都不动摇！

而收藏如何满足呢？他的观点是要建立专门的机构来提供服务。为此，大老宋就从上个世纪80年代初开始，在全国各地建立分支机构，全国各省的集邮公司就是那段时间建立起来的。大老宋还想了一个刺激各省的办法，就是哪个省建立了集邮公司，就给那个省提供一定的老票资源，包括提供很多的猴票。

大老宋把经营机构建立起来后，又抓集邮协会会员队伍建设，先是成立中华全国集邮联合会，后来又分别加入国际集邮联和亚洲集邮联，都是大手笔，令其后辈望尘莫及，心生敬意。

那好了，机构健全了，集邮协会也有了，下一步举办全国邮展。1983 年年底，在北京中国美术馆举办了第一次全国邮展，一时引起极大的轰动，参观票一票难求，展览馆门前一时水泄不通。

有人会说，听上去这些实践和观点，实际上现在都是小儿科呀！可是，大老宋是在三十多年前进行的实践，当时是没有任何一个国家的做法可以借鉴的。而大老宋的观点没有突出邮票的邮资属性这一条，这在当时也是顶住了方方面面的压力的。坚持邮票的收藏属性、强调邮票作为特殊商品的地位，是大老宋发展集邮业务的核心。然后，有大老宋打下的基础，中国的集邮慢慢地长啊长，就长成“中国特色”了！

而这一套理论和实践，在 1986 年初已经基本上成型了，只不过当时没有人总结出来罢了。

不可否认，这个时代的邮票发行和集邮实践虽然有着各种不足之处，比如说，市场的投资和炒作成分太多，容易造成市场价格的暴涨暴跌，新邮一时高于面值，一时低于面值，市场平衡很难把握。但是有一点还是值得称道的，那就是这个体制、机制，至少是基本满足了当时的市场需求！所以这是一个真正的市场经济的产物。而大老宋提出的观点，促进了中国集邮市场的高速发展。

大老宋这一生也遇到了很多坎坷，“文革”期间下放到干校劳动，“文革”后期才“被解放”，分配到集邮总公司工作。

说到这里，有看官会问，这本书不是写“猴王”的事情吗，怎么把大老宋扯出来了？这是因为“猴王”与大老宋有过一面之交；仅仅

是一面，但是解决了他很大的问题。

一天，大老宋正在会议室里开会，办公室的一位秘书快步走进了会议室，在大老宋耳边低声说道："宋总，外面有位叫陈树藩的华人求见。"

"陈树藩？好像在哪儿听说过。"大老宋觉得这个名字好耳熟，努力想了想，还是想不起来，不过肯定是知道有这么一号人。他又使劲儿回忆了一下，才想起一年前吴凤岗老先生去牛尼拉参加邮展，回来后讲了一位被称为"猴王"的人的故事，说他手里有多少多少版猴票。"他怎么找到这里来了？"大老宋自言自语道。

当下大老宋就摆摆手，笑道："让他先在传达室等一会儿，我开完会就过去。"

秘书应声走了出去。大老宋笑着摇摇头："这位陈先生可有东南亚'猴王'之称，他手里的猴票比我们一个省里集邮公司的猴票只多不少。"

旁边的人一听，笑道："能有这么多？从哪儿收购的？"

"听说是从香港。"

"可惜我没有这个眼光呀，当年从我手里经手的猴票也有几百版，要是都留下了，我现在也是'猴王'了不是？"

大老宋笑笑说："'猴王'梦哪儿那么好做！没有悟性，就只能做'黄粱'梦了！"不得不承认，大老宋的分析还是颇有道理的，"猴王"不是什么人都能当的。说着，他又看了墙上的挂钟，说："我得去见见'猴王'了，人家那么大的身价，可不能让人家等的时间太长了。"说到这里，一个东南亚绅士的形象就浮现在大老宋的脑海中。

大老宋回到自己的办公室不久，就听见门外一阵急促的脚步声，在秘书的引导下，陈树藩出现在大老宋的办公室门口。此时的陈树藩眉头紧锁，从他紧皱的眉宇中大老宋读出的似乎是有什么困难。

“宋总经理能亲自接待我，是本人此生最大的荣耀！”陈树藩竟眼含着热泪，这大概和他也听过大老宋的经历有关吧？他对大老宋还是非常崇拜的！

握手后，他赶忙走到了大老宋对面的一个空位子上坐下来。

“您找我有什么事？”大老宋快人快语。

陈树藩看了一眼大老宋：“宋总经理，是这样，是吴凤岗老前辈介绍我找您。去年，吴老率团到牛尼拉参加邮展时我们认识的。我叫陈树藩，原来一直在牛尼拉，最近移民到吉隆坡了。”

“陈树藩先生，我知道，吴老回国后介绍过您。发行纪念张的事情你处理得很好。我们国内叫‘讲政治’，要是真的发行出去，我们可就被动了！”看来，“猴王”在大老宋心中的印象还是不错的。

陈树藩摸摸八字胡，马上客套地说：“宋总，您过奖了。”

大老宋基本了解事情的内幕：“不能这么说，你的贡献我们会永远记住的。听说您手中有1200多版猴票。怎么，想到我这里推销猴票？我的库房里也有呀！”大老宋和陈树藩打着哈哈。

陈树藩：“宋总经理，我这次来，是有件事情请您帮忙。”

“那要看是什么样的事情，不是原则的事情还是没有问题的。”大老宋是个原则性较强的领导，在不知道对方要提什么问题时，他只能这样说。

“我用我收藏的猴票加工了许多集邮品，想看看有没有可能麻烦帮忙盖上庚申猴年的纪念邮戳。”

大老宋听罢，笑着摆了摆手：“这不麻烦，何况你大老远过来。”

正说话的时候，就听见脚步声响动。一个年轻人走了进来：“宋总经理，吴老来电话，说陈树藩先生在您这里，让我过来招呼一下。”

再看看陈树藩，他提出要求后，又在原座端端正正地坐下来，双手扶着膝盖，一副正襟危坐的模样。

进来的是陈龙，国际业务处的业务员。上次与陪吴老去牛尼拉参加邮展时他同陈树藩见过面。陈树藩一愣，赶紧上前握手："陈龙先生，好久不见。"

大老宋看到两人认识，还是微笑着向陈树藩介绍："这位就是我们公司国际处的陈龙，毕业没几年，业务刚刚入门。"

陈树藩："是的，我有感觉，真是英雄出少年。他三番五次建议我不要再买猴票了，说猴票的价格快到顶了！"

大老宋："陈先生，不一定要听年轻人的意见。不过，在我所认识的人中，没有一个不说猴票的价格已经到顶了，不可能再攀升了。"

陈树藩："您也这样认为吗？"

大老宋："我并不这样认为。在邮票发行之初的几年，购买猴票对大家一样，机会是均等的。可是猴票价格涨到了今天，机会就不均等了。"

陈树藩："为什么这样说？"

大老宋："因为工薪阶层买不起了。只有像您这样的经商的、有一定积蓄的人、有投资意识的人才能买得起！"

陈树藩："那我是应该买还是不该买？"

大老宋："这正是购买猴票的学问，我的建议是，跟着你的内心走，相信你的直觉！"

陈树藩："我的直觉告诉我，可以继续购买。"

大老宋："那你就继续购买！"

陈树藩："宋总经理，您是我遇到的第一个鼓励我继续购买猴票的人。我喜欢您看问题的角度，话虽不多，但有如此高深的见解！"

说完猴票的价格，大老宋想到另外一件事情："陈先生，你这手绘封的设想有漏洞。我忽然想到了一个大问题……刚才也是一时大意，你这个手绘封是要贴猴票的……要是贴猴票就要破整版的猴票……你要知道，这整版猴票和单枚猴票的市场价格可大不一样！"

"宋总，放心。"陈树藩眨着智慧的小眼，"我手里还有许多四方连、八方连猴票，我可以先撕这种猴票。"

大老宋看看表，想到时候不早了，就说："陈龙，你们认识就好，这位陈先生有一些猴票的邮品要加盖庚申年猴票的纪念邮戳，你去帮帮忙。"大老宋特别强调"纪念"两字。

"谢谢！"陈树藩向大老宋投去了一个感激的眼神，接着又道："宋总经理，我最好能和陈龙先生一起去。这些封很珍贵，交给陈龙我还不放心。"

大老宋点点头，沉吟着道："没问题，你们一起去。"

没想到这时候陈龙摆了摆手："宋总经理，补盖过去的纪念邮戳是不是不符合集邮业务的规定？"

大老宋闻言一愣，吃惊地反问道："小陈，集邮有这样的规定吗？"

陈龙笑着摇摇头："我们的邮政日戳是不可以倒盖的！"说着他加重了语气："日戳不可以倒盖，纪念邮戳是不是同样的道理？"

大老宋直直地看着一脸严肃的陈龙，心里面快速盘算起来：这个小伙子真是吃了熊心豹子胆了，敢在我总经理面前提不同意见，让我在华侨面前下不了台……不过，他转念一想，年轻人敢提意见是件好事！

过了好半晌，大老宋一言不发，只是凝眉苦想。室内安静已极，最后才听大老宋咳嗽了一声，道："小陈，敢提意见是好事。你来邮政工作没几年，可能不知道邮政日戳与纪念邮戳的区别。它们总体上都是盖销邮票用的，但是前者的主要功能是记录邮政处理信件的各个环节的时间，而后者只是赋予邮票和邮品以相关的纪念意义。从这点上看，补纪念邮戳是不违反规定的。”

陈龙听明白了，他看了一眼皱着眉头的大老宋，沉声道：“宋总经理，对不起，这一点我不知道。”

“如果你还不信的话，”大老宋虎着脸装出一副生气的样子开始倚老卖老了，“你可以到营业大厅的首日封实寄科找郑德明问一问，这些年我们的邮戳都储存在他那里，就是为集邮爱好者补戳用的。”

“宋总经理，我相信！”陈龙陪着笑脸说道，“那我就带陈先生到实寄封科补戳去了。”其实陈龙也没有那么较真，他知道首日封实寄科可以补盖纪念戳。只不过因他认识陈树藩，怕别人说闲话，现在既然总经理开口，他就有尚方宝剑了。

“嗯，陈龙，又长见识了吧？”大老宋呵呵一笑，从椅子上站了起来，调侃了一下陈龙。

看到大老宋起身送客，陈树藩忙说：“宋总，今天能见到总经理十分荣幸啊！对了，小弟带来一件很特别的礼物，要送给总经理。”说着他就从兜里掏出一个信封，双手递给大老宋。

大老宋笑着点点头：“好啊，那就多谢你的一番好意了。”他又冲陈树藩笑了笑，算是打招呼说，一个普通的首日封我就收下了。然而他再仔细看了信封一眼，顿时就脸色大变了！

“陈先生，这可不行，这是大画家刘旦宅先生画的手绘封！这个我可不敢收。”

原来陈树藩送给大老宋的礼物，竟然是刘旦宅先生在一个空白封上作的画！

见大老宋拒收，陈树藩一声惊呼：“为什么？”就要跳起来。结果被大老宋一下按住，小声道：“陈先生，少安毋躁，这是我给集邮公司的干部职工定的规矩，一是不能收东西，二是员工不能集邮！我要带头执行。”

陈树藩说道：“宋总！这样的手绘封我有很多，一点薄礼！再说了，您收下了别人也不知道！”

只见大老宋脸色凝重：“陈先生，你的礼品太贵重了，我真的不能收。再说，我收下了，不是别人不知道，至少天知、地知、你知、我知！”

陈树藩摸摸八字胡思量了一下，觉得大老宋的话是有道理的，可是又觉得有些怪怪的：怎么集邮公司的员工就不能收藏邮票？

话已至此，陈树藩只好笑着同大老宋挥手告别！

把陈树藩送走之后，大老宋又回到会议室，他还要把没开完的会议开完。

第二十一章 红与粉

当天下午，盖完戳的陈树藩并没有要走的意思。来北京已经一段日子了，期间除了同妻子、儿子有些交流之外，大部分时间只能一个人发呆，特别想找熟人坐在一起聊聊。于是，他敲开了陈龙办公室的房门。

说起陈树藩和陈龙的关系，实在是有点儿“特殊”。两个人在牛尼拉萍水相逢，陈龙还到陈树藩家中拜访过，他收藏猴票的经历确实令包括陈龙在内的代表团所有的人震撼。为此，自牛尼拉二人相识后，双方的心里都有了对方的一席之地。

一见到一扇门上写着“对外处”三个字，陈树藩的心头便不胜之喜，两人久别重逢，自然十分高兴。陈龙和他崇拜的“猴王”对面坐着，两人一边喝着清茶一边“说的太多”。一年没见，想说的事情确实不少。

“陈先生，最近又收购猴票了吗……”陈龙不动声色望了对方一眼，是想了解他们离开牛尼拉后陈树藩是否还在收购猴票。

陈树藩摸摸八字胡轻声道：“最近收购的不多了。”

陈龙暗自思量，心说这位“猴王”应该是听了吴先生的劝告，开始收手了。确实，最近市场上猴票的价格有点不靠谱！

“可是我收手的原因不是因为你们的劝告，也不是因为价格，而是因为……有别的原因！”陈树藩的话有点怪，听上去好像话里有话。

“莫非你……”一种说不上的预感渐渐涌上了陈龙的心头。

陈树藩却是轻轻一笑，道：“别多想，陈龙，是这样，最近市场上的猴票大都是‘粉猴’，我还是想收购‘红猴’。”

对于猴票，本来陈龙差不多就应该是“无所不知”的，今日可是头一遭听说市场上还有“红猴”和“粉猴”之分！他奇怪地看了一下对方：“陈先生，这两种猴票有区别吗？”

陈树藩喘了口气，哼了一声：“我也把握不准，想让你帮助参谋一下！”

陈龙吸了口气，轻轻抚摸着自己光秃秃的下巴，检讨着自己：对于猴票还真不能说是“无所不知”。猴票发行的时候，他还在读大学，关于猴票印刷方面的事情有些他确实不知情。

陈树藩见陈龙沉默不语，忍不住微微一蹙眼眉：“陈龙，如果你不清楚，能不能帮我找人问一下。你们集邮公司里了解情况的人多，一定有人知道……要知道，对于猴票我是不会收手的，一脚踏进来就知道这是个金矿，面对机遇我无法抽身。”

陈龙拧起了眉毛，是在苦苦思索：“您说的这种情况一定是印刷上的原因，要是找人询问，就要找邮票厂的人。可是我这里离邮票厂远着呢！”

“那就麻烦你费心了，这件事无论如何你得帮我！”陈树藩勉强挤出一点笑容，露出渴望的眼神。

陈龙笑道：“有点难办，我们集邮公司是有规定的，员工不许购买邮票。我带着住在国外的华侨去问别人关于猴票的事，人家会以为我手里有好多猴票似的。陈先生，您说是吧？”

陈树藩被他问得一愣：“谁定的这规矩？一点都不人性化！”

陈龙如实说道：“还能有谁？就是您见过的我们的总经理！”

陈树藩摸摸八字胡，冲他微微一笑：“是他呀！那位大老宋，他人不是很随和的吗？我看这个规定有问题，你说呢？”

这问题简直就是在难为陈龙。刚才大老宋还批评他了，此时的他，无比敏感、无比惊悚。他脸红成猪肝说：“我不管别人怎么认为，我至少能做到。”

陈树藩：“你就是舍不得花钱，该出手时就出手呀。好了，不说这个了。哎，集邮公司里你有没有老乡可以问一下‘红’与‘粉’的区别？”

看到对方如此执着，陈龙只好勉强答应了：“好吧，老乡，我啊……想一想找谁。”

邓连普！不知道怎么的，陈树藩一说找老乡，陈龙一下子就想到了这个名字！这位邓连普就在自己的二楼的资料室办公，相识好多年了，平日里低头不见抬头见的。

陈龙想起老乡邓连普，不由得一段往事涌上心头。

那是 1983 年 8 月，大学毕业后的陈龙刚刚到集邮公司报道，就被分配到全国邮展筹备组帮忙。

复兴门西南角老中央电视台大楼西侧，真武庙头条一个简易的招待所地下一层，是第一届全国邮展筹备组的所在地。

1983 年的“第一届中华全国集邮展览”的筹备工作历时近一年，当时邓连普已经年过六旬，是被大老宋点将到邮展筹备组去的。

他是一个不善言辞的和蔼老头，也许是喜欢吃肉的关系，他的身躯过于肥胖。他中午雷打不动地要开着半导体收音机睡上一小觉。一开始，沉默少语的邓连普并没有引起大家的注意，然而随着工作的逐步开展，他的作用日益显现。

一天，在地下招待所一间办公室兼休息室内，邓连普和刚来报道没几天的陈龙面对面坐着，一口又一口地喝着茶。屋子里面静悄悄的，只听见茶杯拿起放下的声音。

邓连普堆出一脸慈祥的笑容看着新来的小伙子："小陈……辽宁来的是吗？"

陈龙："您怎么知道的？"

邓连普轻轻地拍了拍陈龙的肩膀，扯起一副大嗓门大声道："听口音呗，咱们是老乡呀……"看到陈龙一副五大三粗的身材和浓重的辽西口音，邓连普又怎么会分辨不出来呢?

"……邓老师，您也辽宁人呀！这些天竟听北京话了！好听是好听，可没咱们的口音亲切！"他一脸诚恳的笑容，"邓老师……既然咱们是老乡，以后还请您多多提携才是！"

老乡见老乡，两眼泪汪汪。一工作就遇见老乡，陈龙甜蜜到爆。

邓连普迎着陈龙的眼神和他对望了一眼，微微一笑："没用的，这年头就得靠自己。你的经历和我相同，小小年纪就离开了家。"

"靠自己？您是说，您在邮政的发展主要是靠自己？"陈龙沉默了半天，突然吐出这么一句话来。

邓连普笑了笑，没有回答这个问题。他不是不愿意回答，而是自己这些年就是靠自己走过来的。

他1921年出生于东北的一个大地主家庭，家有千亩良田，用他自己的话说："我家的地有多少我不太知道，因为一天走不完。"他的父亲娶了三房，由于大房二房生的都是女儿，因此他这个三房所生的男孩成了家中的宝贝。他从小生活富足，玩过各种乐器，喜欢摄影，当时价格非常昂贵的照相机、放大机等全套设备他都有。他从十几岁就迷上了集邮。大学就读于沈阳“奉天省法学院”，由于学校是全日语教学，因此解放后他报学历时很有顾虑，怕被怀疑是日本特务。好在他的日语是能看不能说，每当被要求做日语翻译时，他都做不了，也因此躲过了日后的许多麻烦。

“小陈，全国邮展结束以后，你打算干什么业务？”邓连普似乎是要岔开话题，突然问起了展览结束后的事。

陈龙想都没想，脱口而出：“那还用说，当然是干邮票进出口业务了。”这句话不知道在自己心里重复多少次了，这天是第一次在外人面前吐露，似乎是不把邓连普当外人了。

看着陈龙那副憧憬美好未来的模样，邓连普自然也不忍去泼冷水。尽管他也知道，进出口业务固然重要，但是集邮业务的重点当然是国内市场……他挺直了身子，看着意气风发的陈龙，连声感叹：“小陈，你年轻，又赶上好时候了，前途不可限量啊！”

陈龙哈哈一笑：“我觉得中国邮票的海外市场不比国内小，那是一个没有开发的处女地！到那里是可以大有作为的！”

看着已经得意得有点不知道天高地厚的陈龙，邓连普不得不给他泼点冷水：“小陈，海外市场开发也不是想你想的那么容易，要一步一个脚印才行！”

陈龙微微点了下头，这是实话，也正好合他的心思。他尴尬地笑了笑，问道：“邓老师，听说新中国的邮票志号是您根据摄影储藏胶片的经历，自己创造出来的？”

邓连普一笑，无所谓地摇摇手，轻描淡写地说：“那些事没啥好说的，那是工作，事情也不是我一个人做的！”

邓连普当年负责纪1邮票的筹印工作，他联想到自己年轻时的集邮活动，那时常常搞不清邮票的国别、哪些邮票是同套的、全套邮票共有几枚等问题。他想到，将来当一个初学集邮的人收集到一枚新中国邮票时，是否也会像自己年轻时一样？一个外国人看到新中国邮票，是不是与自己当年看到外国邮票时同样糊涂？为了帮助集邮者解决这个困难，他决心找出办法。经过反复考虑，设计了邮票志号。送给一些同志看，他们都能看懂志号的涵义。最后经领导同意，新中国第一套纪念邮票就开始使用志号。

"当然有的说中国邮票比中国人先有了自己的'身份证'！"陈龙冥思苦想了半晌，还是决定将对邮票志号创意者崇拜的话和盘托出。他蹙眉道："我来邮展筹备组没几天，对邮票了解也不多，但是中国邮票志号井然有序、纪特分明是最大的特点，给我留下了太深的印象啦！"

邓连普露出一副笑眯眯的表情，叹道："业界良心！这件事情真没什么好说的！对了，你是怎么分到邮政部门的？"邓连普微笑地问道。他及时岔开了话题，不纠缠自己不愿意说的话题。

陈龙一笑："是学校分配的。当时我们系的进京名额就两个，一个是教育部，一个是邮电部。"

"那你比我进邮政容易多了！"邓连普朗声大笑道，"我是 1943 年听在长春邮局工作的朋友说邮局在招人，因为喜欢集邮，就参加了考试。考试的内容很广、很杂，由于我平日喜欢看闲书，也很注意收听时事广播，因此在 50 多人中我以第一名的成绩被录入邮局。当时正是抗战后期，局势动荡，东北有句话'大乱住乡，小乱住城'，1944 年为躲避战乱我调至辽宁西丰邮局工作。"

陈龙转过头看着邓连普，脸上还有几分难以置信："您在西丰邮局工作过？太巧了，我下乡插队就在那里……"

邓连普一愣，这么巧，提到家乡，他蓦然被打动了："你插队在西丰？"

"对，靠山屯，是较大城市铁岭到康平的必经之路。那个地方比较穷啊……哦，邓老师，您是在县里面工作是吧？"

邓连普一听来精神："对，在县城！不过你说的靠山屯我熟悉得很，经常去送信、送报纸什么的。"

"乘东风，迎朝阳。报刊杂志我车上装，车上装。邮递员这工作是不平凡，把毛泽东思想传四方！"熟悉的《邮递员之歌》在邓连普的耳畔响起。

邓连普拍手道："时间都到哪儿去了？这一晃几十年过去了。不说我的事了，你插队干什么农活？"

"我没干过农活，当了三年的民办教师，一个月五块钱工资，是我们青年点的首富，用现在的话讲就是青年点的'土豪'了。"

邓连普摇摇头："尽管不干农活，民办教师的差事也挺苦的！"

陈龙："现在想想也没什么嘛！咬一咬牙就挺过来了。"

"你有插队的经历，那就太好了。插队对你们年轻人是一种历练，至少了解基层情况！"邓连普轻声赞了一句。这两年他接触过很多大学毕业生，他的感觉是当过工人、插过队的大学生比起刚出校门的毕业生不知要强出多少倍。想到这里，邓连普的脸色微微一变，笑了笑道："小陈，这是你入职后的第一项工作，邮展筹备组的工作虽然是临时的，可也能检验你的能力，一定要努力干好……"

陈龙："邓老师，我一定能干好。"

邓连普扬了扬眉毛，眼中滑过一丝欣喜，不过随即又恢复了常态，微笑着附和："小陈，作为老乡，我绝对相信你。"

"邓老师，您瞧这事儿怎么办……"这时风风火火地走进来一位胖丫头。说这话的是杨彤，后来任邮票博物馆的副馆长。她也是刚刚从北京大学毕业分配到邮展筹备组帮忙，此时的她，略微显得丰腴的身材变得有些消瘦，神情萎靡，看上去像是霜打了一样。

这几个月杨彤差不多是吃不下、睡不香，眼睛一看见堆积如山的邮集就愁得不行。这征集上来的邮集，不是内容与当时的宣传主题不符，就是学术研究水平不高，再不就是展品的珍稀程度不够。对这些问题的甄别和鉴定需要大量的专业人士和时间。还有，展品经过甄别和鉴定后，还要装入展框，编好号码，与运输部门交接，送到博物馆。博物馆内还有一大摊子事情，什么展览区域的划分、展线的布置等等，事情繁杂得很，杨彤一想就头疼！

“你说什么？”邓连普的脸色“刷”地一下就沉了下来，瞪圆了眼珠，一副吃惊的样子，望着眼前的这位“不速之客”。

“好几个省的征集员在火车站等着我们去接。”杨彤一脸着急的神情，“还有几个省的征集员在路上，他们手里都有价值连城的邮集，估计明后天也要赶到北京。这么多的邮集要过来，我能不急吗！”看着她那副急三火四的样子，也差不多就是戏台上扮着的“杨排风”了。

“哦，对不起。事情太多了，处理不过来了，有些失态了。”看到陈龙也在这里，杨彤望了一眼面前这位比自己晚来几个月的同事，苦笑了一下，“我们征集组的与你们不一样，真是倒霉。”

听到杨彤在一旁不停地抱怨，邓连普的脸色也好看不到哪儿去，只是目光中还透着一股不服输、不服老的气势。

邓连普耐心温和地解释：“杨彤，这些事不用急。我们马上划分出审核组、运输组、展览组，由沙子芬、秦新民各把一摊，各负其责，谁的孩子谁抱走，事情很快就能解决……”看到年轻人这副疲惫不堪的样子，邓连普有些心疼，不过还是稳住了声音：“杨彤，只要大家各负其责，上上下下一块儿共渡难关，我们征集组遇到的这个坎一定能过去的。”

杨彤暗自佩服他对工作部署得天衣无缝，连连道：“各负其责最好……邓老师，很多人的心态是‘各人自扫门前雪，莫管他家瓦上霜’，责任的事别提了，说多了都是泪啊。”

邓连普压低了声音：“杨彤，放心好了，这事我来。我是老人，比你们年轻人有面子！”他一副自信满满的样子，“眼下没有别的办法，这么大规模的展览，咱们建国以来是第一次办。只要我们以认真的态度来对待，没有解决不了的问题！”

当年，邓连普就是以认真的态度对待邮票选题工作的。选题确定后，他会以各种方法收集资料，做设计前的准备工作。发行《菊花》邮票时，他就多次去植物研究所搜集菊花资料，还向那里的专家请教；发行《金鱼》邮票时，他更是背着相机，跟同事一起跑到中山公园，把公园大缸里养的金鱼捞到透明罐子里进行拍照，拍了不少各种漂亮金鱼的照片，拿回来作为图稿设计的参考。那时候邮票发行局设计室总共也就五六个人，对于邮票的设计都是大家你一言我一语地讨论出来的，应该说是集体创作。

“好吧。”听了这番话，杨彤轻轻吁了口气，脸上的表情也轻松了许多。她点了点头，笑道：“邓老师，我就听您指挥了。加班加点我不怕，就怕做无用功，整天无头苍蝇一般，一点效率都没有！”

看到杨彤的信心恢复了，邓连普心下大喜：“杨彤放心，只要我们按部就班地开展工作，完全可以保证展品按时展出。”

听了这话，旁边的陈龙微微一蹙眉，心道：“这么些人提前一年抽出来筹办展览，怎么能办不好呢！”

大概是看到了陈龙在一边不言不语，邓连普笑吟吟地说了一句：

“陈龙，有什么事就尽管开口说，这儿没外人。”

陈龙犹豫再三，最后还是咬着牙建议道：“邓老师，除了您说的那三个组之外，还有宣传、会务、后勤保障等几个组……这些组都要发挥作用才行！”

邓连普微笑地看着他，心中充满了期待：“陈龙，你说的是更大层面上的事。我刚才同杨彤交代的是我们征集组的事情。你好像是在后勤保障组，你们组的工作更重要呀！我看好你呦！”

陈龙被瞧得有点不好意思，心里涌起一阵阵暖流。

在与邓连普的交往中，他自制的工作日志给陈龙留下了深刻的印象。白纸上水彩笔的记录五颜六色，标题一样大小的文字简洁风趣，非常好看、好玩儿。一年下来，当邮展结束，各部门要写总结时，邓连普的办公室就热闹起来，那几个“大本”成了大家竞相翻看的“历史档案”，某月某日发生了什么事？谁主办？谁参与？什么结果？件件事情一言以蔽之，俨然一部邮展筹备工作的大事记！

同邓连普的这段交往已经过去三年多了，但一直在陈龙的记忆中挥之不去！

……

第二天一上班，陈龙就来到邓连普工作的资料室。他左手一枚“红猴”，右手一枚“粉猴”，都是前一天陈树藩留下的。

邓连普还没到，陈龙就只好等着。等着等着，抬眼一看，懵了。他分明看到三个字——“资料室”。

这可是保存邮票资料的地方，不是本单位的业务人员或未经允许而擅入，尤其手里还拿着猴票，那可不是小事了。

陈龙也在集邮公司工作几年了，知道这是大忌。他抽身刚要走，邓连普恰巧进来了。

他大吃一惊："陈龙，怎么回事？"

陈龙："我找您有事！"

邓连普一脸严肃："什么事？记住，陈龙，以后资料室屋里没人，是不能进的，这是纪律。"

陈龙："邓老师，千万别误会。我找您是鉴定猴票。"

邓连普："陈龙，你怎么问起猴票的事了？"

事情果然如陈龙所料，当他问起"红"与"粉"的区别时，邓连普首先想到的是这个问题。

陈龙知道邓连普是位和蔼的老头，但是在有些事情上他却一点也不随和！

当时，集邮热潮席卷全国，集邮公司的大楼内各路媒体纷至沓来，邮票设计人员、资深的邮票工作者都成了记者追访的对象。当一些人面对追捧者的溢美之词，面对记者的闪光灯飘飘然地夸大自己个人的作用时，邓连普却异常清醒，毫不客气地当面纠正那些不符合实际的地方。他对看不惯的事情会直言不讳地谈出自己的看法，常常一语中的。他认为搞邮票研究工作要能坐得住，因此他曾当面戏称一位热衷于外场活动的老同事为"交际花"。

于是陈龙四下张望了一下，看到屋里没人注意他们之间的谈话，才凑近了邓连普，低声道："邓老师，是这样，去年我陪吴凤岗吴老去了一趟牛尼拉，结识了牛尼拉的一位'猴王'，人家收藏了许多猴票，其中有'红猴'和'粉猴'，他是想了解'红'与'粉'的区别。"

邓连普也望了一下四周，然后才苦笑一声："要是这样，我还是可以告诉你的。不过我得查一查档案。"

看过邓连普整理制作出的邮票发行档案，敬佩之心是油然而生。一套邮票从选题的确定，设计的要求，修改的过程，订印的计划，发行的通告，或未发行的原因，甚至一张相关的电话记录条，一张印制邮票使用的纸样等等，全部按照时间顺序一一列入。一套邮票的设计卷宗少的十几页，多的能达上百页，这些档案全被邓连普整理得井井有条。

早年的邮票主要都在上海印刷，那时邓连普经常拿着版样出差去上海印厂办事，所以哪套票用的什么纸、什么墨，他都门儿清。后来鉴定那时候的邮票，他根本用不着仪器，全凭眼睛看，因为心里有数，所以一眼就能看出是真是假。邓连普经办过的邮票发行资料全都被他非常完整地保留了下来，现在作为邮票发行历史档案被中国邮政邮票博物馆收藏。

邓连普翻阅完猴票的档案，沉沉一笑，轻轻地点了点头："陈龙，从留档的样品看，猴票的印刷确实有'红'与'粉'之分，看来你认识的'猴王'还很专业！所谓'红'与'粉'都是真的'猴'。说是'粉'其实只是比红稍微浅了一点点，不仔细对比是看不出来的。这个啊，是因为当时的机器缺墨了，或墨稠了，都是靠工人的眼睛和经验。有时候缺墨了或者墨稠了，工人往里面加稀释剂，然后手工搅拌、调墨。手工哪有机器那么精确呢？有些没搅开的颜色就会浅一点，看起来就像是粉的了。但确实都是真的猴票……"

"那我可以把这个结论告诉人家吗？"陈龙的浓眉不知不觉间也紧紧拧在了一起。

邓连普望着一脸凝重的陈龙："让我想想，这个'红'与'粉'的消息传到社会上，会不会影响猴票的价格？"

"邓老师，您觉得这个消息披露出去会影响猴票的市场价格吗？"陈龙有些把握不准，不过觉得这个事情没有邓连普说得那么严重。

看着陈龙犹豫的神色，邓连普微笑一声："陈龙，你说得对。我也考虑了一下，档案上记载，出厂的‘红’与‘粉’数量相差无几，因此，消息披露出去后，我想也不会影响猴票的市场价格！”

“邓老师，您怎么看这位‘猴王’和他手中的猴票？”

邓连普淡淡一笑，摇了下头：“那还用说？人家眼光独特就不用说了，要不人家也不能有这些猴票。这一点我们比不了的！”

陈龙和邓连普对望了一下，都不约而同咧了咧嘴。那个年代，集邮公司的员工还是相对淳朴、听话的，他们真的没想过多买些邮票来赚钱，尽管他们有这个便利的条件。

“陈龙，我也听吴凤岗老先生说过，这位‘猴王’还想继续在市场收购猴票。看样子……这是事实呀。要不他为什么打听‘红’与‘粉’的区别呢？我看呀，你这个华侨朋友可以左手牵‘红’，右手染‘粉’，全盘通吃！”

陈龙只是笑笑：“不可能全盘通吃！这猴票的市场价多高了，在牛尼拉他家里，吴先生、李清主任，我们都劝过他，让他收手，可他就是不听。”

邓连普点点头，看着眼前这位“替古人担忧”的年轻人，轻轻叹了一下：“是呀，是呀，这猴票的价格我也看不懂了，增长的速度实在是太快了！”

陈龙也跟着叹了一声：“我总觉得，这猴票增长的速度不正常，是不是涨到一定程度就该跌了？”一席话说完，陈龙笑着看了一眼邓连普，好像在等着他的答案一般。

“这……”邓连普一听脑袋就大了。不过，陈龙这么一问，他也忽然对猴票的涨跌有了灵感，“我觉得购买猴票的人要在生理、心理和性格这三大板块上有足够的准备。”

陈龙：“三大板块？怎么说？”

邓连普：“首先是生理。是讲猴票的出生，数量就那么多，今后在市场上的猴票只会少不会多。这是今后猴票在市场上流通的最基本的特征和必然规律。其次是购买者的心理。一般人都会认为价格有升有降，这是符合市场规律的，那么什么时候购买就要看购买者的心理了，也就是心态和判断，因此，购买者的心理素质和财力很重要。至少我们这种财力的人是买不起的。第三，就是购买者的性格。只赢怕输者买不了猴票，该出手就出手才行。该出手时不出手，就只能自寻烦恼了！”

陈龙：“邓老师，这是您的判断，看来您是认可猴票是只涨不跌呀！”

邓连普道：“也不一定。我在建国前就集邮，还没有哪一套邮票只涨不跌的！这个规律我是有……”

正要说“把握”，陈龙也正要松口气，不曾想邓连普眉宇之间又闪过一丝犹豫，苦笑一下：“事先声明，规律只是一般的规律……可是猴票不是一般的邮票，是不是按着这个规律走，真是不好说了！”邓连普说得一本正经，似乎不是在开玩笑。

听了这话，陈龙还真有些哭笑不得——老爷子说话大喘气！

次日，他是这样转告陈树藩的，“专家是这样讲的，一般规律，猴票的价格……到极限了，至于你收与不收，都有道理……这就看您的造化了！”

“什么叫造化？”陈树藩皱了下眉毛，显然对这个模棱两可的回答很不满意。

第二十二章 倩侣探父

1987 年 8 月，吉隆坡。

一天，有人敲陈家的大门，进来一位陌生人。

那人焦急地说：“我找潘倩侣大姐，请问潘倩侣大姐在吗？”

潘倩侣：“你好，你找我有什么事？”

那人：“你好，你是潘倩侣姐姐吗？我找你找得好辛苦。你家摊上大事了，你老爸说他快要死了。”

那人叫林希，是泉州老乡，说是刚从那里探亲回来。

说着话，他不知从哪儿摸出一个信封，双手递了过来。

潘倩侣接过一看，信封上面只写着“女儿亲启”，落款是“父名不具”，正是父亲的亲笔信。信封的封口糊着，没有打开过的迹象。潘倩侣收下信封，打开一看，眼泪就下来了。

潘倩侣哭着说：“树藩，赶紧给我买机票，我要回泉州，再不回去就见不到老爸最后一眼了……”

陈树藩不解：你说这个老爸，现在的通信已经很发达了，既然能说自己快要死了，为什么不亲自打个电话，还让人过来报信。也许病情严重，不能亲自打电话，可是怎么能亲自写信……

那几天陈树藩身染小恙，不能陪妻子前往泉州。潘倩侣买好了机票，就急急忙忙地往家里赶。

临行前，陈树藩千叮咛万嘱咐：“别急！不会出大事。”

“那是我爸，又不是你爸！”潘倩侣能不急吗？日夜兼程地往泉州赶。快到家门口了，看到自己的儿子陈季成和几个当地的年轻人在路边若无其事地打台球。

潘倩侣纳闷，问儿子：“季成，你什么时候回来的？”

儿子回答：“我放暑假，过来看看姥爷。您怎么也来了？”

潘倩侣一听大怒，一把扭住陈季成：“这么大的事我能不回吗？你怎么没心没肺呀，姥爷快死了，你不在家陪他，还有心思打台球！”

陈季成刚把一个黑球打进袋，正聚精会神地做一杆斯诺克，听见母亲这么说，立马回道：“姥爷快死了？你听谁胡说八道！”

就在潘倩侣一怔之间，陈季成也明白过来了：“妈，姥爷没病。您到家里看看，老爷子正哼京剧哩！”

潘倩侣一头雾水，外加一头汗水，这是怎么回事啊！

她急速赶到家里。院内，小喵、小汪正在欢快地玩耍，看到以前的主人，激动地围拢上来。看着它们的表情，她也觉得父亲没事。

果然，听见她老爸在哼唱《空城计》：“我正在城楼观山景，耳听得城外乱纷纷。旌旗招展空翻影，却原来是司马发来的兵……”

潘倩侣疑惑地问：“老爸！您没病？”

潘倩侣的父亲一见女儿，很高兴：“你回来了啊，想死我了！我身体好着呢。”

潘倩侣：“您没病为什么喊我回来？”

潘倩侣她老爸：“喊你回来，是有一个好消息和一个坏消息要告诉你。”

潘倩侣：“大老远的搭上往返机票，就是为了您的消息？”

潘老汉：“你想先听好消息还是先听坏消息？”

潘倩侣：“真没办法，您先说说好消息吧！”

潘老汉对女儿道：“倩侣，咱家的季成运气超好，我想给他引荐一位本地的美眉。就是给他介绍一个对象。”

潘倩侣糊涂了：“老爸，什么情况？”

潘老汉道：“有位邻居美眉小芳，辫子粗又长，长得又漂亮，谁见谁都喜欢，我想给咱外孙季成介绍一下。哎呀，你不知道，外孙对我真好，这次来，见面礼就是一版猴票，感动啊！另外，你知道什么叫‘老大不小’了吗？季成这个年龄就是！”

潘倩侣一听，有点生气：“老爸，这都什么年代了，还搞这一套！”

潘老汉没想到潘倩侣不领情，道：“这一套有什么不对？当初我要是不给你介绍树藩，你能有今天的好生活？”

潘倩侣大骇：“老爸，您知道什么叫乱点鸳鸯谱？这就叫！”

那潘老汉微笑点头：“嗯！这有什么不妥吗？”

潘倩侣把从吉隆坡带来的榴莲递给潘老汉：“您饶了我吧！我们家季成不需要你介绍，他毕业后要回吉隆坡的，为什么在泉州找女朋友？”

那潘老汉面色凝重：“这年头异地恋也没什么不好！”

潘倩侣这才明白是他老爸精心设的局，让她回来给自己的儿子相亲。

潘倩侣：“原来是这样！那您也不该说自己病了啊，您知道什么叫吓人？这就叫吓人！搞得我的眼泪哗哗的，嗓子都哭哑了。”

说起这个，潘老汉一脸的不屑，他严肃地敲敲桌子，高调喊话：“我不这样说你肯回来？正好季成暑假过来，这么大的事，你这个当妈妈的不同意怎么行？再说了，这么些年来，你也没回来过，我想你呀，借机把你叫回来有什么不对吗？”

一番话噎得潘倩侣顿时没了脾气。

潘倩侣：“爸，行了，好消息我知道了，那坏消息呢？”

潘倩侣老爸：“坏消息就是，最近泉州要建一个著名邮票设计家万维生艺术馆，我想把季成给我的整版猴票捐赠给艺术馆。我知道现在这一版猴票很贵，也想征求你的意见。”

潘倩侣：“这怎么能叫‘坏消息’？这是好事，公益事业嘛！我想树藩也不会在乎这一版猴票。建这个艺术馆资金够不够？不够的话，我们捐点儿。”

好消息和坏消息都说完了，潘老汉心里也就释然了，看来把女儿叫回来是对的。

与女儿、外孙团聚也不容易，潘家举办了盛大的 Party，把邻里乡亲也请了过来，大家一起喝酒、唱歌、跳舞。

人齐了，祖孙三代满含热泪地唱道：“难忘今宵，难忘今宵，无论天涯与海角……”

看到父亲一人“散养”在泉州，身旁也没人照顾，潘倩侣就想劝他到吉隆坡和自己一起生活。

潘倩侣：“老爸，您今后的生活怎么安排？”

潘老汉：“啊？啊？音乐太吵了，听不清楚！”

潘倩侣：“老爸，想不想去吉隆坡跟我们一起生活？”

潘老汉：“啊？说什么？听不清楚，什么事明天再讲吧！”

潘倩侣一把关掉音响：“老爸，我跟您说正事呢，您今后的生活怎么安排？”

大家全停了下来，一起看着潘老汉。

潘老汉一愣，随即挥手：“不急！继续！唱歌，来，来，大家一起来！”

潘老汉极不正常的表现很令大家疑惑。

到深夜，潘倩侣要再提问题，潘老汉道：“你好烦人，怎么半夜说这事！时间不早了，先休息吧，晚安！”

潘倩侣和季成很烦闷。

潘倩侣：“季成，哦，儿子，请分析形势，为什么姥爷不愿意和我们一起在吉隆坡生活？”

儿子转圈：“我也弄不明白，姥爷的举动非常反常，只能用‘故土难离’来解释。”

潘倩侣：“我建议，明天继续找他谈，动员他离开！”

陈季成沉吟道：“妈，您说话温柔一些。”

潘倩侣：“温柔不行就来硬的，他要是不答应我，我这次就不回去了！”

陈季成摇脑袋：“不行，不行，润物细无声，多做思想工作。”

母子俩巴望着事情能按设想的那样发展。

潘倩侣：“有件事情很怪，你给姥爷的那版猴票他怎么捐献了……”

陈季成：“不会吧？那是我送给姥爷养老的。”

当天晚上，潘老汉又请大家吃饭，潘倩侣就问：“老爸，怎么老请人吃饭呀？”

潘老汉：“哎，开心，用吃庆祝；不开心，用吃慰问！”

他们进了屋一看，来的客人中除了乡里乡亲、七大姑八大姨，还有几位陌生人，潘老汉也不介绍。

潘倩侣他们被安排在次桌，主桌是他和几位陌生人。

潘倩侣心想："这摆明是不想和我沟通！"

潘老汉心想："我离你们远远的，省得跟我喋喋不休！去什么吉隆坡，我在这里生活得好好的。"

陈季成心想："姥爷这一手厉害，拒绝'谈判'，母亲一定'计穷'了，非崩溃了不可！"

潘老汉一边淡定地喝着酒，一边堆出一脸慈祥的笑容看着大家推杯换盏，等大家意犹未尽地说着笑着的时候，他才淡淡地点了下头，打了个响指。

几个陌生人听到潘老汉的响指，一位长相明显像领导的陌生人站了起来。

大家都很纳闷，这位领导声嘶力竭地说："潘老先生，各位亲朋好友，大家都是潘老先生的至爱亲朋，最近，潘老先生有一个壮举，他向我们万维生邮票艺术馆捐献了一版猴票。为此，我们艺术馆决定，聘任潘老先生为我们艺术馆的荣誉馆长。今天在潘老先生的家里举行一个小型聚会，发放证书。"

潘倩侣心里气爆，闷头吃菜："这老爷子怎么想的？干上这个荣誉馆长，还能去吉隆坡吗！"

陈季成心里也是气爆，也闷头吃菜："怎么能这样呢！给他的这版猴票是用于他养老的，他可倒好，捐出去了！"

潘倩侣哭丧着脸道："我说这位领导，家父这么大的年龄怎么能当这个名誉馆长？"

陈季成泪下："姥爷也真是的，到吉隆坡享清福多好！"

艺术馆领导："我们刚开完会，已经给辖区各单位下了文件，定了编制，成立了领导小组。潘老先生亲自出任组长，招兵买马，积极筹备艺术馆。老先生马上就要忙起来了，你们做家属的应该支持才对！”

只见两个婆婆朝潘老汉奔来说话。一个是潘倩侣认识的，乃街坊热心保媒拉纤的大妈，叫张婆；另外一个婆婆就不认识了。

张婆对身边的婆婆道：“你运气超好，我给你引荐一下荣誉馆长。”

然后她对潘老汉道：“这位是退休的李研究员，中华全国集邮联的会士，多年集邮；这位帅哥呢，是本地大名鼎鼎的荣誉馆长——潘老先生。你们简单拥抱下！”

那婆婆简单抱抱潘老汉，顺便在他的后背简单地拍了两下，弄得潘老汉有些忐忑，差一点喊出“非礼”。

潘老汉抬起头来，脸上早就没有了一点儿慈祥的样子，而是换上了一股严肃气：“各位，常言说得好，‘条条大路通罗马’，是金子总会发光！女儿劝我到吉隆坡养老，我考虑好了，就不去了。我的事业在泉州，我哪儿都不去，我要在泉州发光、发热……”

说完，六姨、三叔公等人热烈鼓掌。几个人唱道：“‘心中有梦，就会感觉幸福，就会对未来有期待！’……荣誉馆长，我们支持你！”

太意外了，太感动了，潘老汉心里涌起阵阵温暖，乡亲们就是热情！

潘倩侣心里：“看您说得头头是道的，等您老了，看谁伺候您？”她又低头吃一口菜。

潘老汉看到已经完成了所有的议事议程，就站了起来：“各位，就这样吧，太晚了，请回吧……有空常来家看看！”

最后大家一起跳着唱：“快把酒满上干了这一杯，好朋友好朋友今宵多欢畅；理想改变了我们的模样，让我们懂得了要珍惜你的肩膀！”

夜深人静的时候，潘倩侣终于找到时间同父亲促膝谈心了：“老爸，还是同我去吉隆坡吧，我们会好好照顾您的。”

潘老汉对女儿的好意了然于胸。

他满脸微笑地回答道：“我堂堂的艺术馆荣誉馆长，怎么能靠儿女养活？”

就这样，潘老汉基本上把去吉隆坡的路给堵死了。

女儿潘倩侣也想明白了，还是顺从父亲的意愿吧，他从来都是跟着感觉走，追求风一样的自由。

第二十三章 外甥找舅泪花流

1988 年，陈季成在中央美术学院毕业后，回到了吉隆坡。父亲出资为儿子开了个画廊，取名“榛子画廊”。陈季成在这个画廊一干就是十多年。

2001 年的一天中午，当陈季成来到自己那间“榛子画廊”的时候，瞧见一个穿着笔挺的西服、身材高挑的中年男子，正坐在一把椅子上好奇地四下打量着这间装修简单得有些出奇的画廊，更让陈季成感到有些愕然的是，这位男子的脑袋上留着长发！

一个大男人家的，怎么留着长发呢？莫非这是位艺术家？对，艺术家一般都这打扮！

就在陈季成打量着来人的时候，对方也眨着一双透着困惑的大眼睛瞅着他……

两个人大眼对小眼互相打量了好一阵子，最后还是那位男子先开了口，一张嘴就是带着马来口音的普通话：“你是陈季成吧？我是阿瓦生啊！你还认得出我吗？”

这位长发哥还真不是外人，就是陈季成在中央美术学院留学时结识的同学阿瓦生。两人在一个寝室里同室四年。

"你真是阿瓦生？"说实话，陈季成还真没认出这位同学来，毕竟是十来年没见了。不过陈季成的目光却很快又落到了长发哥的那头长发上了，他抬手指了一下，问道："阿瓦生，你怎么留起了长发？你怎么知道我的画廊？"

长发哥阿瓦生嘻嘻一笑，说道："哎，我毕业后，在马来西亚邮政设计邮票，搞艺术嘛，也就把长发留起来了！在美院学习的时候，我一直以为你的家是在牛尼拉，什么时候搬到吉隆坡啦？"

"牛尼拉！"陈季成吸了口气，这才想起自己在美院学习时家还没有搬过来。

"搬过来十几年了！"陈季成勉强笑了笑，尽量不在自己的脸上流露出对长发厌恶的感觉。说实话，他对大部分留长头发的艺术家都没有什么好感。

这时候需要介绍介绍这位长发哥阿瓦生了，他过去可是短发。

"我回来后，在马来西亚邮政负责邮票设计。我比不了老同学，没有资本开画廊，就投奔了邮政了。人家瞧我画的画还可以，人也算机灵，就让我设计邮票了……还好，马来西亚每年发行的邮票不多，邮票设计工作还算清闲。这回是要同中国联合发行邮票，想了半天也没有灵感，顺便就来这家画廊看看，没想到是老同学开的。"阿瓦生说起邮票的时候，可是一脸的恭敬，看起来是很喜欢这个行当。

陈季成看了看阿瓦生的模样儿，苦笑着点了点头。当年在中央美院留学时，来自国外的留学生中只有他俩来自东南亚，陈季成来自牛尼拉，阿瓦生来自吉隆坡。尽管两人不同届，可是关系极为密切。

陈季成朝阿瓦生招招手："你跟我来，我们出去找个酒馆喝两盅。"

阿瓦生无所谓地笑了笑，就跟了上去，一边走还一边说："老同学，今天不行，我还有事！”

陈季成只是笑了笑，岔开了话题：“阿瓦生，你们的联合发行邮票选择的是什么题材？”

这回却轮到了阿瓦生苦笑：“题材双方早就确定了，是花卉，只是设计者还没有确定。”

“设计者没确定？”陈季成愣了又愣。阿瓦生却摆了摆手：“嗨，不过中国邮政方面提出两国邮政分别设计。”

听到这个话，陈季成马上明白了：“就是说中国的设计家设计中国的花卉邮票，马来西亚的设计家设计马来西亚的花卉邮票？”

“对，中国是‘金花茶’，马来西亚是‘炮弹花’。老同学，你不是擅长画花卉吗？想不想画？”

陈季成脸色微微一沉：“这种好事怎么会轮到我？”

说起对邮票的感情，父亲陈树藩可是自己的偶像，他原本是牛尼拉名不见经传的珠宝商，就是因为独具慧眼，喜欢上猴票，才有了今天的“猴王”传奇。想到父亲的猴票，陈季成倒是真心希望能画这枚邮票！

“这件事我能做一半主，你难道不信？”

陈季成忙摆了摆手：“对了，阿瓦生，你为什么不自己画？”

“嗨，你是知道的，中国高水平的画家太多了，我们如果画得不好，一比就比出来了，所以我才不敢独自接这个活！”

阿瓦生说这番话的时候，陈季成的眉毛已经微微拧了起来。他熟知中国美术界，自然知道要比马来西亚高出一大截。想到这里，陈季成又低声试探道：“马来西亚的画家也不少，为什么不在社会上找呀？”

阿瓦生笑道：“社会上的画家我也找过，人家要求特邀，这我就不敢答应了。”

“特邀？”陈季成微微皱眉，淡淡地道，“就是邀请一个人画吧？那他要是画不好，你们不是抓瞎了？”

阿瓦生听了点头说道：“老同学，你太理解了，我也是有这个担心！”说着他悄悄往陈季成身边靠了一下，“老同学，你就帮我们一把。在学校时，你的绘画水平最好，咱俩合作画这个图稿应该没问题的……”

陈季成笑着点了点头，对阿瓦生道：“行，我可以试一试。你还要请示一下吗？”

一听到老同学同意，阿瓦生自是笑得合不拢嘴，连声答应说：“你等一下，我确实要请示一下，我这就回去，下班之前一定回来。然后咱们出去一起喝酒。”

果然，下班前阿瓦生来到“榛子画廊”。

陈季成自然不敢怠慢，马上迎上前去：“嗯，怎么样？有结果吗？”

阿瓦生苦笑了一下，冲陈季成招了下手：“走，先陪我喝一杯。”说着他就背着手，缓缓踱起了步子，走了一会儿，来到双塔饭店。

两人坐定，菜单递过来后，阿瓦生用笔一通乱勾，点好菜，便道：“服务生，把我面前的酒杯换成大碗，小杯子有什么搞头！”

陈季成连连打断：“阿瓦生，斯文点好不好？这里又不是北京的胡同小饭馆，行为举止注意点！”

阿瓦生笑道：“没事没事。季成，这样喝能让我们回忆起在北京上学的年代！”

陈季成非常开心：“阿瓦生，你就是知我、懂我。来，喝起来！”

菜还没上，酒先干了一壶。酒一喝起来，气氛也就出来了。瞧瞧，推杯换盏，又干了一壶。

两人喝了一阵，阿瓦生才长叹了口气，对陈季成道：“季成，有两个消息要告诉你，一个坏消息，一个好消息。局长一开始不同意咱俩合作设计！”

“这一定是那个坏消息吧！”陈季成微微笑道。

阿瓦生点了点头，没有说话。

陈季成眼珠一转，低声问道：“什么原因？”

阿瓦生恨恨地道：“说你是画廊画家，没有名气！”

“我确实没有名气，怎么啦？”陈季成微微一愣，反问道。

“我说，人家怎么没名气了？人家是中央美院的高才生，还比我早两届。”阿瓦生又叹了一声。

陈季成很感动：“这事让你费心了！”

阿瓦生：“费心倒没什么，为了凸显你的名气，我还降低了我的辈分，说你是我的舅舅。”

陈季成不解：“为什么这么说呀？”

阿瓦生：“不是有句话，叫‘瓦生找舅泪花流’吗？”

陈季成：“阿瓦生，你这中文学得不地道呀，妹妹找哥才泪花流，那叫‘外甥打灯笼照舅’，你给弄混了吧？”

阿瓦生说：“反正都是舅舅的事，我真的不是故意的。”然后眼睛朝陈季成使劲地挤。

陈季成知道后面就是“好消息”了，“坏消息”说了这么半天。于是他说：“然后呢？”

阿瓦生：“然后，局长一时也摸不清你的来头，竟被唬住，同意咱俩合作了！最后，还提出一个条件，希望你在同我合作后能加入我们的邮票设计团队。”

陈季成听完以后，长叹了一口气，皱眉道：“到邮政设计邮票我倒是愿意，可榛子画廊怎么办？我父亲前期为这个画廊可投入了很多钱。”

“陈季成，我看你就把这个画廊关了算了，这年头开画廊也挣不了什么钱！”

陈季成也觉得对方说得有道理，目前这个画廊还真的不挣钱。他不动声色地思索了一番，缓缓道：“阿瓦生，这件事情事关重大，容我考虑一下。”

“考虑多久？”阿瓦生停下脚步，回头瞧着陈季成，“明天给我答复行吗？”

“晚上我和父母商量一下。阿瓦生，你不知道，家父有邮票情节，我要能参与邮票设计，可能会了却家父的一个心愿。”

阿瓦生点点头，心想，那就更没有问题了。不过又看到陈季成有些为难的样子，便微微一笑，问道：“老同学，还有什么为难的事情？”

陈季成：“阿瓦生，做人要厚道。我加入你们的团队会不会影响到你在团队中的发展？”

阿瓦生多豪爽的人，被陈季成一提醒，马上就明白了其中的意思，他朝陈季成微笑道：“季成，你果然够哥们……你放心，你不会影响我的，就是影响我也没关系！”说着他拍了拍陈季成的胳膊，“以后，我们俩合作就用‘榛子画廊’的笔名。”

这个合作的意思已经是很明白了，阿瓦生虽然在学校时有些恃才傲物，在邮票设计领域好像谁都瞧不上似的。不过遇到有真本事的人，他还是愿意一起合作的。

“多谢老同学栽培。”陈季成还是一如既往的谦恭表情，他冲着阿瓦生大声道，“阿瓦生，你放心，咱俩要有分工，你在设计方面发展，我争取在集邮业务方面发展！”

听到陈季成的这番表态，知道老同学好像是真心在为自己打算，阿瓦生脸上的表情又柔和了不少，他满意地点点头，笑了笑道：“老同学，好好干吧，将来的前程是少不了你的。好了，你回家征求家里的意见去吧，我也回了。”

望着这位老同学渐渐远去，陈季成的嘴角不禁浮现出一丝笑容。虽然他还没有为邮政效力，不过眼下有可能要捧邮政的饭碗了吗？

应酬完画廊的事情，回到自己家的时候，已经差不多到了熄灯时间。不过陈季成还不打算上床睡觉，而是跑到了父母房间，听听他们对自己加入邮政的意见。

他和父母分头落座之后，陈季成喜笑颜开，脸上的五官写成了一个喜字，一点看不出忙乎了一天的劳累。他先是将阿瓦生请他参加“邮政”的事情从头到尾说了一遍，然后就笑呵呵地看了父母一眼，说道：“爸妈，前些年你们把我送到中国留学，回来又出资帮我开了这个画廊。”他顿了下，拿起桌上的茶壶给自己倒了一碗茶，喝了一口，接着又说：“可是，我始终没能力报效父母，现在机会来了，我想把画廊关了，投靠邮政，父母没有什么意见吧？”

陈季成看到父母都在那里频频点头，又继续道：“既然父母都没有意见，就先这样定了……”说到这里，他的眉毛微微皱了一下，吸了口气：“我下面一项任务是和阿瓦生一起先把中国和马来西亚这套联合发行的邮票设计好。您们有什么建议吗？”

父亲这时候其实要睡了，身上披着一件洗得发白的睡衣，一副艰苦朴素的模样，根本看不出是一位家藏万贯的巨贾，看到儿子出息了，他的目光里透出来的都是欣赏的眼神。

“看来，你的这位老同学阿瓦生真不错，你将来可不要影响他的仕途！”首先提出建议的是父亲陈树藩，他在生意场混了这么些年，还是很讲义气的。

母亲也转过身来，瞧着似乎稳重了一些的儿子。那张英俊的脸庞，现在好像快要成熟了。她说道：“我建议你在设计好这套邮票之后，往集邮业务方面转。”

陈季成上前一步，语气诚恳地道：“爸妈，我之所以能到邮政工作，都是托了阿瓦生的福，我怎么能跟人家抢位子呢……”

后面的事情就不说了。一年后，中马两国联合发行了邮票，其中的一枚正是“榛子画廊”设计的。

又过了十几年，陈季成成为集邮业务处的处长。

第二十四章 吾家有女初长成

陈树藩有一儿一女，都很有出息。

1984 年冬季的牛尼拉。在北京中央美术学院留学的陈季成回家度寒假。半年前，他去北京中央美术学院学习美术教育学专业，打小他就喜欢涂涂抹抹地画画。

看到儿子回家，陈树藩也留了更多的时间来陪儿子，常常是他在整理自己的宝贝收藏品，儿子就坐在对面看书。他们各自闲了时就聊天。一老一少，年龄相差二十多岁，可这并不妨碍他们心灵的沟通，一个是聊他的过去，听者津津有味；一个是聊他的现在，听者感到新鲜。

陈家的光景原本很一般，仅靠陈树藩的珠宝生意勉强维持一家四口的生计，生活过得紧巴巴的。直到陈树藩 1980 年在香港收购了那些猴票，全家人的生活才得以明显改善。正如陈树藩预测的那样，那几年猴票的市场价值大幅攀升。他也有了足够的资金供儿子到中国留学。

“父亲，小妹达贝马上高中毕业了，您是怎么考虑的……”陈季成抬起头看着父亲。

父亲没有出声，视线落在已经出落成了大姑娘的女儿脸上。当地的华人有一个传统，就是十分重视子女的教育。陈树藩微微皱眉，对于这个女儿……他真是非常头疼的！按理说，应该也让她去国外读书，可是儿子出去留学后，女儿是自己生意上的好帮手，下课的时候女儿经常到他的店里帮助照看生意。

陈树藩摸摸八字胡，心想："儿子提醒得对，女儿还有半年就高中毕业了，是在本地上大学，还是出国留学，应该决断了！"

于是，他皱眉道："达贝，你大哥的话你也听到了，上大学的事情你是怎么考虑的？"

"女儿还是舍不得离开家！"陈达贝实话实说，"唔，在家里我还可以帮您照看生意！"

父亲面无表情地听着，说心里话，他也不希望女儿离开家。儿子已经出去留学了，身旁还是有一个儿女为好，女儿是爸爸的贴心小棉袄！

旁边的陈季成此时开口道："我认为，小妹还是出去留学好，至少可以增长见识。"

陈树藩斜睨了儿子一眼："你是说，在牛尼拉上大学就学不到知识了？"

"父亲，我不是这个意思，我是想，牛尼拉目前的环境不好，总担心有一天社会动荡，可能会影响小妹的学业。"陈季成眉头紧蹙，他似乎在为小妹的学业担忧。

陈达贝挠了挠脑门，"大哥的观点同我们的老师一样，"说完她又叹了口气，"我们班里家境好的同学都不想在牛尼拉上大学。"

看着女儿一副无奈的表情，父亲轻轻叹了口气，问道："那他们准备去哪儿上大学？"

女儿回答："有去新加坡的，有去中国的，对了，去得最多的地方是美国！不过，去美国的都是家里有钱的。瞅着他们能去美国，我就羡慕嫉妒恨呀！”

陈季成在一旁仔细地察言观色。父亲和小妹的这些言辞所反映出的不是别的，是他们内心里也不愿在本地上大学。

“我倒有个办法。”陈季成看出父亲和小妹的犹豫，建议说，“小妹，要不到中国留学，费用低，另外咱俩还有个伴，可以互相照应。”

陈达贝马上回应：“父亲，这样也行，大哥说了，到中国留学费用低。不敢想去美国留学，咱家也没什么钱，‘弱国无外交’，一言难尽啊！”

陈树藩心里高兴，原来两个孩子这么懂事呀，于是他故意道：“女儿，也不要急着灭自家的威风。”

陈达贝：“咱家不是就差钱吗？”

陈树藩：“谁说咱家差钱？咱家的猴……”本想说“你爸爸有的是猴票”，可是话到嘴边就打住了。

陈达贝：“我知道，您是想说您手里的猴票。哥哥去中国留学不都用光了吗？”

“咱就去美国，这笔钱爸爸掏得起！”

陈达贝顿时愣了一下：“父亲，您真的有钱供我到美国读书？”

“什么意思，你怀疑父亲的财力……”陈树藩脱口而出，表情也凝重起来。

“父亲，您别急，女儿不是想为您省钱嘛！”陈达贝显然是个懂事的孩子。

“女儿，没关系，这笔钱父亲是有的，早就为你攒下了！”父亲微笑着反过来安慰女儿。

陈达贝是位有主意的女孩子，她一旦周密考虑过的事，就不打算再改变。当初她不想出国留学，也是考虑父亲辛苦挣的那点钱不容易，能省一点是一点。

父亲看女儿在沉思，马上走过来，说："达贝，是不是舍不得离开家？"他豁达地对女儿说，"你走你的！再过几年，你哥哥毕业就该回来了，你就安心去美国读书吧！"

"是呀，小妹，我毕业后马上回来，你就放心吧。"陈季成也说。

她听着父亲和哥哥这些深情厚爱的话，忍不住鼻子一酸。"好吧，过几天我就去申请入学手续。"陈达贝爽快地答应了。

……

陈达贝去美国读书，一晃就是七年。

1991 年春节前，马来西亚吉隆坡机场，有一对兄妹手拉着手从机场接机厅走了出来，左侧的年轻貌美的女孩是陈树藩在美国留学近七年的小女儿陈达贝，右侧是他的大儿子陈季成。

"小妹，我上次写信跟你说了，咱家现在跟在牛尼拉时可大不一样了，可阔起来了……"刚一上车，陈季成就滔滔不绝地开始介绍起家里的境况来。

"什么？"陈达贝觉着自己的耳朵好像出了毛病，忙打断了正眉飞色舞地说着家里的大好形势的哥哥陈季成。她满脸狐疑地道："大哥，我也奇怪，我在美国读书，每个月父亲都寄好多钱过来，咱家哪儿来那么多钱？"

陈季成嘻嘻一笑，"咱家能发达起来，当然都是托了猴票的福！小妹，我跟你说，咱们住牛尼拉的时候，那时你还小，还没去美国留学。父亲看准了机会，在香港买了一千多版猴票，并有了'猴王'的美称……你也知道，这些年这猴票的价格翻了好几千倍，明白了吧？"

陈达贝这才恍然大悟一般点了点头。猴票的事情她在牛尼拉的时候就经常听父亲提及，那时她还小，不知道父亲买了那么多版。

“大哥，这么说起来，咱家的发达是靠猴票，不是靠父亲的珠宝生意了？”陈达贝好像突然想到了什么，喃喃地问。

“小妹，可别提珠宝了，咱家像样点的珠宝都让父亲变卖，换猴票了。”

陈达贝淡淡一笑：“我要早知道父亲的这段经历，就会在美国同学面前吹嘘自己是‘猴王’的女儿了！”

陈季成：“吹嘘这个有什么用，美国人可不知道‘猴王’是谁，你要是‘猫王’的女儿才有身价！”

陈达贝摆了摆手：“那可不一定，很多美国人是知道猴票的。不过美国邮政还没有发行过生肖邮票，不知道为什么。其实美国人也懂生肖文化，我熟悉的美国人都知道自己是属什么的！”

陈季成眼珠转了转：“我看发行生肖邮票也是早晚的事情，美国华人现在也不少吧？”

陈达贝笑着点点头：“一千万人应该有了。”

车子一路逶迤前行，陈达贝一边和兄长拉着家常，一边不时地隔着车窗四下张望，欣赏着吉隆坡的风光。如今的吉隆坡已经比她上次回来的时候繁华热闹了不少，不过，那一次她也是从美国回家探亲，在家里没待上几天，对吉隆坡印象自然也不太深刻。

一路缓缓而行，走了大约个把钟头，车子才停在自家的院落门口。

门口那两个家里的保姆看见陈达贝从车子里下来，就笑吟吟地说道：“大小姐回来了。先生、太太都在里边等急了啊！”

“父亲、母亲，孩儿不孝，离家好多年才回来看二老。”

站在客厅地板上的陈达贝瞥了一眼端坐在客厅中间的长辈，心里那个高兴啊！

“贝儿，你可回来了……”说话的是陈达贝的妈妈，瞧见女儿如花似玉的模样，她自然是高兴坏了。

“嗯，不错，不错，能回来看看就不错。”父亲陈树藩用手擦去脸上由于高兴而流下的眼泪。

陈达贝也不客气，自己找了把椅子坐下，然后就微笑着打量着自己的爹妈，一时激动得竟然也说不出话来了。这个场面就有些冷了下来。

看到这个场面，陈季成就笑吟吟地冲自己的小妹笑道：“小妹，你一个人在美国闯荡了七年，自己的婚姻问题解决了吗？父母可惦记这事了，每次写信都让我问你，可是你每次回信都回避这件事情！”

陈达贝“嗨”了一声，摆了摆手，微笑道：“大哥，我当初去美国读书，是谁嘱咐我‘一心想着读书，不准胡思乱想’的？我本本分分的，基本上不和人家男同学耍的，现在又逼人家找男朋友！”

陈季成调笑道：“你这么漂亮的姑娘，不找男朋友，这旺盛的精力怎么消耗？或者说，女性魅力怎么挥洒？”

陈达贝正在思考“消耗、挥洒”是指什么，那陈季成又说：“妹妹不至于一天 24 小时都在学习吧？”

陈达贝：“你是说我是怎么消耗体内的能量啊？除了学习就是锻炼呗！我每天早晨跑步十公里，坚持洗冷水澡，没事就练瑜伽！”

陈季成还想继续套妹妹的秘密，陈树藩摸摸八字胡，在旁边不紧不慢地说：“我的女儿我放心，在美国这些年不会白浪费光阴的。学习不用操心，自己的个人生活也是丝毫不成问题的，相信能自己打理好的！”

面对父母变着花样的“关心”，陈达贝倒是显得更加镇定。她微微吐了吐舌头，露出一副可爱的俏皮样：“这事用逼吗？‘哪个少女不怀春，哪个少年不钟情’？”

“看来，女儿自己找到了！”母亲一向以精明、细心闻名，岂能听不出来女儿话中的弦外之音。

“哪儿那么容易，都怨爸爸为我选择的学校，偌大的校园里一个华人都没有，清一色的美国小伙！”

听到这样的回答，陈树藩的脸上闪过一丝诧异，轻轻摇了摇头：“莫非女儿找了一个美国小伙？”

母亲倒是挺满意的，微笑道：“贝儿啊，美国小伙也行，你也老大不小了！”说到这里，母亲又停顿了一下。她深有感触，时间过得真快，当初她和陈树藩相亲的时候也是女儿这般年华，一晃已经二十多年了！

她上下打量了一番女儿的脸色，见女儿的小脸通红，又说：“贝儿，看来被我们猜中了！”

瞧见女儿一脸犹疑的样子，母亲暗自笑笑，这种感觉她二十多年前也有过，就知道这回多半是有戏了。

陈达贝本来是回家过年的，原本不想说这件事情，可是被父母逼到这份上，也没了办法。女人嘛，女大当嫁。想到这里，她从随身的手包里掏出一张照片，递到了哥哥手里。

“大哥，这是美国小伙的照片，家里人先瞧一瞧，如果看得上，我找机会带回来让全家人过目。”

陈树藩接过照片瞧了一眼，照片上的美国小伙那叫一个眉清目秀、五官端正，嗯，这个标准的美国小伙还真是不错啊！

看到家人没有反对的意思，女儿接着说：“他叫马克·索尼克，今年 28 岁，模样还蛮讨人喜欢的，是我的师哥，比我早毕业两年，毕业后在美国邮政集邮部谋了份差事，现在一家老小常年都住在旧金山。”

听到这里，父亲笑呵呵地说：“贝儿，你从小就接受的是西方教育，现在毕业了又不想回来工作，找一个美国小伙再般配不过了，家里人没意见。”

“小妹，我看这门亲事不错，虽然对方不是什么大户人家的公子，不过在美国邮政工作，又负责集邮业务，至少同父亲能聊到一块去。”说起自己未来的妹夫，陈季成就是一副高兴得不得了的样子。

女儿深吸了一口气，看着父亲：“爸爸，你说咱家是巧合吗？您同猴票打了几十年交道，未来的女婿在美国邮政工作，我们全家是跟邮票干上了。”

陈季成轻叹一声：“小妹，方才接你的时候，我们还谈起美国邮政发行生肖邮票的事情，为何不借助我未来的妹夫在美国邮政集邮部的背景和便利条件促进一下？美国邮政要是能发行生肖邮票，那是对生肖文化进一步弘扬的大好事……”

陈达贝想到，美国男朋友马克·索尼克曾经跟她谈过，早在1988年，美国最大的华人组织——美华协会便向美国邮政建议发行一套华人题材的纪念邮票。该协会提出了多种设计方案，内容包括纪念1942年美国废除华人移民法、纪念美国华工等。这些方案因主题具有争议、过于政治化而未被采纳。美国邮政一直在寻找一个能被美国华人接受的邮票题材，这个生肖题材不就是现成的吗？

想到这，她马上说：“这有什么问题，马克·索尼克全都听我的！”

谁都不会想到，一次小小的家庭聚会，一次父女之间的闲谈，一次华人嫁女，最后促成了美国生肖邮票的发行。

那是发生在陈达贝回家省亲后的第二年——1993年。

第二十五章 你就和猴票勾肩搭背吧

1993年元旦的上午，终于在陈达贝的期待中到来了。

这天是她和美国男朋友马克·索尼克结婚的日子。在美国奔忙了十年多后，陈达贝终于可以成家立业了。

从旧金山以外赶来参加婚礼的嘉宾，大多已经提前一天就赶来了，其中就有陈树藩和陈季成父子俩。原本想让陈季成一人参加，还是父亲陈树藩想得周到，女儿结婚这么重要的事情，父亲不参加会让女儿失望的。还有，男方这边高朋满座，女方那头冷冷清清，岂不是很没有面子！中国人是一个讲面子的民族，为了讲面子，陈树藩这次带上了厚厚的嫁妆——几版猴票！

1月1日一大早，天色才微微的放亮，陈树藩、陈季成父子俩早早来到了圣玛丽大教堂，女儿之所以选择这里，就是因为这座教堂是著名美籍华裔建筑大师贝聿铭的作品。

两个人都是一样的浅色西服，其中陈树藩扎着领花，陈季成系着红色的领带。此时由于天色尚早，本地的嘉宾们还都没有到达，先行到达教堂的大多是来自女方的吉隆坡亲戚，还有就是来自美国邮政总局的男方的上司和同事。

陈家父子一眼就看见新郎——美国小伙儿马克·索尼克。他穿了一身笔挺的燕尾服，举止也颇有绅士作派，隐隐也能看出新郎的风采了。

而站在马克·索尼克身边，同他有一句没一句在闲聊的，居然就是美国邮政总局局长，他是从总部华盛顿赶过来的。这是因为马克·索尼克最近被提升为集邮市场部的经理，局长的到来是为了笼络人心的。

陈家父子欣然向他们俩走去。在女儿的介绍下，陈树藩首先开口："局长先生！感谢您大驾光临，本人实在感激不尽啊！"

看着陈家父子这么热情地迎了上来，马克·索尼克眼中闪过了一丝欣喜的光芒，一方面是证实了中国老泰山对美国女婿的认可，另一方面，老泰山的到来也能为和自己的上司交谈找到话题。因为，自己的女朋友从吉隆坡回来后，一个劲儿地劝说他发行生肖邮票，弄得他寝食不安。当然，他也有口无心地说了一句："中国生肖邮票确实有这么大的影响力吗？"

听了这句话，陈达贝有些不屑的摇摇头："你们西方的圣诞邮票影响大吧？生肖邮票就是东方的圣诞邮票！"

美国邮政局局长接着陈树藩的话茬，笑着摆摆手："陈先生，你能从吉隆坡赶来，那也是马克·索尼克的荣幸。对了，您的这位女婿可是我们邮政局的栋梁，最近刚刚荣升为集邮市场部的经理。"

陈树藩摸摸八字胡，对着儿子微微一笑："季成你看见了吗？有这样的妹夫多好！咱们原先提到的美国邮政发行生肖邮票的事情就有希望了。"

陈季成也觉得如此一来，这件事十有八九能成。他非常高兴地说："太好了，我也盼着发行生肖邮票这一天！"呵呵，那陈季成心里激动，咧着嘴在一旁笑个不停。

马克·索尼克有些不好意思地说：“父亲，这件事情我们研究了几次，还是没有定下来。”

陈家父子同时点了点头，脸上滑过一丝失望的表情。看来要动员美国邮政发行生肖邮票还真不是一件容易的事情！

陈季成思索了下，笑道：“妹夫，趁你的上司今天在场，我们是不是一起做一做工作？”

听到这番话，马克·索尼克的脸上显出的是为难，而局长则是一脸错愕，他还不懂这个话题的含义。因为，在他的心里生肖是中国的国货，没有半点的洋气。

“局长先生，”就在局长琢磨着生肖的来历的时候，陈树藩冲着他微微一笑，“请跟我来。”说着他就做了个“这边请”的手势，然后就向圣玛丽教堂一楼的休息室走去。马克·索尼克也连忙跟了上去，脑子里思考的问题是“这老泰山葫芦里到底卖的是什么药”。

他们在旧金山圣玛丽大教堂的照片介绍前停了下来，看见上面有简短的文字：“这座建筑是贝聿铭的作品。”陈树藩一脸严肃地对局长说：“局长，我这次冒昧打扰，其实是有一事相求的：希望美国邮政发行生肖邮票，而且是越快越好！”

“我们美国发行生肖邮票？陈先生您没有搞错吧？”局长对陈树藩的请求十分不屑，美国邮政怎么会发行生肖邮票呢？

陈季成笑道：“局长先生，您也许知道，中国邮政已经发行三轮生肖邮票了。生肖邮票是中国集邮市场上影响最大的系列邮票。美国有 1000 万以上的华人，您就不考虑一下满足这一市场的需求？”

“这种事情不可能！”不可能吗？局长嘴上如是说，心里也在犯嘀咕，现在美国居然有这么多的华人。

陈树藩依旧面带笑容地指出："看到这张照片了吗？这座教堂是华人贝聿铭先生的作品，也是中西文化交流的产物。美国邮政如能发行生肖邮票，是比这个教堂影响还大的作品！"

其实，陈树藩这次美国之行是做了功课的，他知道女儿结婚时美国邮政总局的领导会亲临，也知道女儿结婚的场所——旧金山圣玛丽教堂是由贝聿铭先生设计的，为此他还事先查阅了资料，做足了功课。

看来学无止境。其实在我们的学习中，没有什么是多余的，学不厌精，思不厌邃，多读常思必有收获！

局长的脸色有些难看，他没有想到陈树藩把他领到这里的用意是为了让他了解中国文化。

"发行生肖邮票就是传播文化吗？"局长也实在想不出什么词来反驳了。

"发行生肖邮票就是传播文化，这一点中国的生肖邮票就做到了，而且传播得很好。"说起中国生肖邮票，陈树藩的脸上充满了自豪，毕竟他是华人。

现在局长终于明白自己遇到了一个难缠的主儿了，看来不发行都不行了！

他的脸色有些恢复正常了，权衡了一番以后作出了让步，对马克·索尼克说："这样吧，你们好好研究一下就是了。研究好了，我听一下汇报。此事关系重大，本人不好擅自做主。不过也许两位陈先生说得有一定的道理！"说这几句话，局长好像很不情愿的样子。

这话一出口，陈家父子的脸上都闪过一丝惊喜。看到事情有了转机，陈季成笑着点了点头："那就谢谢局长先生的关注和关心了。"

"马克，你听到老板的答复了，下面的工作就看你的了！"陈树藩想了想，又道："在确定发行生肖邮票的过程中遇到什么问题，我们愿意做你的后盾！”

马克·索尼克笑着摆了摆手：“我最大的担心是美国是移民集中的国度，主要是担心其他的移民有不同的意见。”

“其他移民？”陈树藩缓缓点头，“这个是要认真考虑的。”

马克·索尼克知道这话是什么意思，拍胸脯保证道：“请放心，我会处理好的！”

“马克，”陈季成走到马克·索尼克面前，目光深沉地望着他：“发行生肖邮票的事就拜托你了。还有，照顾好小妹，她可是家父的掌上明珠！”

马克·索尼克当下就是一个立正：“大哥，请你放心，两件事都会办好。”

三人一直喋喋不休地说着生肖邮票这一话题，局长已经弄不明白对方来美国是参加婚礼的还是来做说客的，他捻着胡子微笑着打断了他们：“生肖邮票这个话题是不是就到这里了，新娘子和嘉宾可等着我们证婚呢。”

陈树藩与陈季成对望了一眼，父亲笑道：“怎么样，应了中国的那句老话，‘老将出马’一个顶俩吧！”

陈季成不动声色地点点头，心里面却是乐开了花。

“马克，你们在谈什么呢，这么入神？”一个婉转悦耳的声音从身后将马克·索尼克唤住。这声音这会儿听上去甜甜的、蜜蜜的，似乎是天籁一般。

马克·索尼克朝妻子傻傻地一笑：“我们在谈发行生肖邮票的事情。”

身材高挑、长相清丽的陈达贝对马克·索尼克微微一笑，问道：“马克，刚才你们总局长是不是没有同意？”

马克·索尼克笑着摇了摇头说："亲爱的，倒也不是，他还是让我们研究研究！"

陈达贝一边走一边轻轻叹息道："你们都研究多长时间了！"

"对中国生肖我们美国人不了解，需要有一个过程。"马克·索尼克已经感到事情有些进展，"不过这次局长的态度有明显的变化。"

"这就好。"陈达贝的神情一振，她知道马克·索尼克现在是局长跟前的红人，连他都感觉局长的态度有变化，恐怕美国发行生肖邮票指日可待了！

马克·索尼克笑了笑说："亲爱的，你父亲我的老岳父做了很多工作，他用文化来劝说我们局长，效果意想不到地好！"

"真的吗？"陈达贝兴奋地叫了出来，"马克，你没骗我吧？"

"说什么话，我马克怎么能骗你呢？你马上就是我的妻子了。嗯，你就放心吧，我估计问题不大。"说着他拉着妻子向教堂跑去。

当陈家父子和新娘、新郎一起来到圣玛丽教堂大厅的时候，宾客已经到齐了。

就听见大主教的声音："请各位亲朋好友归坐，婚礼仪式马上就要举行了！"

在教堂举办婚礼本来应该是西式的，可由于新娘是华人，就办得半西半中了。牧师先是带着新郎、新娘祈告后，唱诗班的男女少年唱起了《恭行婚礼歌》，新婚夫妇在歌声中交换戒指，相互亲吻。接着就是中式婚礼，具体的流程是新郎和新娘冲着双方父母鞠躬行礼，然后夫妻相互鞠躬行礼。这个好奇怪的仪式很多美国人从来没见过。

婚宴之后，夫妻两人再恭恭敬敬地送别参加婚礼的各路嘉宾，忙活到晚上十一二点钟，一对新人才拖着疲惫的步伐回到自己的房间。

见了一大堆的礼物，陈达贝睡意全无了，不知道从哪儿找来了个

大箱子，开始一件件地点收礼物，然后编号装箱，好好保存起来。呵呵，看来妻子还是很会过日子的。想到这里马克·索尼克也就帮着一起点收。

“马克·索尼克。”陈达贝甜甜的声音响起，“父亲送的这整版的生肖猴票就由我来保管好了，不麻烦你了。马克，你不知道，当初我来美国读书，家父就是卖了几版猴票给我凑足了学费。其他的那些礼品就由你来保管吧。”

“这猴票这么值钱？”马克·索尼克的眼睛瞪得老大，简直不敢相信。

妻子马上附和道：“马克，你是不知道，中国很多集邮者以拥有这枚猴票为荣！你还不知道吧？我就是‘猴王’的女儿，这个身份第一次披露。”

马克·索尼克不知所云：“‘猴王’？你父亲不是人吗？”

陈达贝叫嚷着：“脑残，你父亲才不是人呢！‘猴王’是拥有最多猴票的人！”一顿粉拳打在丈夫的身上。

马克·索尼克觉得很没面子，他尴尬地咳了咳，说：“啊这个，我对中国文化学得不深不透，没能领会到精华……今后有了你这个老师，我会用功补上！”

陈达贝眼睛一亮，说：“这句话靠谱！先从生肖文化开始吧！哈哈！”

“我明白了，要不为什么岳父在我们局长面前那么竭力建议美国邮政发行生肖邮票呢！看来，美国邮政也很有必要发行生肖邮票。”马克·索尼克一边躲开妻子的粉拳，一边亮明自己支持的观点。

妻子有些无奈地点头应道：“我看你们局长也是一个老顽固，表面上答应了，内心怎么想的天知道！”

"阿嚏。"马克·索尼克打了个喷嚏，看了看妻子说，"得有个转变和接受的过程，局长已经明确要求我们抓紧研究。"

"关键的时候，你要在一旁烧把火。"妻子向丈夫提出了具体要求。

马克·索尼克有些无奈地点头答应道："好吧，我一定！"

令人哭笑不得是，新婚之夜，新娘陈达贝一直在聚精会神地看着父亲送的嫁妆——整版猴票。

看着妻子全神贯注的样子，马克·索尼克率先打出了"温情牌"，在一旁赞美道："你比猴票珍贵百倍，值得我珍藏一百年。时候不早了，我们休息吧！"

妻子明白他的小心思，就是不理他的茬儿。

这猴票有那么好看吗？看到妻子沉浸在与猴票的交流之中不能自拔，马克·索尼克心中纳闷：她就想这样一夜不睡，坐而待旦吗？

新婚的丈夫不由得嫉妒道："陈达贝，你居然同猴票共度良宵！陈达贝，你就和猴票勾肩搭背吧！"

一开始，丈夫抵制住欲望，有一搭无一搭地同妻子聊着。时间一长，也许是喜宴上多喝了点酒，马克·索尼克感觉两个眼皮总是在打架，最后竟然独自呼呼呼地睡着了。

马克·索尼克的洞房花烛之夜就是这样度过的。

第二十六章 一念“审时”，一念“度势”

马克·索尼克的故事还没有讲完，接下来还是关于他的事情。

马克·索尼克婚后一回到华盛顿，马上组织人员对美国邮政发行生肖邮票的可行性进行论证，最后有两个重要的结论，一是中国生肖文化在世界的影响力，二是美国一千多万华人对发行生肖邮票的渴望。

论证报告出来后，就等着晋见局长。也不知马克·索尼克是怎么搞的，递交报告的时候，是把局长想得太简单了或是论据还不够充分，总而言之局长迟迟没有见他。

一天早晨上班，在总局的地下车库里，马克·索尼克开着一辆宝马进来，他老远就认出也在停车的局长，招呼道：“领导，早安！”

局长眼睛都直了：“马克，几天不见，白了，胖了，气色蛮不错，好得很，都开宝马啦？”

马克·索尼克：“这是岳父给买的，是新娘的陪嫁！”

局长瞅瞅自己的汽车，挠挠脑袋：“我工作都二十多年了，才买了个福特！”

马克·索尼克：“是呀，是呀，靠我那点工资我也买不起这宝马。”

局长不解地问："你岳父咋这么有钱？"

"还不是和生肖邮票有关！"马克·索尼克说，"十几年前他买了好多中国邮政发行的猴票，这不就发了吗！"

局长："你岳父会魔法吗？……买几版猴票十几年后就能变成宝马车？"

马克·索尼克："他老人家倒是不会什么魔法，只是这猴票的价格翻了上千倍了。"

局长猛醒："对了，这事我也听说过。前一段时间，我到万国邮联开会，许多国家的代表都在私底下议论这事，真是神了……"

马克·索尼克笑道："局长，没啥了不起！我们美国如果发行生肖邮票，没准比他们中国的生肖邮票增值还快！相关的报告已经呈给您了，只要您大笔一挥就 OK 了！"

局长高兴地一拍大腿，道："OK，OK，OK！你放心，这事我来搞定……"

……

一年后的 1993 年 5 月，美国邮政总局局长办公室门外，陈树藩的女婿、美国邮政集邮市场部经理马克·索尼克毕恭毕敬地站在那里等待着局长的召见。他轻轻敲了一下门，大声道："老板，马克·索尼克求见。"

没想到里面老半天没人应声。

难道是……正在马克·索尼克发愣的时候，一个极其威严的声音从里面传了出来："进来！"

马克·索尼克推开了房门，就看到局长正端坐在办公桌后面，身上穿着笔挺的西装，而脸色……好像有点难看！气呼呼的样子。看到老板这个模样，马克·索尼克的目光是相当的阴沉！

办公桌上一大堆的材料摆在那里，上面用红色的铅笔勾得乱七八糟。局长的眼睛红红的，正在接听一个电话，电话里说的事情好像和邮票有关。

马克·索尼克心里直打鼓，这位老板好像不大对头，似乎很生气的样子！也不知道是谁把他气成这样的？待会儿自己说话的时候一定要小心些……想到这里，马克·索尼克马上把原来储备好的笑容收了起来。

“来了，马克·索尼克！坐下说话！”老板撂下电话说。

老板的声音冰冷。马克·索尼克心道：“完了，完了……自己犯什么错误了？”

知道麻烦事来了，但不知道是什么麻烦。马克·索尼克也不能扭头就逃，只好硬着头皮候着。

“马克·索尼克！”老板猛地从椅子上站了起来，端着架子走到马克·索尼克跟前，气呼呼地看着他，高声地喊叫起来，“马克·索尼克，这是怎么回事？”

1993年，也就是在马克·索尼克结婚一年后，美国邮政总局决定发行鸡年生肖邮票，这也是美国邮政发行的第一枚生肖邮票。没想到这套生肖邮票发行后在美国引起了轰动，洛杉矶、旧金山等城市曾出现排队购买生肖邮票的场面，引起美国社会对这一现象的关注。

原来，美国是一个多移民的国家，除了上千万的华人外，还有大量的日本、韩国、墨西哥、意大利等国的移民。这些国家的移民看到体现中国文化的生肖鸡票在美国发行，都希望美国邮政也能发行表现其母国文化的邮票。

各种舆论、各种要求都集中到美国邮政总局局长面前，局长有些坐不住了，他只好把负责这套邮票发行的马克·索尼克叫来商量一下这件事。

一份生肖鸡票发行舆情分析的材料摆在老板面前，上面有日裔、韩裔、墨西哥裔的反映，都被他用各种颜色的铅笔打上了记号。

老板眉头紧紧锁着，目光反复在材料上几个被铅笔勾起来的地方游走。他要与马克・索尼克商量一下怎么应对这些舆论。

屋里一片安静，只听见老板的手指无意识地在敲打着桌子，显然那老板认为自己“摊上”大事儿了，还真有点紧张。

马克・索尼克胸口怦怦直跳：“这可咋整？”

局长愣愣地看着眼前的材料，也不说话。

马克・索尼克哪里见过这阵势，只觉得心口跳呀跳的，不知怎么搭腔，闷头道：“老板，泡杯茶好吗？这是我从中国带来的。”

马克・索尼克泡了杯茶端上来，局长闷头喝……马克・索尼克添水，局长继续闷头喝……马克・索尼克再添水，局长再闷头喝……

关键是喝了那么多，局长还没开口。

终于，老板喝好了，他放下茶杯，叹了口气说：“这生肖鸡票的事情怎么办呀？”

原来是生肖鸡票的事情……马克・索尼克心里有数了。

美国邮政发行生肖邮票后，其在华人群体中的受欢迎程度以及其他国家移民的态度，他十分清楚，为此他还到中国作了认真的调研。

马克・索尼克心中急急转着念头，嘴上却说道：“老板……这个……这些舆论没什么……”

局长鼻子里轻哼了一声：“胡说！你搞什么搞！你是局长，你没有感到压力……”老板又皱了皱眉头，“不对，我被你气糊涂了，你不是局长，当然没有压力，可我是局长，压力都在我身上！”

老板紧忙说出了他心中的压力，说完以后就目光凝重地看着对方。

马克·索尼克看着这个暴跳如雷的老板，心里一阵好笑，多大的事呀！不过嘴上还得这样说："老板，别光听其他移民的意见，华人的态度也很重要，他们有一千多万，背后还有巨大的中国市场，我们是不是也应咨询……"

"咨询个头呀！中国这么遥远，我们如何去咨询？"老板一手叉腰，一手指着马克·索尼克的鼻子问道。

"属下前不久到中国进行了调研……"马克·索尼克灵光一现，低声提醒道。

"你……"老板又狠狠瞪了马克·索尼克一眼，想起来不久前他确实派马克·索尼克去过亚洲。

看到老板一时语塞，马克·索尼克赶忙抓紧时间接着说："中国集邮公司非常欣赏美国邮政发行的生肖鸡票，他们希望我们能把生肖邮票系列继续下去，不希望我们半途而废……"

马克·索尼克一边说话，一边偷偷打量着老板的脸色。这番解释之下，他的面色似乎是稍微好看了一点。马克·索尼克心道："一定要说服上司，否则生肖邮票的发行肯定会半途而废，那多可惜呀！"

"人家提出继续发行下去？"老板冷冷地问。

"继续，一定要继续。中国生肖邮票的成功就在于它是系列邮票！中国集邮公司还说，如果我们的生肖邮票继续发行下去，人家会进口很大的数量。这是一笔大单。"马克·索尼克再次灵光乍现。老板是讲究经济效益的，这些年美国邮政的亏损一直让他老人家愁眉不展。

"是吗？中国方面还会进口美国的生肖邮票？"老板在得到肯定的答复后，气好像消了一点，自言自语道："中国确实是一个很大的市场。"

是啊，自己太关心目前舆论的压力，没有想到假如这个生肖系列停下来，华人不满的舆论会更大！今天训了马克·索尼克一顿，不过是发泄一下情绪。现在气完全消了，心情自然也好了起来。

“马克·索尼克，刚才我说的话有些重了，你别往心里去。不过我总想，你之所以对中国的生肖文化情有独钟，是因为你的太太是华人，你潜移默化地受到东方文化的影响，这也是你坚持发行生肖邮票的主要原因。是这样吗？”

马克·索尼克肚量大，又是下属，当然不会往心里去。不过这件事他还是需要解释的。

他强撑着笑脸说：“老板，您有没有搞错呀？我太太是华人不假，但她在美国生活了十几年。我之所以支持继续发行生肖邮票，完全是考虑到生肖文化在中国和世界上的影响力，考虑到上千万美国华人的感受和所产生的巨大市场。对了，您都没问我中国邮政方面一共订购了我们多少生肖邮票。”

老板看到马克·索尼克急了，知道他的那番话是真心话，于是问：“中国方面要进口我们多少生肖邮票？”

“110 万套。”马克·索尼克兴奋地说。

“多少？ 110 万套？”老板伸长了舌头，露出不相信的神态。

“就是 110 万套。”马克·索尼克想了想，从容地说，“另外，今后的十一年，每年都可以向中国出口几十万套邮票。”

马克·索尼克的从容也是有倚仗的，他掰着手指头给老板算了笔账：今后十一年，每年 110 万套，那就是 1.2 亿枚啊！

老板一听，那个高兴啊！心说，这下赚了！这中国邮政果然是美国邮政之友啊！

“OK，OK！”老板连连点头表示同意。

马克·索尼克当然也是偷着乐了。美国是一个邮票使用量很大的国家，别的不说，就是《圣诞》邮票美国邮政每年都要印上几亿枚。可是 110 万套生肖邮票也不是小数字，何况今后还有十一年呢？而且，通过生肖邮票的发行，美国邮政毫无疑问可以毫不费力地带动美国华人的集邮热潮，要知道美国可有 1000 多万华人，其中的利益有多大，自然是不言而喻的。

另外，这 110 万套美国生肖邮票进入中国市场，会不会吸引中国集邮爱好者收藏美国邮票？这样一来，也许会有一批中国集邮爱好者订购美国邮票，这种“滚雪球”的效应正是美国邮政希望看到的！

其实老板是不大懂集邮业务的，更不懂十二生肖，他之所以同意发行生肖邮票，就是想做一个尝试，所以他根本没打算把十二生肖系列邮票发行下去。

一听中国可以进口 110 万套，还能连续十一年，老板马上有了灵感：“马克·索尼克，我看可以考虑发行一套 2 枚的生肖邮票，其中一枚的面值为美国国内邮资，另一枚为国际邮资。”

马克·索尼克一听那个气，一团火从心底“腾”地烧起，心想这局长也太财迷心窍了：“老板，您真有才，服了您了，这个建议我在中国时就提出来了。”

老板不打算捞一票就走，迫不及待地问：“人家是什么意见？”

马克·索尼克笑了笑说：“人家说，鸡年邮票是一枚，若狗年邮票改为两枚，完全不符合生肖邮票系列的发行规律，也影响集邮爱好者的收藏兴趣。另外，中国集邮爱好者的收入有限，很难接受高面值的生肖邮票。”

听到这些，老板审时度势，立即决定：美国邮政总局将继续发行生肖邮票，一套一枚，面值为 29 美分；狗年邮票的发行日期定在

1994 年 2 月 14 日。

听到老板的决定，马克·索尼克在心里面暗暗佩服：这就是老板的魄力，一念“审时”，一念“度势”！

第二十七章 人生需要观望

时光来到 1997 年 5 月，香港回归祖国一个月前。

香港的邮市突然火爆，原因也很简单，香港回归在即，中国香港特区的邮票就要发行，回归前的香港邮票不免就要退出历史舞台。

这时候，有人判断，1997 年 6 月 30 日香港发行的《香港风光》这套邮票将有巨大的投资空间，这是只能使用一天的邮票，第二天的 7 月 1 日，它将被中国香港特区发行的邮票所取代，这使用一天的邮票，发行量不可能大。这个判断由于“蝴蝶效应”被传播出去，一时间整个邮市都是这个话题。在利益的驱动下，很多邮商迫不及待地行动起来了。

香港邮市热闹极了，有了个仅使用一天的邮票发行，人人都觉得机会难得！

一天，刚刚出版完新一期《集邮世界》的牛仝主编在一家邮票店不期见到了跃跃欲试的邮商史迪生。

“牛主编，您知道吗？整个香港的邮商都要买这套《香港风光》邮票。”史迪生顾不上寒暄就直奔主题。他刚刚从内地返回，到那里也是为了打探那边对这套邮票的需求，所以对这一消息也就特别灵通。

“这套邮票有什么？只不过是一套普通邮票而已！”牛仝摇摇头表示不解。

史迪生大笑道：“呵呵，这您就有所不知了。这可是香港邮政史上发行期最短的一套邮票，使用期限仅一天，一天呀，我的大主编。”

“一天怎么了？”牛仝吃了一惊，“就是因为发行期只有一天，才没有必要买！”

“您没有察觉这是一个机遇吗？一个与当年猴票一样的机遇。亏得您还与‘猴王’是好朋友，遇到机会都不会利用！”史迪生那张脸上露出的是急不可待。

牛仝皱着眉头，摇摇头说：“史迪生，这段时间你整日见不着人影，满世界打探消息，就是为了这套邮票吧？”

“牛主编，我有个亲戚在香港邮政署工作，他给我提供的信息是6月30日发行的这套票是一个难得的机会，发行的数量很少！”史迪生现在的样子就是一门心思投机的角色。

“发行数量少人家会告诉你？这可是商业机密。”牛仝板起面孔数落了史迪生两句。

“唉，我的大主编啊，这套邮票就使用一天，能发行多了吗？”史迪生眼珠滴溜溜地转，有点鬼迷心窍的意思。

牛仝：“还别说，你分析得有一定的道理，是可以买一些！”

“牛主编，我想试一试。要不我们一起来，我想联系几个尖沙咀、旺角的香港邮商，看看他们有没有兴趣。”史迪生对邮市出现的这种变化反应很敏感，想到组团炒作。

牛仝点头：“你讲的这几个邮商我也了解，他们过去在邮市上没少赚钱……他们悟性好，动手快，也有一定的实力，有他们参加，保险系数会很高。要不你明天去他们那儿试探试探。”

史迪生：“牛主编，我把他们动员过来，大家一起赚大钱发财！”

牛仝：“这样，咱们兵分两路，你去试探邮商，我问一下陈树藩，听一听‘猴王’的意见，他投资的眼光还是很毒辣的。”

“没必要，陈树藩算老几？他折腾过多大的风浪？”史迪生说起陈树藩是一脸的不屑。

“什么？陈树藩折腾不起风浪？人家的猴票投资运作得多么成功！”

“牛主编，陈树藩在猴票上的投资确实成功，可是那是在十几年前，现在和以前大不一样了！他未必有那时候的魄力！”对于牛主编赞扬陈树藩的那番话，史迪生是打心眼里不赞成。

“史迪生，我还是建议去听一听陈树藩的意见，他在邮票投资上比你有太多的理念和悟性。可别小瞧了这陈树藩，他可是……”牛仝干脆直接点穿。

史迪生一听，说道：“我知道，上回在香港我见过他的风采。可以，要不我们去马来西亚走一趟，听说他后来移居马来西亚了，真是好多年没见了！”

“史迪生，你可千万别去，上次你帮助甘巴朗、贝克尔销售生肖猴票，他就对你耿耿于怀……你现在唐突跑到他那里，会遭到人家的反感！还是我去吧，正好最近杂志社组稿，需要见吉隆坡的一位邮友，我顺便会会他。不过……”牛仝看了史迪生一眼，没有说下去。

史迪生知道那个“不过”后面的意思，笑道：“牛主编，您的想法有道理，我现在见人家有点自讨没趣！”

第二天，史迪生就找了几个邮商商议。几个邮商闻讯大喜，逮住史迪生的手一个劲儿地死抖：“多好的事啊！有钱大家一起挣，这才是好兄弟……你吩咐兄弟们干啥，兄弟们就干啥！”

“还要等一等！”史迪生庄重地点头，“这套邮票到底如何炒作，牛仝主编点子多，到时候大家听他的安排！”

邮商：“好，我们就各就各位，先把资金准备充足了。”

说完众人点燃香烟，憧憬起来……

几天后，吉隆坡，陈树藩的书房里，陈氏父子正在闲聊。

忽听得门外有人唱：“朋友啊朋友，你可曾想起了我？如果你正享受幸福，请你告诉我！”这歌听着有点耳熟。

陈树藩对儿子说：“快把外面唱歌的给我请进来！”

来人不是别人，正是牛仝主编前来拜访。没想到多年不见的这位老友还惦记着自己，陈树藩的心里感到热乎乎的。

“欢迎老朋友。”陈树藩对牛主编一向十分尊敬，他“猴王”有今天的名分，牛主编绝对是引路人。

陈树藩连忙吩咐道：“倩侣，赶紧给客人上茶，拿最好的茶叶。”

牛仝同陈树藩结识二十多年了，可以说是老朋友了，所以在陈树藩面前还是比较随便的。现在两人坐在一张小茶几边，一边喝着茶，一边聊着各自关心的事。

“多年没见，早就翘首以盼了，现在好了，终于把您给盼来了。”陈树藩的口气异常真诚。不是在说假话，他感谢牛仝还来不及呢！

“呵呵，这么客气我可不敢当呦！”牛仝与陈树藩亲切地碰了碰杯，真如两个亲密无间的朋友一般。

牛仝又道：“树藩，多年没见，真的好想你、担心你。这些年你到底在干什么？炒股？怎么你的消息一点都没有。”

陈树藩对他说：“谁说我炒股了？别听旁人瞎说。您想想，我手里的猴票是最好的投资品……我还用炒股吗？”

牛仝一头雾水："你这么说我还是不放心，你手中的猴票真是命运坎坷呀。"

陈树藩兴致来了："这次来了，就多住几天！"

牛仝："树藩，先别看你的猴票了，说说正事。下个月，香港就要回归了，邮市又有了火爆的迹象，所以我专程过来找你聊聊，有不少问题想要当面请教呢。"

"'请教'二字哪里敢当？"陈树藩心想，《集邮世界》杂志的主编居然向我请教，这不是折煞我吗？

陈树藩摸摸八字胡，微微一笑，语气诚恳地说："牛主编，对即将到来的新一轮邮市的看法，您怎么看？"

牛仝点头笑道："树藩，我这次过来就是想听你的意见！"看他那一脸关切的样子，估计是被这个问题困扰了许久了。

陈树藩摇了摇头，苦笑道："用时髦的话来说，有机遇，更多的是挑战。"

牛仝脸色不动，用平和的目光看着他："树藩，不明白，什么机遇，又是挑战的？来喝口茶。"

两人碰了一下。

陈树藩："机遇是回归后中国后，香港邮票可以延伸到内地，市场空间会更大。挑战是市场需要更大的融资空间，估计内地和香港特区邮票发行的数量都不会少，邮票投资的难度会更大。"

牛仝微微点了点头："可是怎么才能抓住机遇呢？"

"牛主编，香港回归后，香港特区邮政发行的邮票必然会大量流向内地市场，这个趋势我觉得是毋庸置疑的。"陈树藩接着分析道，"几年内，庆祝香港回归、迎接澳门回归将是内地宣传的主导，这就产生对大量的港澳邮票的需求！"

“树藩，你分析得好像都对。”牛仝毕竟是办杂志的，对于宣传有相当的认识，所以或多或少有同感，“树藩，你说了半天，应该是想好了应对之策吧？那就别藏着了，说说看吧。”牛仝好像能看透陈树藩的心思。

陈树藩的脸上流露出一丝凝重：“唉！我思来想去，只想到一个不是办法的办法，那就是静观其变。”

静观其变？牛仝眯着眼睛想了想，回答道：“离开香港前，史迪生联系到港内外许多邮商，准备大量订购6月30日发行的《香港风光》普票，说是这套票投资潜力巨大。我也动心了，手里有点散碎银两，也想投到里面。”

陈树藩微微一愣，他怎么也想不到，自己的老朋友大老远从香港跑来吉隆坡，居然要投资这个发行期只有一天的邮票。他的脑袋摇得像拨浪鼓一样，说道：“这可使不得，我把话放到这里，这套邮票的发行数量肯定少不了。关键是这套票今后在产品开发上用不上！香港回归的邮票都可以买，唯独这套邮票是万万不能买的！这就是‘静观其变’！”

牛仝：“树藩，你说这套邮票的发行数量不会少是吧？”

陈树藩：“这套邮票发行后，不过一个月，价格一定会一落千丈！”

牛仝：“原来是这样！树藩，你果然是见识非凡！”

“牛主编，我记得以前你是不买邮票的，这次是为什么？”陈树藩反问道。

牛仝笑了笑，道：“我过去确实不买邮票，我这个脑子也就是办个杂志什么的。不过，树藩，香港回归在即，邮市有可能又要火一把，我觉得这也是一个赚钱的机遇！”

陈树藩神色严肃地摇摇头说道：“牛主编，现在的集邮市场同十几年前不一样了。那时的猴票发行，没有多少人关注，所以我才有机会。可是香港回归邮票有太多的人关注了，机会也许就没了。这时采取观望的态度才是最佳选择。”

“好！说得有道理！”这句话让牛仝有一种顿悟的感觉。自己这段时间来总是盯着邮市，岂不知有多少人也在关注。

“树藩，你认为这次集邮市场的火爆会持续多久？”

提起这个问题，陈树藩的脸上露出一丝悲哀之色：“近 20 年内香港邮市随着内地邮市经历过至少三次高潮，可是持续的时间一次比一次短。”

“这是什么原因呢？”牛仝的书呆子脑子一时有些卡住了，反问道。

“现在邮市最大的问题，要么高潮，要么低谷，是一个走极端路线的邮市。邮票一发行就爆炒不是一件好事。你看第一轮生肖猴票一发行的时候，并没有人炒作。”陈树藩分析着邮市的特征。

或许陈树藩分析得有道理吧？如果第一轮生肖猴票一发行就有人炒，肯定不会在通信领域里消耗那么多了，猴票的价格也就不是今天的价格了。

“那邮市是个什么走势？”牛仝的思维现在已经被陈树藩的话牵着鼻子走了，在他的记忆中，邮市确实经历过至少三次从高潮到低谷、再由低谷到高潮的轮回。

陈树藩摸摸八字胡冥想了一会儿，说道：“邮政作为发行部门首先要有定力，邮票作为收藏品，发行量一定要有节制，它毕竟不是人们的生活必需品，没有必要一人一份。树藩以为，如果发行数量定位为满足全方位的需求，实际上有害无利。”

牛仝摇摇头，反驳道：“但是像香港回归这样的题材若不能满足需求，发行部门也承受不起骂名呀！”

陈树藩微微点了点头，说：“骂名的事情恐怕就轮不到你我操心了，其实发行部门就是刚过门的小媳妇，发行多了挨骂，发行少了也挨骂，总之两头不是人！在树藩看来，发行数量的多寡多年来一直有争议，发行部门一直在找平衡。我觉得对这个问题应该实事求是，能做到基本平衡就可以了，反之就是自讨苦吃，成为众矢之的！”

牛仝悄悄消化了一下陈树藩的观点，才慢悠悠地问道：“树藩，你认为邮市应该依赖哪些群体？”

陈树藩站起身来，双手插在裤兜里踱了两步：“在集邮市场中，收藏是核心，投资是收藏派生出来的分支，但它是推动集邮市场繁荣的重要力量。两者都很重要，都应依靠。可是两者的关系确实是一个变数，如果这两方联合起来的话，比完全是井水和河水的关系要好。收藏者可以尝试着投资，投资者也可以尝试着收藏，这样市场上的邮票才能流动起来！这就叫突破历史惯性和一贯思维！”

牛仝听了陈树藩的这番话，有些摸不着头脑。井水和河水的关系的比喻他是第一次听说，陈树藩的话很耐人寻味！

陈树藩对牛仝的表情非常敏感，已经看出自己的话让牛大主编云里雾里了，于是转移了话题：“牛主编，我上次说过，您的情，有一天我一定要还。我就今天还了！我建议您不要在邮市里投资，现在香港回归了，是您投资房地产的大好时机！”

牛仝：“你的意思是我现在可以出手楼市？你可千万别忽悠我！我的钱可是血汗钱！”

陈树藩听了牛仝的“血汗钱”之说，略有些不以为然，眉头轻轻地拧起：“呃，虽然目前香港楼市的价格有些偏离轨道，但是有些事情还是要未雨绸缪才好，香港回归后，内地的企业必然会来港设立公司，楼价起来是早晚的事情。所以您的主要投资方向应该是现在低迷得不像话的香港楼市！”说完，陈树藩的嘴角露出一丝意味深长的笑容。

牛仝眼睛一眯，笑呵呵地说：“树藩，看来你对楼市也有研究！”

“牛主编，回香港后，马上去扫楼。如果太平山那里有地皮卖，也可以帮我买一块。”陈树藩说完，从床头柜的抽屉里拿出厚厚的一叠支票。

见到支票，牛仝睁大了眼睛，在心里略微一算，便有了答案：“树藩，你真行，手边居然有这么多的钱！这些钱能在太平山上买半个楼！”

“那是上一次史迪生卖我猴票的钱，这些年一直没用。不过，我的眼睛也不总是盯着猴票，还是要跳出这个框，有其他的投资赚钱的机会也绝不放过！只是，我赚的钱可都和猴票有关，其他的项目没赚什么钱。”确实，陈树藩这些年就靠猴票活着呢！

“知道了，我回香港就办！邮市我是不敢投了，房地产投资可是我的强项！在陈树藩的点拨之下，牛仝终于痛下决心做了一件令他受益终生的事情。

目前，已经退休多年的牛仝就靠当年购置的这几处房产在香港安享晚年；那位邮商史迪生因为不听劝阻，购买了大量的发行期只有一天的邮票而倾家荡产，从此在集邮界销声匿迹。

第二十八章 在惊奇中成长

武马上一次来陈家拜访后，陈树藩很是兴奋。也许是上天有眼，能安排老相识陈龙的同事来吉隆坡看自己！

一天晚饭后，他坐在椅子上闭目遐想，回想了一阵，脸上突然就有了光："哎，季成，你说我收藏这么多的猴票，灵感来自何处？"

陈季成笑着冲他说："父亲，我想一定是判断力！是您判断准确！"

陈树藩不满意这个答案："不够完全！"

陈季成问："那您说是什么？"

陈树藩摸摸八字胡，坚定地说："是惊奇！"

陈季成没弄明白："怎么讲？"

"我读过一本书，其中的一句话给我以启迪——惊奇，是天性的一种流露，生命的第一瞬就是惊奇。我们周围的世界，为什么由黑暗变明朗？为什么由水变成了汽？温度为什么由温暖变得清凉？外界的声音为何如此响亮？从此我们在惊奇中成长！"

陈季成一听，马上领悟了："父亲，那我知道了，您是因为对猴票的设计感到惊奇，才促使您收藏猴票的，而且是这么的执着！父亲，我有点感想。上次武马来，介绍了中国的集邮经营，令我惊奇。来而不往非礼也，我想去一趟中国，希望您能陪我一起去。”

说完，儿子真挚地看着父亲。

上一次见面，武马介绍了中国的集邮经营，特别是为申冬奥成功发行邮票，还赶到吉隆坡来制作邮品，陈季成听后简直羡慕得不得了，他似乎已经看到了马来西亚的集邮活动与中国的差距。

听到儿子的请求，陈树藩微微地笑了一下：“让我陪你去中国？”他很有一些不解，“为什么啊？”心说，我都这个岁数了还陪你去中国？我这生活的验证码还要通过去中国激活吗？

“于公于私都应该去！”儿子笑着站了起来，“于公，从武马介绍的情况来判断，中国的集邮经营不值得我们学习吗？”

“于私呢？”陈树藩问道。

陈季成点点头，笑道：“您在中国有那么多朋友，就不应该过去看看？您是不是有二十多年没有去北京了？”

“有了，1995年以后就没有去过！”陈季成心里开始琢磨起来，“看来，我还是有必要见一见中国的老朋友！”

陈季成耸耸肩，笑道：“太应该去了。”

“您打算见谁？”陈季成很有一些好奇地问。

陈树藩摸摸八字胡，沉吟着道：“特别想见吴凤岗，这位老先生的邮识真是不得了，不过听说他已经去世了；上次在牛尼拉，还有一位邮票设计室的李清主任，他应该退休了；可能就是陈龙还在工作岗位，他也应该老大不小了……”

陈树藩提到这些老朋友时，脸上的表情极为丰富，陷入到深深的回忆之中。

时隔不久，陈季成就带着马来西亚邮政集邮代表团来访，陈树藩随团进行私人访问。

武马接到陈季成后，两人就找了一间还没有打烊的小酒馆，弄了两壶二锅头、几个小菜，摆出一副煮酒谈笑的架势。

而这个小酒馆的生意也是清淡，就他们两个客人，还有一个不停地打瞌睡的伙计，此外就再无旁人了。

倒完酒，两人互相看了对方一眼，陈季成率先开口道："武马，你知道家父对生肖邮票迷恋了大半辈子，感情极深，也深深影响了我。有时候，我在想中国的生肖邮票对世界集邮市场有很大的影响。我看到你们写的一本书里介绍过，在以色列特拉维夫的集邮国际研讨会上，生肖邮票被评为世界第二大热门题材。因此，武马，对于中国的集邮经营我们马来西亚邮政确实想学习一下。"

武马愣愣地点头，说道："说句实话，不谦虚地说，我们的集邮经营主要有自己的特色，别的国家好像也不大好学；就是学了，说句实话，也只能学个皮毛……"他又真心实意地看着对方："陈先生！我不是故弄玄虚，交给您的是实底……"说到这里，武马有一些得意洋洋，"特色"说出去总是件很长脸的事情。武马想，人家是真心实意过来交流业务的，确实学不了的就如实告诉人家，于是他只好急中生智地想出了"特色"来回应人家。

陈季成的心态似乎不错，对马来西亚集邮的未来也充满了希望，问道："为什么学不了？说说看！"

"说句实话，我想主要是市场氛围。"武马又顿了顿，"陈先生，中国有太多的利用邮票投资的人群，说句实话，这种群体马来西亚目前几乎没有。"

"就是因为这个？"陈季成嘟囔道。确实，马来西亚没有这种群体。

武马眼中闪过一丝火热，定定地看着陈季成，压低了声音："对，就是因为这个，马来西亚邮政才不好学。”

“投资？”听了武马的这番话，陈季成微微点头，一副深以为然的样子，父亲就是样板。再看一眼武马，神色却渐渐凝重了起来，道：“你们是怎么培育出这个市场的？”

武马笑吟吟地道：“它是中国三十多年前改革开放之初市场自发形成的，邮政只不过是在邮票发行政策上迎合了市场的需求。我跟您说，在中国的集邮市场，天大地大没有这投资的威力大！说句实话，要是您在马来西亚也能发展出一批这样的群体，马来西亚的邮市也许能火！”

陈季成淡淡地点头。邮票的本质是邮资凭证，集邮的本质是收藏，本地的集邮爱好者绝对不会同意将收藏演变为投资，因此，邮政在发行政策的把握上也不能怂恿投资行为。他接过武马的话茬，叹了口气，道：“可惜啊，马来西亚没有这个土壤……想要发展投资集邮，在这里真是难如登天！”

马拉西亚与中国集邮的市场环境不同是陈季成感觉最为深刻的，怎样迎头赶上，目前也没有什么好办法。看到没有希望将马来西亚的集邮拉到投资的道路上，陈季成倒也没有心灰意冷，只是向武马倒倒苦水，发发感叹，毕竟国情不同。

武马听了陈季成的话，安慰道：“万事开头难嘛，您说得很对，你们那里的集邮业务现在还很弱小，说句实话，目前还是要默默积蓄力量，宣传集邮，发展协会会员，等待一飞冲天的机会！”武马哈哈一笑，“其实，也未必学中国的集邮，说句实话，投资集邮有个致命的弱点，就是集邮市场受环境的影响容易大起大落！”

陈季成皱了皱眉头，不再继续倒苦水了，改成一个劲儿地点头，也不知道是装的还是真心佩服武马的主张。他看着武马，脸上的笑容又诚恳了几分："以后在集邮业务发展理念上，我们两国邮政集邮部门可以多交换意见！"

武马沉默了一下，一脸郑重地对陈季成道："集邮这支队伍主要是由集藏爱好者组成的，说句实话，他们是集邮市场的中间力量！尽管中国的情况有些特殊，投资者占有一定的比例，但是最值得依靠的还是集藏爱好者，这些人永远是我们的'上帝'……而我们的长远目标，则是打造集邮文化产业，在中国建立起一个集收藏、投资、文化产品、礼品、纪念品于一体的市场！呃，就是多元化的市场！只有形成这样的市场，集邮的影响才能迅速扩大，才能让越来越多的人加入集邮队伍！"

他说话的声音虽然很轻，不过样子却很是激昂，英俊的面庞紧紧绷着，还微微舞动着手臂，真有点文化传播者的范儿。

陈季成的神色却是淡淡的。武马说的那个多元化的集邮市场，在马来西亚他未必能见到！

不管两个喝多了二锅头的邮政同仁是如何交流的，马来西亚邮政的陈季成心里十分清楚——马来西亚集邮业务的发展不能照抄照搬别人的，必须有自己的特点和特色——当然这个特点和特色要靠自己去培育。

同样在这个夜晚，北京城内的金融街一片宁静，只有陈龙所在的集团办公室里还有灯光闪烁。

就在陈季成与武马交流的同时，陈树藩则找到了陈龙叙旧，毕竟他们几十年没见面了。

正在说话的这位是负责邮票发行的陈龙，他是一个五十多岁、长得圆圆乎乎、"全天候"表情十分严肃的大白胖子，与其呆萌和憨厚的表情搭配在一起，极容易让人与动画片《超能陆战队》中的"大白"

联系在一起。

陈龙极为喜欢邮票，用他自己的话说，在邮政行业干了快一辈子，就喜欢邮票这一个行当！

陈龙的办公室里全是香烟呛人的烟雾，还有浓茶散发的香气。五十六岁的陈龙在精神和智力上都还处于最佳时期，与他对面而坐的七十七岁的陈树藩更是精力最充沛的时候。

两个人已经谈了整整半天，双方都说了不少恭维话，送给对方一顶又一顶的高帽子，谁都没有一点倦意。

这位“猴王”坐在那里，一脸和蔼的微笑。单看外表，的确很难将他与“猴王”这样的字眼儿联系在一起。一张极有亲和力的脸庞，微微有点花白的须发，让他看起来就像是一位慈祥的长者。

坐在他对面的陈龙知道这位“猴王”有多么了不得！就是现在，虽然双方之间很久没有联系了，可是陈龙还是可以从陈树藩身上感到一种前辈的气势。

陈龙无法忘记，几十年前就在大家都苦言相劝“猴王”不要再收购猴票时，他却始终没有失去对猴票的爱和守望。当他本人和他的猴票在牛尼拉遭受劫难时，他依然没有忘记自己的职责。这里有他最牵挂的心，每每想起都令陈龙汗颜、惭愧……敬意油然而生！

“陈龙，我们第一次见面时，你还是毛头小伙子，可是，现在也快退休了！”陈树藩打断了陈龙的回忆。

陈龙弹了弹香烟的烟灰，凝神看着眼前的陈树藩，沉着声说：“这些年一直没有您的消息，其实我找您好多年了，可是一直联系不上！”

陈树藩本来就是真心来看望陈龙的，听到陈龙又找他好多年了，忍不住在心里苦笑了一声，不过面上却还是不动声色：“陈龙，我们认识的时候你还是个孩子，不怎么懂事呢！有些事情也不能跟你说，现在当然无所谓了！我手里的那些猴票你和吴凤岗先生是见过的，你们离开牛尼拉不久我就有了大麻烦……”陈树藩叽叽歪歪地控诉了半个小时，内容嘛，无外乎是当年的那些事情。

“有这样的事情？可真是个传奇。”听到这里，陈龙长长地叹了口气，陈树藩关于猴票的经历真是惊心动魄，真够写一本小说了。

事实上，集邮界也许有成百上千的类似“猴王”经历的集藏者。而猴票如此受追捧，很大程度上就是这些人的努力所决定的。

“陈龙，我这个老头子行将就木了，找我有什么事？”

陈龙笑了笑：“不能这样说，其实关于第一轮生肖猴票，是我一直想打的一张牌。我知道，你手里有太多的猴票。”

听到这里，陈树藩点了点头：“我有很多猴票确实不假，但怎么能和你手中的牌联系在一起？”

看到陈树藩没有明白自己的意思，陈龙笑着摇头道：“我是想用你手中的猴票和邮品举办一个邮展，名字我都想好了，就叫‘猴王’猴票展。这种展览肯定受欢迎。”

陈龙这么一提，陈树藩直摇头。他思索了一下，有些苦恼地道：“主意不错，但是我那些猴票和邮品不愿意让外人看到。上一次，武马到我家造访时我都没让他看！”

看到没有办法争取到陈树藩的支持，陈龙有些惋惜地一叹：“既然您不愿意，我也不勉强。其实办这样的展览也很麻烦，您的那些猴票和邮品我至少要办保险，这也是不小的费用！”

陈树藩：“陈龙，中国邮市一向藏龙卧虎，我就不在这里显摆了！”

陈龙：“看来你对自己手中的猴票没有信心呀！”

陈树藩没有任何犹豫，神色凝重地回答：“我当然有，要不然就不会有今天的我。”

陈龙轻轻咬了咬嘴唇，低着脑袋想：下面的话该怎么说呀？人家不愿意合作。

陈树藩和陈龙东一句西一句地扯了一会儿闲篇，终于开始说起了正事。就见他淡淡地一笑："陈龙啊，你觉得我要购买第四轮生肖猴票这件事如何办啊？"

听到这个问题，陈龙的眉心忍不住紧紧地拧了起来。眼下中国集邮市场虽然挂了一块"收藏"的招牌，可实际上还是投资的力量在市场中呼风唤雨，这一点大家都是心知肚明的。不过，让"猴王"过来分一杯羹，却是他万般不愿的。

想到这里，他回答道："老前辈，这个问题我的同事武马在吉隆坡就已经回答你了。"

陈树藩稍稍一皱眉，看上去像是在思索："陈龙，现在我的财力还算是凑合，精力也有。你是不是能成全我成为第四轮生肖猴票的'猴王'呀？"

接着，他又望了一眼含笑不语的陈龙："陈龙，你倒是说话呀！"

陈龙微微叹了声气："老前辈，不带这样的。你不能当了第一代'猴王'，再当第四代'猴王'！"

"哦！"陈树藩抿了一小口咖啡，若有所思地说："机会对每个人来说都是非常重要的，对一个'猴王'来说同样是非常关键的。能不能成为第四代'猴王'就取决于能不能果断出击、抓住机会！"

"那将来你到市场上收购第四轮生肖猴票成为新'猴王'，才是您的真本事！"陈龙接着陈树藩的话说了下去。

看着陈龙态度坚决的样子，陈树藩微微一笑，说道："好了，陈龙，咱不说这个话题了，省得让你为难。"

已经深夜了，陈树藩看了看表说道："陈龙，今天太晚了，我也得回旅馆休息了。明天晚上我请你吃饭，咱爷俩好好聊聊。我住的旅馆旁有个饭店叫‘松鹤楼’，挺雅致的，明天就去那里吧，一定要给我这老头儿面子呀！对了，武马在吉隆坡时曾经介绍过，你们要出版一本书，我也是在微信上找到的，叫《猴票她爹和爹的猴儿》，是一本纪实小说，看书中的内容，一定是你们写的。有些内容我觉得不够准确，想同你切磋一下。”

一听说要切磋这本书，陈龙立马答应了。

这是在紧靠月坛公园东侧的一个叫“松鹤楼”的饭店里。房间不大，布置得非常典雅，古香古色的。表面上看，饭店里的生意还算过得去，不过，来这里的大都是家庭聚会。

说起月坛公园，现在的邮人，特别是中年以上的集邮爱好者，大都知道北京曾有一个坐落在月坛公园里的“月坛邮市”，这个月坛邮市可不一般，当年曾被誉为“中国第一邮市”。

陈龙腰板笔直地端坐在一张柔软的沙发上，满脸微笑地看着对面的一位老者——陈树藩。

对于陈龙来说，陈树藩自然不是外人，他第一次出国就结识了他，了解了这位“猴王”的许多传奇。尽管陈树藩后来移民到马来西亚，他俩许多年失去了联系，但再一次见面，两人之间自然有说不完的话题。所以，两人一见面就你一句我一句地笑谈起来，显得颇为热络。

陈龙笑着低声说：“陈先生，看到您身体这么硬朗，真的很高兴。”

陈树藩摸摸八字胡，默然点头：“我身体很好，没病没灾的。”

两个人各有心思，对视了片刻，最后还是陈树藩说起了集邮：“最近的集邮市场很有起色，看来是你们把控得不错呀！”

陈龙谦虚地说：“现在的集邮市场虽然表面上看光鲜无比，但避免不了大起大落，您对这样的场面经历得多了。我虽然不算初出茅庐，

但不如您经历得多，如何应对，要向您讨教。”

陈树藩一边掏餐巾纸擦脸，一边说：“你真的不能算初出茅庐，也干了这么多年集邮了。相信你能把控得好！”

在微信上，陈树藩看到了《猴票她爹和爹的猴儿》一书的连载，发现有许多以讹传讹的地方。熟知中国集邮历史的人都很清楚，猴票可是中国集邮市场的“宝贝疙瘩”，它的前世今生是集邮爱好者永恒的话题，但在“猴王”陈树藩的心中这些传说要以尊重史实为前提，绝对不能以讹传讹。

陈龙语气诚恳地问道：“陈先生，您昨天说对书中的一些章节有疑义，都有哪些呀？”

陈树藩微微颔首，说道：“第四轮生肖邮票的设计和发行，你是亲历者，这点大家都承认。但是也有人指出，书中不合逻辑之处们甚多。这一点在谁是第一个建议发行第一枚生肖猴票的人尤为明显！”

陈龙：“这个我清楚，好在书中有了铺垫，我知道这件事上有许多版本，那本书只是介绍了其中的一个版本。”

陈树藩：“你还真淡定啊！虽然这本书是小说，情节可以来自生活高于生活，但也要以事实为准绳！”

陈龙：“陈先生，您批评得对，我完全接受。我原来计划是想在另一本书里介绍另一个版本的。”

陈树藩：“不用你介绍了，我告诉你正确的版本吧。1979 年元旦，邵柏林先生去看望黄永玉先生，请他画一组动物邮票。黄先生高兴地答应下来并建议‘何不发行一组生肖邮票呢，十二年我都给你们画。’邵先生觉得这是个好主意，遂回局复命，并约定一周后取稿。这就是说是黄先生和邵先生首先提出发行生肖邮票的！”

陈龙一听半晌不语，闷头抽着香烟：“我的疏忽，我的疏忽！我不是有意为之，只是考虑欠周到！”

陈树藩：“陈龙……你一定要找机会更正过来，不能以讹传讹！”

陈龙：“是啊，当时没有考虑那么多，觉得吴先生在香港写建议发行生肖邮票的情节网上有介绍，故事好写一些。”又一根烟蒂扔过后，又说：“都是我的责任，我一定找机会更正过来！”

陈树藩：“还有，第一轮生肖猴票的印刷细节的描述值得商榷，因为我以前做过专门研究，对印刷和发行的事情我是知情的。”

陈龙用不解的眼神看着对方：“什么？”

寂静中，但听陈树藩开口了，他说：“陈龙，比如书中提到的邮票印刷厂的姜厂长……印刷是一把好手，他对印刷第一轮生肖猴票所下的功夫你描述的也没有问题。可是他不姓姜，而是姓张，叫张济众。我想这最基本的姓氏是不应该搞错的！”

陈龙：“陈先生，是这样的，姜厂长姓张我是知情的，这本书中的很多人物没用真名，‘姜’与‘张’谐音，是故意这样写的。”

陈树藩一听解释就明白了，马上说：“是这样。对了，书中的许多人物都用了化名，这个我理解。不过，拼票那个细节也有问题，据我了解，当时没有拼过四方连、八方连，拼的都是二十方连。这个细节可不能凭想当然猜测。”

陈龙也不是蠢人，被陈树藩一提醒，就知道是怎么回事了，这确实是疏忽：“先生批评得对，这一段的描述的确是忽略了。”

陈树藩：“书中说猴票的发行量是443.16万枚，这个数字你考证过吗？”

陈龙眉头一皱，掰着手指头道：“这个数字比较靠谱。当时总公司给北京邮票厂下了800万枚的印制计划，可是后来有人觉得这个数量有些大，毕竟刚刚经过‘文化大革命’，集邮活动处于刚刚恢复、起步的阶段，市场的承受力如何有待验证，因此业务部门建议改为500万枚。不过，后来猴票由于是雕刻版印刷，成品率较低，800万枚的发行数量很难保证。记得给他们下的指标是合格率为50%，完不成合格率就没有奖金。邮票厂为了保住这个奖金，最后完成的印量超过了400万枚，也算保住了奖金。”

陈树藩点点头。这个说法让他心里踏实了许多，他知道，生肖猴票的官方认可的印制数量才是集邮爱好者最关心的！

在结束这天的谈话前，陈龙问了陈树藩最后一个问题：“陈先生，您这次准备见黄永玉老先生吗？”

陈树藩一激动，就冒出武马的经典台词：“说句实话，当然要见！”

听罢，陈龙满心的期许，心想，“猴爹”见“猴王”将是多么激动人心的场面呀！

后记

这是一本写猴票“春秋大梦”的书，是一个貌似现实但又极尽曲折的故事！为什么要写这样的书？说句实话，还不是为了让更多的人了解猴票、了解中国的生肖文化！因此，我是带着使命感来写这本小书的。

有人说，收藏猴票像一场梦，即使破灭了，也还想再做一次；也有人说，没有收藏到猴票就像得了一场病，即便久病不起，也从不后悔自己病过！

关于“猴票”这个字眼，自打第四轮生肖猴票启动后更加引起集邮爱好者的共鸣，因为它会让我们想起那些猴票收藏之初的暗喜、窃喜、大喜、狂喜的过往，还有那些不得不正视的不期而遇、擦肩而过、失之交臂、捶胸顿足的历史。

一本书写完了，本没什么可说的了！精力耗尽了，写作厌烦了，就是这种感觉。如果有话要说，就是写这本书纯属意外，本不在我的写作计划之列。不得不坦白的情节是，上一本有关“猴票她爹”的书出版后，许多读者来信强烈要求写“猴王”。其实，他们不知道，写一本书哪儿那么容易？为此，写与不写纠缠了我好长时间。最后冲动占了上风，不就是搭上几个月的周末和假期吗！可是在与出版社联系时，人家认为本书适合在今年 8 月的“集邮周”之前出书，满打满算只给了不到四个月的写作周期。为此，为了赶“工期”，书中的文字就无法字斟句酌了，有粗制滥造之嫌。这一点要请各位看官务必原谅！

为此，我总用“意外之作容易精彩”来安慰自己！

在写这本小书的过程中，同仁堂的祖训一直提醒着我，那就是：“炮制虽繁必不敢省人工，品味虽贵必不敢减物力。”纪实小说的“纪实”讲究的是真实，这本小说中，主人公和他手中拥有的猴票数量是真实的，著名的邮学家吴凤岗等人可以作证，我们一起在猴王的家里见过实物。他那间储藏猴票的房间不时飘出来的白白的冷气（为了室内降温用），多年来一直在我脑海中缠绕；黄永玉老先生在他的第四轮生肖猴票印刷开机仪式和这套邮票的首发式上，两次提及这位传奇人物。某国第一夫人要发行纪念张这件事情也是真实的，1985 年正是本人被上级派往印厂监视销毁的这批纪念张；我也有幸亲临该国参加两国建交十周年集邮展览活动，略微有些遗憾的是没有在展览开幕式上见到第一夫人的“芳容”。还有，美国邮政发行第一枚生肖邮票后，迫于舆论压力，在对第二枚是否继续发行犹豫不定的时候，中国邮政站在一旁及时推动了一下，而本人正是那个推手！那位美国邮政的马克·索尼克至今仍然是我的朋友。

还有一件事情也是真实的，就是“猴王”手中的猴票基本上消耗殆尽了，他对手中的猴票做了太多的“艺术”处理，手法之多，手段之新鲜（不好说“残忍”），让人不忍直视！上一本书《猴票她爹和爹的猴儿》一书也多少介绍了一些情况。猴票迷们大可不必为“猴王”手中的猴票说不定哪一天流入市场而担心。

当然，纪实小说也是小说，这本小书里演绎的成分也不少，奇诡的叙事风格，贴近现实生活的语言，使这本小书充满了新奇感、谐趣感和幽默感，也许能给你带来阅读上的快乐。

相信大家会这样理解——“猴王”本身的故事就是传奇，讲述他的故事如果不传奇不就没人看了吗？不过，“猴王”的故事本身也是传说，他传说，你传说，我也传说，大家一起来传说，看的人不就多了吗？

我是这样理解的，“猴王”的传奇就在于他的命运跌宕起伏，犹如坐过山车一样！当然，除了觊觎者那些令人发指的贪婪之外，“猴王”也收获了诸多的温暖和财富，那些患难与共的朋友，那些不离不弃的亲人，还有那些曾经带给过他短暂温暖的生命中的朋友。

对于猴票，“猴王”疯狂过，也迷茫过；走过阳关道，也闯过鬼门关；有过难以言状的快乐，也有过刻骨铭心的疼痛；他为猴票爱过也恨过，奋斗过也失败过，得到过也失去过！

我不由得由衷赞叹：奇哉，“猴王”，美哉，“猴王”！

作者

2016 年 5 月 2 日于北京